www.bbulmedia.com

이러지 마세요!

DAHYANG
ROMANCE STORY

이러지 마세요!

★루 영

장편 소설

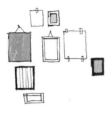

프롤로그

"제가 유림 씨를 좋아하는 것 같은데."

갑작스러운 남자의 고백에 나는 숨을 컥 하고 멈추고 말았다. 그리고 잠시 후 거친 헛기침을 내뱉으며 눈앞의 동그란 안경을 밀어 올렸다.

갑자기 단둘이 점심을 먹자고 할 때부터 뭔가 이상하긴 했다. 처음엔 이 남자가 재미없는 농담을 하나 싶었으니까.

그도 그럴 것이 이 남자는 우리 회사에서 제일 인기가 많은 남자란 말이다. 큰 키에 반듯하고 작은 얼굴도 반칙에 가까운데, 그의 서글서글한 눈웃음은 상대를 무장 해제시키는 능력을 가지고 있었다.

거기다 심해를 연상시키는 중저음 보이스까지 갖춘 그는 매력적으로 안 보려야 안 볼 수가 없는 남자였다. 항상 여직원들에게 둘러싸여 있는 건 기본이고 업무능력 또한 훌륭해서 상사들의 신임이 두터운, 한마디로 완벽한 남자였다.

그런 그가 날 좋아한다고?

제일 먼저 든 생각은 '왜? 대체 왜?'였다.

솔직히 나는 그를 좋아하진 않았다. 아니, 감히 좋아할 수가 없었다. 우리 회사 여직원들 대부분이 좋아하고 있는 그를, 평범한 나는 감히 좋아할 엄두조차 내지 못했었다. 그래서 오히려 1g의 관심도 두지 않고 지냈었다.

그런데 막상 이렇게 고백을 받으니 심장이 터질 것처럼 뛰는 건 나도 어쩔 수 없었다.

세차게 뛰어 대는 심장을 진정시키려고 눈앞에 있는 물컵을 들어 벌컥벌컥 마셨다. 차가운 물이 몸속으로 들어가자 정신이 조금 돌아오는 것 같았다.

정신 차려, 현유림.

저 남자는 우리 회사에서 백마 탄 왕자로 통하는 그 유민석이라고, 유민석.

게다가 저 남자, 방금 '좋아한다'도 아니고 '좋아하는 것 같다'라고 했잖아. 그건 분명 날 떠보는 거거나 진심이 아닌 거라고!

탁— 소리 나게 물컵을 내려놓은 나는 내 반대편에 앉아 있는 남자를 나직하게 불렀다.

"유 대리님."

"네, 유림 씨."

그러자 그가 그 특유의 눈웃음을 지으며 대답했다. 그래서 나는 조금 전보다 한층 더 낮아진 목소리로 물었다.

"저한테 왜 이러세요?"

"네?"

유 대리님의 두 눈이 황당하다는 듯이 커졌다.

"제가 뭘요? 그냥 좋아하는 것 같다고 호감을 전한 것뿐……."

"그러니까 절 왜 좋아하시냐고요."

우리는 3년 전 입사 동기로 처음 만났다. 그리고 3년이 흐르는 동안 정말 아무 사이도 아니었다. 입사 동기였지만 그냥 남처럼 지냈었다.

그런데 그런 그가 아무 접점 없던 나를 좋아한다?

이상했다. 아무래도 이상했다.

"그야……."

내 질문에 대답하려는 유 대리님의 말을 중간에 뚝 잘라 버렸다.

"혹시!"

솔직히 짐작 가는 일이 있긴 했다. 그 일을 떠올리며 잠시 말을 고르다가 결심을 하고 다부지게 말했다.

"얼마 전에 우리 우연히 만났잖아요. 혹시 그날 일 때문에 이러시는 거예요?"

그날, 우린 만나지 말았어야 했다.

그날 그는 내가 평생 감추고 싶었던 비밀을 보고 듣고 말았다. 그래서 나에게 호감을 가진 게 틀림없다.

그날은 주말이라 늘어지게 늦잠을 자고 있었는데, 오빠한테서 전화가 걸려 왔다. 종합병원 외과 레지던트 4년 차인 오빠는 며칠째 같은 속옷과 양말을 착용하고 있다며 되도 않는 거짓말로 나를 꾀어냈다.

"편의점에서 사 입어."

"편의점에도 없어. 어떤 의사가 사재기했나 봐."

웃기지도 않는 농담을 하는 오빠 때문에 나는 결국 피곤한 몸을 이끌고 오빠가 근무하고 있는 한국 종합병원으로 향했다.

병원 로비에서 나를 기다리고 있던 오빠가 유리문을 열고 들어오는 나를 발견하고는 팔을 붕붕 흔들었다.

"유림아, 현유림!"

큰 키에 잘생긴 얼굴, 거기다 머리까지 좋은 우리 오빠는 어렸을 때부터 항상 나의 비교 대상이었다.

나는 지극히 평범한 외모에 머리도 좋은 편이 아니었다. 그래서 잘난 오빠가 늘 부담스러웠는데, 그런 내 마음을 아는지 모르는지 오빠는 항상 나를 과하게 예뻐했다.

자신만 월등히 훌륭한 유전자를 가지고 태어난 게 미안해서 그런가? 정확한 이유는 잘 모르겠다.

"여기까지 와 줘서 정말 고마워, 유림아."

"자, 받아."

오빠를 향해 퉁명스럽게 속옷이랑 양말이 담긴 종이 가방을 건넸다. 그런데 오빠는 그걸 받아 들 생각도 않고 내 얼굴만 빤히 쳐다보면서 말했다.

"이게 얼마만이야? 한 열흘 넘었지? 그사이에 우리 유림이 살찐 것 같다? 볼살이 토실토실하네?"

"그런 소리 할 거면 이제 이런 건 그냥 빨아 입어라."

오빠의 몸 앞으로 내민 종이 가방을 대롱대롱 흔들어 보이자 그제야 오빠는 그걸 받아 들었다.

"에이, 이런 건 얼마든지 사거나 빨아 입을 수 있는데, 오빤 우리 유림이 보고 싶어서 오라고 한 거지. 오빠 맘을 그렇게 모르겠어?"

그럼 살쪘다는 소릴 말든가!

입이 저절로 삐죽거려졌다. 하지만 오빠의 마음을 부정하는 것은 아니었다.

"아니까 온 거잖아. 이 황금 같은 주말에."

"응. 미안, 미안. 주말엔 데이트해야 하는 건데, 오빠가 불러서 미안해. 대신 오빠가 용돈 좀 줄게. 남자 친구한테 밥 좀 사 줘."

이 인간은 나한테 이십팔 년째 남자 친구가 없다는 걸 인정하기 싫은 건지, 아님 내가 남자 친구 없다고 말했던 순간들을 잊어버리는 단기 기억상실증에라도 걸린 건지, 가끔 이렇게 헛소리를 한다.

"됐거든? 나 밥 사 줄 남자 친구 없어서 돈 많아. 게다가 나 얼마 전에 연봉도 올랐고."

스물여덟이라는 적지 않은 나이에 오빠한테 용돈을 받고 싶진 않아서 도도하게 거절했더니 주머니에서 지갑을 꺼내던 오빠가 콧방귀를 뀌었다.

"그 쥐꼬리만 한 연봉이 올라 봤자지, 뭐."

아무리 내가 중소 무역회사에서 경리로 일한다지만 그래도 저런 식으로 무시하는 건 오빠라도 예의가 아니지 않나?

순간 내 눈매가 날카로워졌는지 오빠가 움찔하며 눈치를 살폈다.

"아, 오빠가 또 말실수했지? 그치?"

"오빤 가끔 뇌 안 거치고 말을 그냥 내뱉는 것 같더라?"

"미안, 미안."

"그 좋은 뇌를 대체 왜 안 써먹어?"

"정말 미안해. 다시는 안 그럴게."

우리 오빤 항상 이런 식이다. 사람 상처 다 줘 놓고 뒤늦게 미안하단 말로 수습하려 한다.

"나 갈 거야."

괜히 심부름해 주고 기분만 상한 나는 몸을 확 돌려서 병원 출구 쪽으로 걸어갔다. 그랬더니 오빠가 재빨리 달려와서는 내 앞을 막아섰다.

"여기까지 왔는데, 아버지 안 만나고 가?"

'아버지'란 단어에 갑자기 피곤이 밀려왔다.

"싫어. 귀찮아."

"아버지가 뭐가 귀찮아?"

"세상에서 제일 귀찮아. 아빠 만나기 전에 집에 갈 거야. 비켜."

나는 오빠의 몸을 밀치고 다시 걸음을 옮겼다. 그런데 그런 내 뒤쪽에서 익숙한 목소리가 크게 들려왔다.

"유림아!"

이런.

만나기 전에 집에 가고 싶었는데.

"아빠?"

천천히 고개를 돌리자 이 병원의 병원장인 아빠가 뒤에 의사들을 여섯 명이나 달고 나타났다. 얼굴 가득 함박웃음을 지은 아빠가 그 큰 키로 거의 뛰듯이 나를 향해 다가왔다.

"여긴 어쩐 일이야? 아빠 보러 왔어?"

우리 아빠는 전형적인 딸바보 아빠다. 별로 예쁘지도 않고 애교도 없는 막내딸을 오빠랑 둘이서 엄청 예뻐한다.

다소 귀찮긴 하지만 그들 덕분에 어렸을 때 돌아가신 엄마 생각은 별로 안 난다는 장점이 있긴 하다.

"우리 딸, 자다 왔어? 눈이 부었네?"

그런데 문제는 바로 이런 점이다. 성격이 오빠랑 똑같다.

"그런 말 할 거면 나 간다?"

"알았어. 아빠가 미안해. 귀여워서 그랬지."

이렇게 사람 상처 다 줘 놓고 사과로 끝내려는 점까지 똑같다.

"우리 딸, 밥은 먹었어? 먹은 것 같은 얼굴이긴 한데."

"안 먹었어. 먹은 것 같은 얼굴은 또 뭐야?"

"하하, 미안, 미안. 볼이 토실토실하니 귀여워서."

그 순간 아빠가 두 손으로 내 볼을 잡고는 주욱 늘어뜨렸다. 당황한 나는 얼른 손을 들어 아빠를 밀어내려고 바둥거렸다.

"아빠, 왜 이래? 창피하게! 사람들이 쳐다보잖아! 아는 사람이라도 있으면 어쩌려……!"

"유림 씨……?"

갑작스럽게 들린 목소리에 나는 행동을 멈추고 천천히 고개를 돌렸다. 저 중저음 보이스는 분명 사적인 자리보다 공적인 자리에서 많이 듣던 목소리인데…….

"유, 유 대리님?"

나는 아빠에 의해 죽 늘어진 볼을 움직여 날 알은체한 남자를 불렀다. 그러자 병원 로비 한가운데 서 있던 유 대리님이 내게로 더욱 가까이 다가왔다.

그리고 찐빵 같은 내 얼굴과 아빠를 번갈아 쳐다보더니 허리를 꾸벅 숙여 인사를 건넸다.

"안녕하십니까. 유림 씨 직장 동료, 유민석입니다."

유 대리님은 예의 그 서글서글한 눈웃음을 지으며 우리 아빠와 눈을 맞췄다. 그 순간 아빠가 복잡 미묘한 표정을 짓더니 내 얼굴에서 손을 놓았다.

나는 아빠에게서 해방된 양 볼에 두 손을 올리며 유 대리님을 향해 물었다.

"여긴 어쩐 일이세요?"

"친구가 입원해 있어서요."

유 대리님을 회사가 아닌 사적인 자리에서 보는 건 처음이었다.

회사에서 그는 늘 사람들에게 둘러싸여 있는 인기남이자 능력남이었기에 나랑은 사는 세계가 다른 사람 같았다. 때문에 우린 대화도 별로 나눠 본 적이 없는 사이였다. 그래서 이 상황이 조금 어색했다.

"우리 유림이랑 같은 회살 다닌다고? 그럼 앞으로도 우리 유림이 잘 부탁해요. 동료로서."

"네."

마지막 말을 굉장히 강조한 후 아빠는 그대로 우리를 지나쳐서 가 버렸다. 그런데 그때 내 옆에서 오빠가 낮은 목소리로 하는 말이 들려왔다.

"오호라, 나보다 키 크네? 몰랐는데, 우리 유림이 눈이 상당히 높구나?"

"이상한 소리하지 마. 그냥 동료야."

"오빠 사내연애 찬성이다. 스릴 있잖아."

"하지 말라고……!"

나는 눈치 없이 이상한 말을 하는 오빠의 옆구리를 팔꿈치로 푹 찔렀다.

그때 그 순간 나를 보던 유 대리님의 눈빛이 이상하긴 했다. 나를 좀 대단하게 보는 듯한 느낌?

그러더니 결국 오늘 이런 상황이 벌어진 것이다.

나는 잠시 말없이 유 대리님의 반듯하고 작은 얼굴을 빤히 쳐다보았다. 역시 잘생겼다.

내 시선이 부담스러웠던지 유 대리님은 앞에 있는 컵을 들어 물을 마셨다. 그사이 나는 고개를 끄덕이면서 말을 시작했다.

"그래요. 그날 보셨던 것처럼, 저 부잣집 딸이에요."

"쿨럭……!"

유 대리님이 마시던 물을 토해 냈다. 나는 사레 들린 듯 기침을 하는 그에게 식탁 위의 휴지를 두 장 뽑아 건네면서 말을 이었다.

"보셔서 알겠지만 우리 아빠는 한국 종합병원 병원장이고, 오빠도 그 병원 의사예요. 엄마는 돌아가셨지만 제 앞으로 엄청난 유산을 남겨 두셨죠. 집은 평창동에 있고 개인적으로 부동산도 좀 가지고 있어요."

"저기, 유림 씨, 근데 왜 갑자기 그런 얘기를……?"

황당해하는 그에게 나는 단도직입적으로 말해 버렸다.

"제가 부잣집 딸이라서 좋아한다고 하시는 거잖아요?"

그의 속내는 빤히 보인다. 그날 병원에서 나의 부터 나는 가족들을 보고 나에게 흑심을 품은 게 분명하다.

내 말을 끝으로 시간이 멈춘 듯 유 대리님이 모든 행동을 멈췄다. 그리고 잠시 후 짧게 웃음을 터뜨렸다.

"풋!"

유 대리님은 동글게 말아 쥔 손으로 입가를 가리며 계속 웃었다. 나는 그런 그를 말없이 주시했고, 그 시선을 느낀 그는 웃음을 멈추고 말을 시작했다.

"그건 아니에요. 자랑은 아니지만 우리 집도 좀 살거든요. 아버지가 크게 무역사업을 하고 계세요. 아무래도 제가 장남이라 그 회사를 물려받을 것 같아서 아버지 회사로 들어가기 전에 이 회사에서 일 배우는 중이고요."

말을 하는 그의 목소리가 무척 진솔하게 들렸다.

"그리고 솔직히 그날 제가 안 건, 유림 씨의 아버님과 오빠분이 의사시구나 하는 정도지, 병원장이나 부잣집 딸, 이런 건 생각도 못 했어요. 유림 씨가 평소에 워낙 수수하니까."

하긴. 내가 워낙 평소에 수수하게 지내긴 한다. 머리는 항상 단정하게 하나로 묶고 동그란 뿔테 안경을 착용하며, 치마는 무릎을 덮는 길이로만 입고 낮은 단화에다 양말을 신는 것도 잊지 않으니까.

그러니 아마 부잣집 딸이라고는 생각도 못 했을 거다. 나도 가끔 잊어버리니까.

게다가 자기도 꽤 부잣집 아들이라고 하니 어쩌면 내 추측이 빗나간 걸 수도 있겠단 생각이 들었다.

그렇다면 뭘까? 대체 뭐지?

그 순간 내 머릿속을 번쩍 하며 스쳐 지나가는 기억이 있었다. 몇 달 전부터 유 대리님은 같은 해외 마케팅 팀의 김지혜 씨와 꽤 친하게 지내는 것처럼 보였다. 그런데 최근엔 둘이 붙어 있는 모습을 별로 못 봤다.

그렇다면 혹시 그거일까?

"아니면 지혜 씨랑 사내 비밀연애 하다가 헤어졌어요? 혹시 지혜 씨가 배신을 때린 건가요? 그래서 복수를 위해 저를 이용하시려는 건가요?"

내 그럴싸한 추리에 스스로도 감탄하고 있는데, 유 대리님은 나랑 전혀 같은 생각이 아닌지 두 눈을 크게 떴다. 그리고 이내 조금 전보다 더 크게 웃음을 터뜨렸다.

"푸하하핫…… 아, 미안해요. 너무 크게 웃었죠?"

그의 웃음소리에 놀라 눈을 동그랗게 떴더니 유 대리님이 급히 웃음을 멈췄다. 그러고는 내게 물었다.

"아직도 모르겠어요?"

그의 말이 쉽게 이해가 되지 않아서 고개를 갸웃거렸다. 그런 내 얼굴을 보면서 유 대리님이 진지한 목소리로 말했다.

"이래서 좋아해요."

"'이래서' 요?"

"네."

이유는 모르겠지만 그 순간 심장이 두근거렸다. 그래서 콩콩콩 뛰는 심장으로 유 대리님을 바라보고 있는데 곧 그의 말이 이어졌다.

"귀엽잖아요."

이러지 마세요!

1

　고백을 받았다. 그건 내 스물여덟 평생 처음 있는 일이었다. 나는 솔직히 인생을 살면서 고백은 늘 내 몫이라고만 생각했었다.

　그런데 얼마 전 고백을 받아 버렸다. 그것도 우리 회사에서 아이돌 혹은 왕자라고 불리는 남자한테서 말이다. 내가 왜 좋으냐는 질문에 그의 대답은 '귀여워서'였다.

　정말이지 코웃음밖에 안 나오는 대답이었다.

　내가 귀여워?

　자랑은 아니지만, 스물여덟 평생 우리 아빠랑 오빠가 아닌 남자에게서 귀엽단 소리를 들어 본 기억이 없다.

　그래서 나는 요즘 좀 많이 심란한 상태다.

컴퓨터 화면에 띄워 둔 엑셀창만 멍하니 보고 있는데 앞쪽으로 통통한 얼굴의 하 대리가 눈인사를 하며 지나가는 게 보였다. 그래서 나는 얼른 그를 불러 세웠다.

"하대!"

내 부름에 하 대리가 걸음을 멈추고 마이클잭슨처럼 문워크를 추며 내게 돌아왔다. 제법 푼수끼가 있는 하 대리는 나랑 입사 동기로, 나이는 나보다 한 살 많은데 이상하게 성격이 잘 맞아서 입사 초기부터 친하게 지내 왔다.

한 살 어린 내가 맞먹어도 허허 웃어넘기는 굉장히 좋은 성격의 소유자다. 통통한 얼굴과 몸이 내 스타일과는 거리가 멀어 한 번도 남자로 본 적은 없지만, 어쨌든 내가 회사에서 의지하는 유일한 남자 동료다.

"하대, 점심 혼자 먹지?"

툭 던진 질문에 내 파티션 위에 팔꿈치를 대고 있던 하 대리가 정색했다.

"그렇게 확신하는 어투로 묻지 말아 줄래?"

그래서 나는 자리에서 벌떡 일어서며 말했다.

"그럼 나랑 점심 같이 먹자. 상담할 게 있어."

"상담?"

아직 점심시간까진 10분 정도의 시간이 남아 있었지만, 지금은 그게 중요한 게 아니었다. 도저히 신경이 쓰여서 일에 집중을 할 수가 없단 말이다.

나는 하 대리를 데리고 회사 건물을 빠져나오면서 혹여 직원들과 마주치기라도 할까 봐 고개를 푹 숙이고 걸었다. 아니, 정확히는 유 대리님을 피하고 싶었다.

"상담이라니, 뭔데?"

회사 근처 식당으로 들어와 자리를 잡자마자 하 대리가 호기심 가득한 얼굴로 물었다. 그래서 나는 짧게 심호흡을 한 다음 대답했다.

"나 아무래도 덫에 걸린 것 같아."

"덫? 무슨 덫?"

이건 분명 덫이었다. 의도치 않았는데 덜컥 걸려 버린 덫. 꼼짝도 못 하겠는 덫.

나는 잠시 주저하다가 하 대리의 동그란 얼굴을 보면서 조심스레 물었다.

"저기, 유민석 대리 알지?"

"당연히 알…… 너 설마 유대 좋아하게 됐냐?"

순간 정색을 하며 되묻는 하 대리에게 나는 바로 고개를 저어 보였다.

"아니! 그게 아니라……!"

"유대 좋아하게 돼서 덫에 걸렸다는 거 아니야? 유대 정도면 충분히 덫이지. 그 매력에 빠지면 여자들이 헤어 나오질 못한다던데. 너도 참 안 됐……."

"그 반대야!"

하 대리의 말을 자르며 버럭 소리를 지르자 하 대리의 입이 동그란 상태에서 그 움직임을 멈췄다. 그리고 그는 그렇게 한참 동안 말이 없었다.

"……."

"……."

"……무슨 말 좀 해."

"……정말이냐?"

그렇게 묻는 하 대리의 얼굴은 많이 일그러져 있었다. 그 표정은 도저히 믿을 수 없다는 그의 마음을 여실히 드러내고 있었다. 그건 물론 나도 같은 마음이었다.

"어. 유 대리가 날 좋아한대. 그게 말이나 돼?"

"그건 말도 안 되고 소도 안 되고 돼지도 안 되고, 암튼 절대 안 되지."

"게다가 내가 귀엽대. 그게 무슨 망발이야?"

"그러게. 눈이 썩었나? 정신이 회까닥 했나?"

"……적당히 해, 인마."

듣자 듣자 하니 말이 너무 지나치다 싶었다. 기분이 확 상해서 두 주먹을 불끈 쥐자 그제야 하 대리가 미안하다며 나직하게 사과했다.

"근데 유대는 우리랑 사는 세계가 너무 다른데."

하대가 덧붙이는 말에 나는 격하게 공감했다.

"그러니까!"

그게 바로 내가 하고 싶은 얘기다.

"솔직히 엄밀히 따지면 유대랑 나랑 너랑 셋이 입사 동기긴 한데, 한 번도 친하게 얘기해 본 적은 없잖아. 나는 그나마 유대랑 동갑이라 너보단 좀 친하지만."

하 대리의 말에 나는 조용히 고개를 끄덕였다.

우리 셋이 친해지지 못했던 건, 입사 후부터 하 대리와 나랑은 전혀 다른 코스를 밟았던 유 대리님의 탓이 크다.

일단 그는 눈에 띄는 외모로 인해 주변에 들러붙는 직원들이 많았고, 일도 잘해서 우리보다 승진도 월등히 빨랐다.

나는 아직도 달지 못했고, 하 대리는 3년 차에 겨우 단 '대리' 직함을 입사 1년 만에 손에 넣었으니 말이다. 그것도 모자라 내년에는 팀장 직함을 단다는 소문까지 돌고 있었다.

"근데 그 구름 위에서만 살 것 같은 유대가 널 좋아한다고 했다고?"

"어."

"잘못 들은 거 아니야?"

"나도 제발 그랬으면 좋겠어."

내 진지한 눈빛에 하 대리는 작게 한숨을 내쉬었다. 함께 점심을 먹으면서도 우리는 평소처럼 유쾌하게 대화를 나누지 못했다. 무겁기만 한 침묵이 이어졌다.

"나도 웬만하면 그냥 만나 보라고 하고 싶은데……."

나를 걱정 가득한 얼굴로 바라보던 하 대리가 들고 있던 숟가락을 내려놓으며 말을 시작했다.

"너도 알다시피 유 대리 인기가 엄청나잖아. 분명 사귀면 엄청 피곤할 거다."

일단 그 주변의 여자들이 가만히 있지 않을 것이 분명하다. 설사 비밀로 연애를 한다고 해도 그의 일거수일투족에 관심이 많은 여직원들의 눈을 피하긴 쉽지 않을 거다.

만약 완벽한 비밀연애를 한다 해도 그의 주변 여직원들 때문에 내 신경이 남아나질 않을 것이다. 게다가 잘나가는 남자 친구와 비교되는 건 또 어떤 심정이겠는가.

"무엇보다 네 마음은 어떤데? 유대 좋아?"

갑작스러운 하 대리의 물음에 나는 움직이던 젓가락을 멈췄다. 그리고 단호하게 고개를 저었다.

"아니. 난 그렇게 눈웃음 예쁘고 잘생긴 남잔 부담스러워. 솔직히 날 좋아한다고 했을 때 설레긴 했지만, 그건 처음 받아 보는 고백이었으니까 그런 거라고 생각해."

"그래?"

"응. 밥 다 먹었으면 일어나자. 나 별로 입맛이 없어."

나는 대답을 하며 먼저 자리에서 일어섰다. 솔직히 머릿속이 유 대리님의 잘생긴 얼굴로 가득 차서 밥이 잘 넘어가지도 않았다. 그랬더니 하 대리가 내 밥그릇을 슬쩍 보며 비아냥거렸다.

"다 먹어 놓고는 무슨."

"반찬이 남았잖아, 반찬이."

자고로 음식은 남기지 않는 것이 내 철칙이란 말이다.

그런데 내가 계산서를 손에 드는 순간에도 하 대리는 자리에서 일어서지 않았다. 그저 뭔가 생각에 잠긴 사람처럼 멍하니 앉아 있을 뿐이었다.

"뭐 해? 안 일어나?"

그에게 다시 한 번 말을 걸자 생각에서 빠져나온 하 대리가 나를 올려다보면서 말했다.

"근데 있잖아. 사실은, 나도 너 좋아해."

"뭐?"

생뚱맞은 그의 말에 나는 깜짝 놀랐다.

나 지금 또 고백 받은 건가? 나 요즘 왜 이러지?

"나랑 만나 볼래?"

"……"

내가 아무 대답도 안 하자 하 대리가 급하게 말을 이었다.

"살찐 남자는 안 긁은 복권과 같댔다. 어때? 이 복권 가질래?"

하 대리의 검지가 자신의 몸을 가리켰다. 그래서 나는 가만히 하 대리의 통통한 얼굴과 몸을 슥 훑어 내렸다. 그리고 잠시 후 표정을 굳힌 채 말했다.

"나 복권 되게 싫어해."

"뭐?"

"나는 열심히 일을 해서 돈을 벌어야 한다고 생각하는 사람이야. 그러니까 일확천금 따윈 관심 없어."

에둘러 하 대리의 고백을 거절하고 혼자 식당을 나왔다. 그리고 빠른 걸음으로 횡단보도 앞까지 걸어와서 멈춰 섰다.

그런데 얼마 지나지 않아 그런 내 옆으로 누군가 와서 서는 느낌이 들었다. 눈을 들어 힐끔 보니 하 대리였다.

"……."

다시 시선을 돌려 신호등 색깔만 보고 있는데 옆에서 하 대리가 나를 툭 건드렸다.

"괜히 어색해하지 마라. 농담이었으니까."

"응?"

하 대리의 말에 나는 다시 고개를 돌려 그를 쳐다보았다. 그러자 하 대리는 가늘게 뜬 눈으로 나를 흘겨보면서 입을 열었다.

"내 고백, 농담이었다고. 그런데 어땠어? 설레었어? 유대랑 비교해서 어땠어? 고백 받아 본 적이 별로 없어서 설렌 거면 나한테도 설레야 하는 거 아니야?"

맞는 말이었다. 하지만 난 하 대리의 고백에는 설렘을 느끼지 못했다.

그때 마침 신호등의 색깔이 바뀌었고, 그걸 본 나는 서둘러 걸음을 재촉했다. 하 대리의 얼굴을 계속 보기가 민망했던 것이다. 그런 내 뒤를 따라오며 하 대리는 장난스럽게 말했다.

"거봐. 너도 유대한테 호감 있네, 뭐. 그냥 마음 가는 대로 하는 게 제일이다, 너? 나중에 후회하면 어쩌려고 마음을 숨겨?"

하지만 유 대리님은 나랑은 사는 세계가 다른 사람이란 말이다.

그 잘난 외모부터 시작해서 누구에게나 서글서글하게 대하는 외향적인 성격과 완벽한 외국어 실력을 겸비한 뛰어난 업무 능력까지. 모든 것이 나와는 너무도 달랐다.

분명 학창 시절에 만났으면 노는 부류가 달랐을 그런 그와 내가 무슨 연인이 된단 말인가!

회사에 도착해 자리로 바삐 걸어가고 있는데 뒤에서부터 쫓아온 하 대리가 내게 이렇게 속삭였다.

"내가 안 긁은 복권이면 유댄 그냥 당첨된 로또지."

그래서 나는 하 대리를 향해 어깨를 확 틀고 그를 쳐다보았다. 그런 다음 낮은 목소리로 말했다.

"알아. 어느 쪽이든 일확천금은 싫다니까?"

"에이, 거짓말."

하 대리는 얼굴 가득 장난스러운 미소를 지은 채 나를 스쳐 지나갔다. 그런 그를 쳐다보다가 마침 우리 쪽을 보고 있던 유 대리님과 눈이 마주쳤다.

"!"

황급히 시선을 피한 나는 어찌할 바를 모르다가 얼떨결에 눈에 보이는 탕비실로 걸음을 옮겼다. 이왕 들어온 거 커피나 마셔야겠다 싶어서 커피포트의 버튼을 누르고 기다리고 있는데, 그 순간 탕비실 문이 열렸다.

들어온 이의 얼굴을 확인한 나는 절망했다. 난감하게도 그 사람은 유 대리님이었던 것이다.

"점심 맛있게 먹었어요?"

"아, 네."

어색하다. 이런 형식적인 인사야 전에도 몇 번 나눈 적이 있긴 하지만 지금은 상황이 다르지 않은가.

"하 대리랑 너무 친하게 지내는 거 아니에요?"

"!"

이거 봐라.

전에는 이런 말 절대 안 했었단 말이다.

"네? 뭐, 뭐가요?"

당황한 내가 더듬거리며 되묻자 유 대리님은 그 특유의 눈웃음을 지으면서 내 앞으로 바짝 다가왔다.

"나 생각보다 되게 쪼잔한 성격인데."

"네?"

바짝 다가온 그 때문에 나는 그를 올려다보면서 천천히 뒤로 물러서야 했다. 그 사이 그의 말은 계속 이어졌다.

"질투도 되게 많고요."

"그래서요?"

순간 벽에 막혀 움직임이 멈췄다. 그러자 다음 순간, 유 대리님이 내게로 한 발짝 더 가까이 다가오며 말했다.

"나 지금 질투하는 중이라고요."

그 말에 제일 먼저 반응한 건 역시 심장이었다.

……뭐야, 정말.

이 남자 진짜 나 좋아하나?

아님 설마 이거 다 몰래카메란가? 아니면 트루먼 쇼? 누가 어디서 나 몰래 찍고 있니?

"저기요."

잠시 심호흡을 하며 마음을 다잡은 나는 두 주먹을 불끈 쥐고 유 대리님의 반듯한 얼굴을 향해 말했다.

"오늘 저녁에 잠깐 시간 좀 내줄래요?"

"물론이죠. 내일 저녁도 내일모레 저녁도 내드릴게요."

솔직히 이렇게 잘생기고 목소리도 멋지고 웃는 것도 예쁜 남자한테 설레지 않는 여자는 없을 것이다. 하지만 설레는 것과 좋아하는 것은 다르다.

나는 잠깐의 설렘으로 이 남자와 사귀는 그런 멍청한 짓은 절대 하지 않을 것이다. 정말이다.

♥

아까부터 반대편에 앉아 있는 유 대리님에게로 레스토랑 안에 있는 여자들의 시선이 쏠리는 것이 느껴졌다.

물론 유 대리님이 잘생기긴 했지만 그렇게 자꾸 쳐다볼 정도……로 잘생겼네. 눈부시다. 유 대리님의 까만 눈동자와 그와 대조되는 하얀 피부를 보다가 눈이 부셔서 손으로 눈가를 살짝 가렸다가 내렸다.

"저기, 유 대리님."

"네. 말씀하세요."

나를 지그시 보면서 상냥하게 말하는 그 때문에 또다시 심장이 콩콩콩 뛴다.

역시 자신 없다.

이 남잔 내가 감당할 수 있는 그릇이 아니다.

"유 대리님은 대체 제가 왜 좋은 거예요?"

그에겐 들리지 않게 아주 작게 한숨을 내쉰 다음 질문을 던졌다. 그랬더니 유 대리님이 눈썹 끝을 올리면서 고개를 갸웃했다.

"전에도 말했는데요?"

"귀엽다는 건요, 길거리의 강아지도 귀엽고 갓 태어난 아기도 귀여울 수 있는 거예요."

단호하게 내 의견을 전하자 유 대리님은 잠시 생각에 잠긴 듯 말이 없었다. 그렇지만 그의 침묵은 길지 않았다.

"혹시 우리의 첫 대화, 기억해요?"

갑작스러운 그의 질문에 나는 고개를 저었다. 다시 한 번 말하지만 나는 유 대리님에게 크게 관심을 두지 않았었기에 아니, 못했었기에 처음 나눈 대화가 뭐였는진 잘 모르겠다.

잠시 나를 물끄러미 보던 그가 부드러운 미소를 지으며 말을 시작했다.

"유림 씨도 알다시피 우린 입사 동기긴 했지만, 부서도 달랐고 성격도 달라서 별다른 대화를 하지 못했었잖아요? 근데 입사하고 1년 반 정도 지났나? 그때 상여금이 잘못 입금돼서 제가 유림 씨를 따로 찾아간 적이 있었어요."

"아아⋯⋯."

그제야 생각이 났다. 어렴풋하지만 그때, 그러니까 우리는 분명 이런 식의 대화를 나눴었다.

"유림 씨, 드릴 말씀이 있습니다."

"네, 주세요."

"네?"

"말씀 달라고요."

그때 나는 일대일로는 한 번도 대화를 나눠 본 적이 없는 유 대리님이 갑자기 내 책상 앞으로 와서 조금 놀란 상태였다. 그런데 동요를 숨기느라 나온 내 본모습이, 유 대리님은 조금 재미있었던 모양이다.

"그때는 그냥 황당한 정도였는데, 집으로 오는 내내 계속 유림 씨가 생각나더니 피식피식 웃음이 나더라고요."

말을 하는 유 대리님의 얼굴에 미소가 피어올랐다. 저 미소를 순수하게 믿고 싶다. 하지만 분명 저 미소에 홀린 여자들이 한둘이 아니겠지.

"그래서 재미있는 여자구나 싶었고 그 뒤로는 귀엽게 보이더라고요."

그의 달콤한 미소에 홀리지 않으려고 두 눈에 힘을 주고 부릅떴다. 그런 다음 그에게 물었다.

"그럼 그때부터 절 좋아했나요?"

"아뇨. 그건 아니고……."

"그럼 언제부터 절 좋아했죠?"

"으음."

내 집요한 물음에 유 대리님은 자신의 턱을 매만지면서 한참을 생각에 잠겼다.

"그건 잘 모르겠고, 암튼, 고백 해야겠다 결심한 건 한 한 달쯤? 됐어요."

얼마 안 된 싱싱한 감정이구나. 게다가 좋아하기 시작한 시기도 모른다, 이 남자. 그런 얕은 감정은 접는 것도 빠를 거다. 그러니 속 시원히 말하자.

"그럼 제가 그 고백에 대한 답을 드릴게요."

내가 단호한 어조로 이렇게 말하자 유 대리님의 두 눈이 동그래졌다.

"네? 지금요? 이 자리에서?"

"네. 지금요. 이 자리에서."

"너무 빠르지 않아요?"

"아뇨."

다부지게 고개를 저은 나는 테이블 아래에 숨긴 두 주먹을 꽉 움켜쥐며 이어 말했다.

"저는 유 대리님에게 마음이 전혀 없어요."

당황해서 커진 두 눈을 깜박이던 유 대리님이 황급히 입을 열었다.

"그러니까, 결론이 너무 빠르다니까요. 나 아직 잘 모르잖아요. 좀 더 겪어 보고 결정하는 게 어때요?"

"아뇨. 전 유 대리님이랑 잘될 생각 개미 똥만큼도 없습니다. 그러니 그만하시죠."

"허—"

그래. 기가 막히겠지.

"나 지금 차인 거예요?"

유 대리님이 확인하듯 물었다.

하긴. 놀랍겠지. 분명 저 잘난 남자는 그동안 차인 적이 거의 없을 테니 말이다.

"네. 제가 유 대리님 찬 겁니다."

그래. 어차피 자신 없어서 사귀지 못할 거, 쿨하게 차 버리기나 하자. 그래서 저 남자의 인생에 자신을 찬 나쁜 여자로 남아 버리자.

이러지 마세요!

2

"네. 제가 유 대리님 찬 겁니다."

그래. 이제 어쩔 거냐?

일단 창피하니까 자리를 박차고 일어나겠지?

그리고 화가 나니까 뒤도 안 돌아보고 차갑게 가 버리겠지?

그런데 자리에 앉아 한참을 깊은 한숨만 내쉬던 유 대리님이 내뱉은 첫 마디는 꽤 의외였다.

"일단 드시던 건 마저 드시죠."

"네?"

나는 순간 내 귀를 의심했다.

지금 이 상황에서 계속 밥을 먹자는 거야, 이 남자?

"아깝잖아요."

그냥 안 먹으면 안 될까?

정말 불편한 저녁 식사였다. 그런데 내 앞의 유 대리님은 스테이크를 잘도 썰어서 맛있게도 먹었다.

마음이 불편하니 내가 제일 환장하는 고기마저도 그냥 동물의 지방 덩어리로밖에 안 보였다. 그래서 하릴없이 놀고 있는 포크로 스테이크 옆에 있는 그린빈을 콕콕 찔러 댔다.

'내가 찬 잘난 남자랑 단둘이 식사를 하는 건 정말 고역이구나.'

그린빈만 포크로 찌르고 있는 내 행동이 이상했는지 유 대리님이 두 손을 멈추고 나를 쳐다보았다.

"왜 안 드세요? 맛이 없어요?"

"아, 아뇨. 입맛이 없어서요……."

누가 보면 내가 찬 게 아니라 차인 것 같은 상황이었다.

결국 유 대리님은 깨작거리는 내 앞에서 접시를 깨끗하게 비우고 나서야 자리에서 일어섰다. 외투를 챙겨 입는 그를 쳐다보다가 무심코 테이블 위의 계산서를 발견했다.

그래, 계산! 계산이라도 내가 해야 마음이 좀 편해질 것 같았다.

그래서 나는 유 대리님이 계산서를 손에 들기 전에 재빨리 그것을 집어 들고 계산대를 향해 갔다.

"계산은 제가 할게요!"

이렇게 외치고 급히 가는데 그런 내 뒤에서 유 대리님의 목소리가 들려왔다.

"계산은 내가 아까 했는데요."

"네?"

순간 걸음을 멈춘 내가 그를 향해 어깨를 홱 돌리자 유 대리님이 그 특유의 눈웃음을 지으며 대답했다.

"저 아까 화장실 갔을 때."

"아, 그랬어요?"

미안해서 식사 대접은 내가 하려고 했는데 저 남자가 선수를 쳐 버렸다. 찬 주제에 밥까지 얻어먹어서 많이 미안했다.

그런데 그 순간 뭔가 이상한 느낌이 들었다.

'아, 근데 잠깐만…… 저 남자, 식사 시간 동안 화장실엘 간 적이 있던가? 분명…….'

걸음을 멈춘 채 생각에 잠겨 있는 내게로 유 대리님이 다가왔다. 그는 내 손에서 계산서를 가져가더니 그대로 계산대로 걸어갔다. 그러고는 지갑에서 카드를 꺼내 계산을 하는 게 아닌가!

"어? 잠깐만요!"

허겁지겁 달려갔더니 유 대리님이 계산을 마친 카드를 지갑 안으로 넣으며 나를 쳐다보았다. 그의 입가에 싱긋 미소가 걸렸다.

"보기보다 기억력이 나쁘시네요. 저 화장실 간 적 없는데."

"그러니까요! 그게 방금 생각났어요. 근데 왜 그런 거짓말까지 하세요?"

"식사 대접을 하고 싶었으니까요. 유림 씨가 계산하면 제가 대접한 게 아니잖아요?"

나를 향해 씨익 매력적인 미소를 날린 유 대리님이 먼저 레스토랑을 빠져나갔고, 나는 뭐에 홀린 듯 그의 뒤를 멍한 얼굴로 따라갔다.

그러다 얌전히 그의 뒤를 쫓아가고 있는 스토커와도 같은 내 모습에 화들짝 놀라 정신을 차렸다.

저 봐, 저 봐. 나 같은 건 꼼짝도 못 하는 게 만드는 저 스킬 좀 보라고.

저 남자는 분명 내가 감당할 수 있는 그릇이 아니다. 내가 앞접시라면 저 남자는 김장용 고무 대야다, 고무 대야.

고무 대야 뒤에서 아니, 유 대리님 뒤에서 쭈뼛거리고 있는 앞접시 아니, 나를 돌아본 유 대리님이 자신의 차 쪽으로 팔을 뻗으며 말했다.

"집까지 데려다드릴게요."

"네? 아뇨. 됐어요."

나는 황급히 두 손을 저었다. 안 그래도 불편한데 차까지 얻어 타라고? 그건 정말 말도 안 된다. 그러나 유 대리님은 물러서지 않았다.

"타세요."

"괜찮습니다. 택시가 편해요."

"타세요."

"진짜 괜찮다니까요. 요 앞에서 택시 잡으면 금방……."

"타. 세. 요."

내가 계속 안 탄다고 하면 밤새 '타세요'만 반복할 것만 같아서 입을 멈추고 유 대리님의 얼굴을 올려다보았다. 그의 표정은 딱딱하게 굳어 있었다.

솔직히 평소 생글거리기만 하던 얼굴로 저렇게 정색을 하니 조금 무섭긴 했다.

"저한테 왜 이러세요?"

나는 정말 유 대리님이 왜 이러는지 궁금했다.

"내가 뭘요?"

"이러지 마세요."

내가 조금 떨리는 음성으로 말하자 그제야 유 대리님의 얼굴에 미소가 살짝 피어올랐다.

"왜요? 나랑 잘될 생각이 개미 똥만큼도 없다는 여자한테 내가 너무 잘하는 것 같나요?"

아까 내가 유 대리님을 거절할 때 쓴 말을 그대로 인용하는 그 때문에 나는 얼굴이 화끈거렸다.

"……그 말, 다시 들어 보니 굉장히 매너 없는 말이네요. 사과드릴게요."

"사과 받아 줄 테니까 타요."

유 대리님이 자신의 차 쪽으로 다가서면서 다시 한 번 말했다.

하지만 역시 불편하다. 불편하단 말이다. 도대체 나한테 왜 이러는 거야?

그때 그가 조수석 차 문을 열었다.

"!"

안 그래도 불편해 죽겠는데 나를 위해 차 문까지 열어 준다, 이 남자.

자신이 찬 남자한테 이런 극진한 대접받고 부담스러워서 죽으라 이건가?

"어서요."

"……."

결국 나는 어쩔 수 없이 그의 차에 올라탔다.

내가 지금 앉아 있는 이 고급 승용차의 조수석이 그 어떤 가시 방석보다 불편하다면 어느 누가 믿을까?

그렇게 한참을 달리던 차가 드디어, 드디어 우리 동네로 들어섰다. 이제 집으로 돌아갈 수 있겠다. 이 불편함에서 벗어날 수 있겠어.

익숙한 집이 보이는 순간 나는 유 대리님에게 차를 세워 달라고 말했다. 내 말에 유 대리님이 차를 세우자마자 나는 잽싸게 차에서 내렸다. 늦게 내렸다가 그가 차 문이라도 열어 주면 안 되니까 말이다.

그냥 가도 되는데 아니, 그냥 갔으면 좋겠는데, 역시나 친절한 이 남자는 나를 따라 곧바로 차에서 내리며 부드럽게 인사를 건넸다.

"조심히 들어가요."

손까지 흔들며 배웅하는 남자에게 나는 무겁게 고개를 끄덕여 보였다.

"네. 데려다주셔서 감사해요."

"내일 회사에서 봐요."

불편해. 내일 확 회사 안 나가 버릴까?

이런 쓸데없는 고민을 하면서 대문을 향해 걸어가는데 뒤에서 익숙한 부름이 들려왔다.

"유림아."

그 목소리에 화들짝 놀란 나는 재빨리 어깨를 틀어 뒤를 돌아보았다.

"오빠?"

어둠 속에서 슬리퍼를 질질 끌며 편의점 비닐봉지를 든 채 나타난 오빠는 우리 집 앞에 서 있는 유 대리님을 발견하고 두 눈을 크게 떴다.

"어? 지난번에 병원에서 본 그 친구네?"

굉장히 반갑다는 표정을 지으며 오빠가 유 대리님에게 한 손을 내밀었다. 그러자 유 대리님은 오빠가 청한 악수에 응하며 허리를 꾸벅 숙였다.

"네. 맞습니다. 유민석입니다."

"내가 그때 인사를 제대로 안 했지? 난 유림이 오빠, 현유현. 거꾸로 해도 현유현, 바로 해도 현유현."

오빠의 웃기지도 않은 농담에 유 대리님은 참 크게도 웃어 주었다. 그런데 그때, 오빠가 맞잡은 유 대리님의 손을 놓지 않은 채 나를 힐끔 돌아보면서 말했다.

"근데 둘이 아무 사이 아니라더니 집까지 데려다줘?"

오빠의 눈빛이 수상하다는 듯 음흉하게 반짝였다. 그래서 무슨 변명이라도 하려고 입을 여는 순간 유 대리님의 목소리가 빠르게 울려 퍼졌다.

"아무 사이 아닌 거 맞습니다. 제가 오늘 유림 씨한테 고백했다가 차였거든요."

"!"

헛. 저, 저 남자가 미쳤나!

순간 당황한 나는 급히 유 대리님에게로 가까이 다가가서 그의 팔을 잡았다.

"미쳤어요? 그런 말을 왜 해요?"

그러자 이번엔 오빠가 내 팔을 잡아채며 말했다.

"너야말로 미쳤어? 이런 근사한 남자를 대체 왜 차?"

그 말에 유 대리님은 오빠를 향해 애원하는 표정을 지었다.

"그죠? 형님이 유림 씨 좀 설득해 주세요."

그야말로 아비규환이었다.

우리는 삼각형의 형태를 이루고 서서 자신을 보고 있지도 않은 상대에게 계속 말을 쏟아 냈다.

"유 대리님, 이러실 거면 그만 가 주세요."

"왜 그렇게 차갑게 굴어, 유림아? 유 군 무안하겠다."

"저는 괜찮습니다, 형님."

어떻게 두 번 본 우리 오빠한테 저렇게 '형님' 소리가 잘 나오담? 생각보다 많이 능청스러운 남자다.

나는 결국 유 대리님의 팔을 잡고 그를 억지로 그의 차 쪽으로 잡아끌었다.

"시간이 많이 늦었어요. 피곤하지 않으세요? 얼른 돌아가세요."

잡힌 팔을 가만히 내려다보던 유 대리님이 갑자기 내 얼굴 앞으로 자신의 얼굴을 들이밀면서 물었다.

"혹시 화났어요?"

"네? 아, 아뇨."

갑작스럽게 가까이 마주하게 된 유 대리님의 반듯한 얼굴에 심장이 쿵 하고 반응했다. 황급히 시선을 바닥으로 내리자 정수리 쪽에서 유 대리님의 낮은 목소리가 들려왔다.

"그럼 됐어요. 나 갈게요. 잘 자요."

얌전히 그 목소리를 듣고 있는데 내 머리 위로 그의 손이 올라와 부드럽게 쓰다듬는 느낌이 들었다.

"!"

갑작스러운 유 대리님의 공격에 당황해서 얼굴이 화끈거렸다. 그래서 얼굴을 푹 숙였는데, 그 사이 유 대리님은 우리 오빠에게 인사를 남기고는 차에 올라탔다.

"형님도 안녕히 주무십시오."

유 대리님이 가 버린 후 오빠는 정말 이해할 수 없다는 표정을 지으며 내게 다가왔다. 그가 무슨 말을 할지는 듣지 않아도 알 것 같았다.

"저런 괜찮은 남잘 왜 찼어, 대체?"

역시. 그래서 나는 그냥 오빠의 질문을 무시하고 집으로 들어왔다. 그런데 오빠는 그런 내 뒤를 졸졸 따라오며 귀찮게 굴었다.

"너 그냥 튕겨 본 거지? 사실은 마음에 드는데, 밀당하는 거지? 그렇지? 암튼 여자들이란, 쯧쯧—"

내 마음을 몰라도 너무 몰라주는 오빠 때문에 울컥 화가 난 나는 몸을 홱 돌려 오빠를 노려보았다.

"저 남자가 회사에서 얼마나 인기가 많은 줄 알아? 잘생겼지, 성격 좋지, 일까지 잘해. 근데 난 저런 잘난 남자 싫어. 부담스러워. 내 주위에 잘난 남자는 오빠랑 아빠로도 이미 충분하니까."

결국 내 콤플렉스가 문제였다. 별로 예쁘지도 않고 평범한 내가 그런 남자를 감당할 수 있을까…… 도저히 자신이 없었던 것이다.

"뭐야? 결국 자신이 없어서 찼다는 거야?"

역시 오빠는 머리가 좋아서 그런지, 그 이유를 바로 알아챘다.

"……가서 잘래. 이제 따라오지 마."

안타깝다는 듯이 바라보는 오빠의 눈빛을 피해 나는 고개를 돌렸다. 그리고 조용히 방으로 향했다.

나도 속상하다.

하지만 후회는 없다.

이대로 유 대리님과는 더는 엮이지 않는 게 맞는 것 같다. 아니, 맞다.

♥

그런데 정말 모르겠다. 왜 이렇게 된 건지.

내가 그를 거절한 게 오히려 그의 마음에 불을 붙인 건지 아니면 그냥 오기가 생기게 만든 건지 모르겠는데, 그날 이후 유 대리님의 대시는 더욱 강력해졌다.

"잘 잤어요?"

출근 시간보다 30분 일찍 출근해서 창틀 먼지를 제거하고 있는 내 곁으로 누군가 다가온다 싶었는데, 목소리를 들어 보니 유 대리님이었다.

"그런 거 물어보지 마세요. 우리가 그렇게 친근한 사이도 아니잖아요?"

그를 돌아보지도 않고 퉁명스럽게 대답한 나는 창틀을 닦던 걸레를 들고 화장실로 향했다. 그런 내 뒤를 유 대리님이 따라왔다.

"뭐 어때요? 이제부터 친근해지면 되지."

"전 그럴 생각이 없습니다."

"왜요? 그냥 친해지자는 건데."

저 남자가 이러는 이유가 대체 뭘까?

솔직히 나 정도 여자는 그냥 콧방귀만 뀌어도 흔들려서 넘어올 것 같았는데 안 그러니까 승부욕이 생겼나?

"아침마다 이렇게 1등으로 출근해요?"

"……."

"유림 씨 일찍 출근하는 것 같아서 나도 한번 빨리 와 봤어요."

화장실 문 밖에서 끈질기게 말을 시키는 유 대리님을 무시하고 열심히 걸레를 빤 나는 그 걸레를 들고 다시 사무실 안으로 들어왔다. 막 출근한 직원들 서너 명에게 눈인사를 건네고 있는데 뒤에서 다시 유 대리님의 목소리가 들려왔다.

"어젯밤에 나 간 뒤에 형님이 별말씀 안 하셨어요?"

"!"

내 뒤를 바짝 쫓아온 유 대리님이 불쑥 던진 말에 나는 주위를 휙휙 둘러보며 직원들의 눈치를 보았다. 다행히 그들은 특별히 우리를 주시하고 있진 않았다.

"그런 사적인 말은 하지 말아요. 누가 들으면 오해하겠어요."

나는 직원들의 눈치를 보며 유 대리님에게 낮게 속삭였다.

"오해할 게 뭐있어요? 사실인데."

뻔뻔스러운 유 대리님의 대답에 나는 아랫입술을 살짝 깨물었다. 곤란하다. 참으로 곤란한 남자다.

"저한테 정말 왜 이러세요? 이러지 마세요."

거의 애원하듯이 말하자 유 대리님은 조금 서글퍼 보이는 표정을 지었다.

"유림 씨야말로 나한테 왜 이래요? 나랑은 친해지기도 싫어요?"

대답을 하려고 입을 여는 순간 사무실 안으로 직원들이 여러 명 들어왔다. 그들의―특히 여자들의― 시선이 유 대리님과 나에게 쏠리는 듯해서 나는 얼른 내 자리로 돌아왔다.

그때 마침 내 눈에 사무실로 들어오고 있는 하 대리의 동그란 얼굴이 보였다. 그래서 그를 향해 빠르게 달려갔다.

"얘기 좀 해, 하 대리."

그대로 하 대리의 팔을 끌고 복도로 나온 나는 그를 비상구 계단으로 데려갔다. 그리고 어리둥절해하는 하 대리에게 말했다.

"나 어떡하지? 나 그냥 유 대리랑 사귈까?"

"왜 이래? 진심이야?"

얼굴을 찡그리면서 되묻는 하 대리를 향해 나는 당당하게 대답했다.

"어! 생각해 보니까 이런 천재일우가 또 언제 있겠나 싶어. 저렇게 잘생기고 멋진 남자가 나 좋다는데! 아까도 잠시 나랑 있었을 뿐인데 여직원들이 막 쳐다보더라고! 막 신기하다는 듯이! 유대리랑 사귀면 나 완전 사내 스타 되는 거 아니야? 아이 신나라! 나 미리 사인 만들어 둘까? 영어 들어간 걸로?"

"……그렇게 부담스럽냐?"

알 만하다는 얼굴로 하 대리가 툭 던지듯 물었다. 그래서 나는 결국 못 참고 울상을 짓고 말았다.

"부담스러워 미치겠어."

남은 심각한데 하 대리는 장난스럽게 내 울상인 얼굴 표정을 따라했다. 울컥한 내가 그의 어깨를 철썩 때려 버리자 하 대리는 고통스러운 표정으로 자신의 어깨를 부여잡았다. 고통에 찬 얼굴로 그가 말했다.

"그렇게 부담스러우면 그냥 남친 있다고 해 버려."

"!"

그래!

내가 왜 그 생각을 못 했지?

마침내 해결의 실마리를 찾은 것 같았다. 드디어 이 중압감에서 벗어날 수 있겠다 싶었다. 그가 믿어 주기만 한다면 말이다.

기분이 훨씬 좋아진 나는 한층 밝아진 목소리로 하 대리에게 말했다.

"좋은 의견 고마워. 그리고 도와준 김에 하나만 더 도와줘."

"뭘?"

귀를 파면서 건성으로 묻는 하 대리에게 의미심장한 미소를 지으며 입을 열었다.

"그 남친, 하 대리라고 하자."

그 순간 하 대리는 두 눈을 크게 뜨며 펄쩍 뛰었다.

"뭐? 내가 왜? 내가 뭐 잘못했어? 그럼 차라리 화를 내!"

"한 번만 도와줘. 친구 좋다는 게 뭐야?"

유 대리님은 내가 하 대리랑 친한 걸 알고 있으니까 하 대리가 내 남자 친구라고 하면 의심 없이 믿을 것 같았다. 그러니 내 남친 역에는 하 대리가 적격이다.

"꼭 그렇게까지 해야 돼?"

하 대리는 영 내키지 않는다는 듯이 물었다.

"어! 그 정돈 해야 돼. 저 남자, 생각보다 강력하단 말이야."

"어휴……."

하 대리는 미간을 구기며 크게 한숨을 내쉬었다.

하지만 역시 하 대리는 하 대리였다. 착한 우리 하 대리!

"난 진짜 아무것도 안 할 거야. 그냥 명의만 빌려주는 거라고."

"알았어. 고마워, 하대!"

그래. 남친이 있다고 하면 그도 포기하겠지.

이러지 마세요!

3

"좋은 아침."

내가 항상 출근 시간 30분 전에 회사에 온다는 것을 안 유 대리님은 그날부터 매일 나와 같은 시간에 출근을 했다. 그리고 묵묵히 사무실 청소를 하는 내 곁에서 같이 청소를 했다.

부담스러워서 그만하라고 몇 번이나 말했지만, 유 대리님은 들은 척도 안 했다.

그래서 오늘은 이 남자를 확실히 정리하려고 한다. 아니, 정리시키려고 한다.

직원들이 출근하기 전에 깨끗하게 정리를 끝내기 위해 나는 유 대리님에게 다가서며 제안했다.

"커피 한 잔 하실래요?"

내가 먼저 그에게 말을 건 건 처음이었다. 그래서인지 유 대리님은 두 눈을 크게 뜨고 텅 빈 사무실 안을 둘러보았다.

"어……? 저, 저요?"

"그럼 여기에 유 대리님 말고 누가 있어요?"

퉁명스럽게 대꾸했더니 유 대리님이 피식 웃으며 말했다.

"안 믿겨서 그렇죠. 요 며칠 계속 나 무시했잖아요. 내 전화랑 문자도 다 무시하고."

어젯밤에도 이 남자한테서 [잘 자요. 예쁜 꿈꾸고.]란 문자가 왔었다. 무시했지만, 솔직히 설레었다. 하지만 설레도 곤란했다. 이 남잔 그 잘난 유민석이니까.

그러니까 어서 하 대리랑 사귄다고, 그러니까 연락하지 말라고, 말해야 하는데……. 그래야 하는데……!

차마 입이 안 떨어진다.

우리는 휴게실로 자리를 옮겨 각자 손에 자판기 커피를 한 잔씩 들었다. 하지만 서로 딱히 말은 없었다.

"……."

"……."

어색하다. 무지 어색하다.

커피 한 잔 하자고 부른 내가 먼저 무슨 말이라도 하긴 해야겠는데 이상하게 입이 안 떨어졌다.

그에게 거짓말이 하기 싫은 건지 아니면 남자 친구가 있다는 말이 하기 싫은 건지, 도저히 입을 움직일 수가 없었다.

"이상형이 어떻게 돼요?"

결국 어색한 침묵을 깬 건 유 대리님 쪽이었다. 갑작스러운 그의 질문에 나는 고개를 좌우로 저었다.

"그런 거 없어요."

"에이, 그런 거 없는 사람이 어디 있어요? 키가 큰 남자가 좋다거나 중저음의 목소리가 좋다거나, 뭐 그런 거 있잖아요. 특별히 좋아하는 배우도 없어요?"

"으음."

나는 곰곰이 생각에 잠겼다.

좋아하는 이상형이라……. 한 번도 구체적으로 생각해 본 적은 없지만 굳이 꼽자면 이런 스타일이다.

"제가 여자치곤 큰 편이라 키는 좀 큰 남자가 좋고요. 으음…… 제가 여자치곤 목소리가 낮은 편이라 저보다 훨씬 낮은 목소리가 듣기 좋고 끌리더라고요. 성격은 제가 활발한 편이 아니라서 조금은 적극적이고 활발한 사람이 좋아요."

"아아."

내가 말을 마치자마자 유 대리님은 옅은 미소를 지으며 고개를 끄덕였다. 그러더니 불쑥 내게 물었다.

"근데 그거 알아요?"

"?"

무슨 소리냐는 의미로 두 눈을 동그랗게 뜨자 유 대리님이 그 특유의 눈웃음을 지으며 이어 말했다.

"저, 그거 세 개 다 해당돼요."

화악—

그 말을 듣는 순간 얼굴이 화끈거렸다. 붉어지는 얼굴을 감추려고 일부러 헛기침을 하면서 손으로 얼굴을 가렸다. 그런 상태로 유 대리님을 향해 버럭 소리쳤다.

"저요! 하 대리랑 사귀어요!"

"네?"

순간 깜짝 놀란 듯 유 대리님은 눈을 크게 뜨더니 이내 눈썹을 일그러뜨렸다.

거짓말엔 익숙지 않아서 손끝이 덜덜 떨려 왔지만 꾹 참고 검지와 중지를 꼬아 몸 뒤로 감추었다. 이렇게 하면 거짓말을 들키지 않는다고 언젠가 책에서 읽은 적이 있다.

"사, 사실은 비밀이었는데, 저 사내 비밀연애하고 있어요, 하대리랑."

"아아……. 그렇군요."

조금 불편해 보이는 얼굴로 유 대리님은 고개를 끄덕였다. 그러고는 잠시 후 다시 입을 열었다.

"잘 어울려요, 두 분."

뭐?

할 말이 그것뿐이야?

순간 기분이 이상했지만 그걸 티낼 순 없었다. 그래서 억지로 웃으면서 고맙다는 인사를 전했다. 그리고 마지막으로 가장 중요한 말을 덧붙였다.

"비밀, 지켜 주세요."

진짜도 아닌데 괜히 소문이 났다가는 일만 커진다. 내 말에 유 대리님은 걱정 말라는 듯 훈훈한 미소를 지어 보였다.

"네, 물론이죠. 그런 줄도 모르고 귀찮게 해서 죄송해요. 전 이제 두 분의 앞날을 축복해 드릴게요."

생각보다 포기가 참 빠른 남자다. 아까까지 나한테 그렇게 집착을 하더니, 뭔 남자가 저렇게 포기가 빨……라서 좋구나! 진작 이렇게 할걸! 잘됐다. 정말 잘됐다.

재빨리 정신을 차린 나는 그에게 쿨한 마지막 인사를 전했다.

"그럼 이제 우리 따로 만나는 일은 없었으면 좋겠네요. 각자의 자리에서 잘 살아 봐요. 안녕!"

후, 후련하다.

정말이다.

나는 정말 후련하고 시원하고 기분이 아주 좋다.

♥

나는 이제 유 대리님이 나를 귀찮게 안 해서 너무 좋았다.

밤마다 '잘 자'라는 이상한 문자도 안 오고 아침마다 내 곁을 서성거리는 유 대리님을 볼 일도 없어서 나는 아주아주 신이 났다. 세상이 핑크빛이다, 핑크빛.

"저기……"

그런데 내 핑크빛 세상으로 유 대리님이 다시 들어왔다. 그는 내 책상 앞으로 와서는 뭔가 말하기 굉장히 힘들다는 표정으로 자신의 뒷머리를 긁적거렸다.

"왜 그러시죠?"

도도하게 물었더니 유 대리님은 한참을 주저하다가 다시 입을 열었다.

"내 착각일 수도 있지만, 아까부터 날 노려보는 거 같아서요. 아니죠?"

"제가요? 설마요."

웃기는 소리 말라며 코웃음을 쳤지만, 사실은 가슴속 한구석에 있는 양심이 조금 찔렸다.

솔직히 말하면, 뭔 남자가 저렇게 쿨하고 포기가 빠르나 싶어서 조금 원망스러운 눈초리로 유 대리님을 봤던 건 사실이었으니 말이다. 하지만 절대 눈치챌 수 없게 아주 짧고 빠르게 노려봤다고 자부했는데, 그걸 눈치챘을 줄이야!

"그럼 됐어요."

다행히 유 대리님은 내 말을 믿는 눈치였다. 그런데 그는 아직 할 말이 남았다는 듯 계속 내 책상 근처를 서성거렸다.

"근데 이걸 또 얘기해야 되나 말아야 되나."

그가 중얼거리는 말을 들은 나는 미간을 좁히며 물었다.

"또 무슨 얘기요?"

"있잖아요, 그게……."

말을 하면서 그가 내 쪽으로 허리를 숙여 얼굴을 가까이 가져왔다. 그의 반듯한 얼굴이 가까워지자 나는 사무실 안의 직원들의 눈치를 보았다. 다행히 우리를 주시하고 있는 직원들은 없었다.

그때 유 대리님의 목소리가 낮고도 가깝게 들려왔다.

"사실은 내가 아까 봤는데, 하 대리가 영업 팀 효연 씨랑 단둘이 밥을 먹더라고요."

"아, 그래요?"

맨날 점심 혼자 먹더니만 오늘은 그래도 점심 동료를 찾은 모양이군. 외롭진 않았겠어. 괜히 밥 먹으면서 휴대폰으로 관심도 없는 연예인 기사 보는 일도 없었을 테고.

"그게 끝이에요?"

내 반응에 유 대리님은 다소 허무하다는 표정을 지었다. 그래서 고개를 갸웃하며 되물었다.

"그럼 뭐가 더 필요해요?"

그랬더니 그가 의외의 단어를 던졌다.

"질투, 안 해요?"

"질투요? 그런 걸 왜 하죠? 저는 질투란 감정을 모르는 여자입니다."

내가 대체 왜 하 대리가 점심 동료를 찾은 걸로 질투를 해야 하지? 나도 점심 동료를 찾으려면 얼마든지 찾을 수 있다. 그렇지만 단지 귀찮으니까 혼자 먹는 것뿐이란 말이다.

그때 유 대리님이 혼잣말하듯 중얼거렸다.

"아니, 아무리 그래도, 자기 남친이 딴 여자랑 단둘이 밥 먹었다 그러면 화나지 않나?"

"!"

헛.

잠시 잊고 있었다.

지금 하 대리는 내 남친. 그러니까 이 일은 즉, 내 남자 친구가 딴 여자랑 단둘이 밥을 먹은 엄청난 사건이었다.

"유림 씨, 되게 쿨하시구나."

아니다. 나는 질투심 덩어리 같은 여자다. 질투의 화신도 나보단 질투가 약할 것이다.

하지만 하 대리는 내 가짜 남친이니까, 하 대리한텐 아무 감정이 없으니까 그런 거다. 진짜 내 남친이었으면 일주일 넘게 삐져 있을 사건이란 말이다!

건망증 덕분에 아주 쿨한 여자가 된 나를 유 대리님은 흥미롭다는 눈빛으로 쳐다보았다.

'……혹시 쿨한 여자 좋아하나? 큰일이네. 난 쿨은커녕 웜한 여잔데!'

잠시 후 자기 자리로 돌아가려고 몸을 돌린 유 대리님이 갑자기 생각났다는 듯 나를 돌아보며 물었다.

"오늘 회식 있던데, 유림 씨 갈 거죠?"

"글쎄요."

술을 즐겨하진 않는지라 회식은 달갑지 않았다. 하지만 유 대리님의 다음 말은 참 달가웠다.

"부장님이 오랜만에 고기 사신대요."

"갈 거예요."

10초도 안 지나서 회식에 가기로 결정을 내린 게 조금 민망했지만, 회식 메뉴가 고기인 이상 나는 절대 회식에 빠질 수가 없다. 고기 먹고 죽은 귀신은 때깔도 곱다 하지 않았는가?

"그럼 이따 봐요."

유 대리님은 나를 향해 씨익 웃어 보인 후 그대로 자기 자리로 돌아갔다. 그가 돌아가자마자 참았던 한숨이 훅 새어 나왔다.

저 남잔 날 포기한 거야, 안 한 거야?

신경 쓰여, 완전 쓰여.

♥

"마셔라, 마셔라, 마셔라!"

역시 언제나 그렇듯 넉살 좋은 하 대리가 회식 분위기를 주도했다. 고깃집 한가운데에 서서 시끄럽게 술 마시기를 유도하고 있는 하 대리를 보다가 피식 웃어 버렸다.

저러니 살이 안 빠지지.

뭐? 살찐 남자는 안 긁은 복권? ……저래선 평생 안 긁힌다.

부어라 마셔라 하는 분위기 속에서도 술은 거들떠도 안 보고 구석에서 혼자 고기만 계속 집어 먹었다.

맛있다. 역시 고기는 너무 맛있다.

"너무 마시는 거 아니에요?"

"!"

갑작스럽게 뒤에서 누군가 말을 거는 바람에 고기 먹다가 사레들릴 뻔했다. 화들짝 놀란 나는 황급히 고개를 돌리며 대답했다.

"조금 빨리 먹었을 뿐, 마신 건 아니에요."

그랬더니 나에게 말을 건 유 대리님이 피식 웃음을 터뜨렸다. 그는 그렇게 한참을 웃다가 겨우 말을 이었다.

"아뇨. 술 너무 마시는 거 아니냐고요. 유림 씨 말고 하 대리."

"아아……."

고기에 너무 집중하고 있어서 그 말이 나한테 한 말인 줄 알았다. 민망해하면서 시선을 돌리는데 유 대리님의 불그스름한 광대가 보였다. 그러고 보니 내게 상체를 숙이고 있는 그에게서 강한 술 냄새도 풍겨 왔다.

"술 많이 마셨어요?"

내 질문에 그가 황급히 자신의 입가를 가리며 몸을 뒤로 뺐다.

"아, 혹시 냄새 나요?"

"네. 많이요."

"죄송해요."

유 대리님은 민망한 표정으로 내게서 멀어졌다. 멀어지는 그가 아쉬웠지만 나는 그보다 고기가 먼저였다. 그래서 남은 고기에 다시 집중하기 시작했다.

잠시 후 고기를 다 먹고 주위를 둘러보니 다들 자리를 뜨는 분위기였다. 그래서 나도 자연스럽게 자리에서 일어섰다. 그리고 직원들을 따라 고깃집을 나왔다.

집으로 돌아가려고 직원들에게 인사를 하다가 저 멀리 유 대리님을 발견했다. 그는 고개를 획획 돌리며 누군가를 찾고 있는 것 같았다.

'혹시 나 찾나?'

혹시나 하는 마음에 그를 쳐다보고 있으니 정말 거짓말처럼 그가 내 쪽을 보고는 내게로 달려왔다.

"어떡할 거예요?"

내 앞에 멈춰 선 그가 나직하게 묻는 말에 나는 영문을 몰라 되물었다.

"뭘요?"

그랬더니 유 대리님이 고깃집을 가리키면서 더 낮은 목소리로 말했다.

"지금 저 가게 안에 하 대리만 남아 있어요. 인사불성으로 취해서……."

'그래서? 뭘 어쩌라고?' 란 얼굴로 쳐다보고 있으니 그가 주위 눈치를 보면서 작은 목소리로 덧붙였다.

"남친 챙겨야죠."

아아, 이런. 남친이었지, 참!

"아, 물론 제가 데리고 가야죠."

사실은 엄청 귀찮았지만 유 대리님에게 거짓말을 들킬 순 없어서 씩씩하게 고깃집 안으로 다시 들어갔다. 그러자 고깃집 안에 혼자 앉아 있던 하 대리가 나를 발견하고는 큰 목소리를 보내 왔다.

"어? 어, 어? 우리 유림이? 아직 안 갔어어어?"

그 천진난만한 모습에 나는 울컥 화가 났다.

"너 때문에 못 갔잖아."

"뭐어? 뭐라고오? 나 그래도 너보다 한 살 많다? 형이야, 형."

"오빠겠지."

씩씩거리며 하 대리에게 다가간 나는 곧바로 그의 겨드랑이에 손을 넣어 일으켜 세우려고 했다. 하지만 내 힘을 너무 과대평가한 탓일까, 아니면 하 대리의 몸무게를 너무 과소평가한 탓일까. 하 대리는 정말 꿈쩍도 하지 않았다.

이렇게 된 이상 그를 이동시킬 수 있는 방법은 하나다.

"업혀, 인마!"

결국 나는 하 대리에게 등짝을 보이며 힘 있게 말했다. 그런데 그런 내 눈앞으로 윤이 나는 구두 두 짝이 다가오는 게 보였다.

서, 설마?

불안한 마음에 슬그머니 고개를 들어 보니 놀란 얼굴로 나를 내려다보고 있는 유 대리님이 보였다.

"설마 지금 남친한테 '인마'라고 하신 거예요?"

믿을 수 없다는 듯이 묻는 그에게 나는 황급히 변명을 시작했다.

"아, 아니, 저, 저희가 워낙 친해서요. 절친에서 연인으로 바뀐 지 얼마 안 돼서⋯⋯."

난감한 표정으로 말하고 있는데 그런 내게로 유 대리님이 다가왔다. 그리고 그는 내 팔을 잡아 나를 일으켜 세웠다.

"!"

놀란 얼굴로 그를 올려다보는 내게 그가 짧게 말했다.

"내가 업을게요."

아무래도 유 대리님은 나 혼자 이 뚱뚱한 하 대리를 옮길 일이 걱정돼서 온 모양이다. 그의 마음이 고마웠지만 그래도 여전히 부담스러운 건 어쩔 수 없었다.

"하 대리 집이 어딘진 아시죠?"

고깃집을 나오자마자 묻는 유 대리님에게 나는 두 눈만 크게 뜰 뿐 어떤 말도 해 줄 수가 없었다. 그도 그럴 것이, 나는 하 대리의 집을 모른단 말이다.

"모르세요?"

유 대리님의 얼굴에 의구심이 깃들었다.

"네. 아직, 그렇게 친하지가 않아서⋯⋯."

"아깐 절친이라고 하시더니."

난감함에 관자놀이를 타고 땀방울이 흘러내리는 것만 같았다. 전에 오피스텔로 이사했다는 말을 듣긴 들었는데 크게 관심이 없어서 머리에 담아 두질 않았었다.

"그, 그게, 오피스텔에 사는 건 아는데……."

어색하게 변명을 하면서 유 대리님의 등에 업혀 있는 하 대리를 쳐다보았다. 아무래도 직접 물어봐야겠다. 그래서 나는 손을 올려 그의 등짝을 철썩철썩 때리면서 물었다.

"말해. 집이 어디야?"

그랬더니 유 대리님이 슥 쳐다보는 게 느껴졌다. 그의 시선에 나는 손을 멈추고 어색하게 웃었다.

"절친 때의 습관이 남아서 그만."

유 대리님이 나를 지켜보고 있었기에 이번엔 하 대리의 어깨를 잡고 부드럽게 흔들었다. 목소리도 최대한 예쁘게 냈다.

"집이 어디야, 하 대리?"

그러자 하 대리가 곧바로 눈을 살짝 뜨더니 손가락으로 도로변 근처의 한 높은 건물을 가리켰다.

"저기다, 인마."

아, 그래?

회사 근처 오피스텔로 이사한 거였구나, 하 대리.

"몇 호?"

"1004호."

그때 하 대리가 가리킨 오피스텔을 확인한 유 대리님이 나직하게 중얼거렸다.

"가깝네요."

"네. 그러게요. 다행이네요."

하 대리를 업은 유 대리님은 씩씩하게 걸음을 옮겼다. 하지만 하 대리의 몸이 좀 무겁겠는가. 중간중간 유 대리님은 몇 번이고 깊은 한숨을 내쉬었다.

걱정이 되어 몇 번이고 교대하자고 말했는데도 유 대리님은 자신을 그런 얼간이로 만들지 말라며, 끝까지 하 대리를 내게 넘겨주지 않았다.

하 대리의 오피스텔 앞에 무사히 도착해서 이제 모든 일이 끝났다고 생각했는데, 마지막 관문이 남아 있었다. 나는 굳게 닫힌 오피스텔 문 앞에서 취한 하 대리를 흔들며 물었다.

"비번이 뭐야?"

그러자 하 대리가 눈을 꾹 감은 상태로 대답했다.

"내 생일이다, 인마."

생일? 이건 또 다른 복병이다. 집도 모르는데 생일을 알 턱이 있나.

그래도 7월인 건 확실하다. 지금 막 하 대리가 여름에 태어나 더위에 강하다고 말하면서 땀을 샤워하듯이 흘리던 게 기억났으니까. 날짜를 몰라서 그렇지.

근데 하 대리한테 생일까지 물어보면 유 대리님이 분명 의심하겠지……?

그래서 일단은 0701부터 눌러 보았다. 그리고 0702, 0703, 0704까지 누르니까 뒤에서 헛웃음 소리가 들려왔다.

"설마 7월 31일까지 다 눌러 볼 생각은 아니죠?"

들켰다.

결국 유 대리님이 잠든 하 대리를 깨워 그의 생일을 알아냈다.

"하 대리, 생일이 언제야?"

"7월 30일."

에이. 차라리 7월 31일부터 거꾸로 눌러 볼 걸 그랬다.

오피스텔 안으로 들어가 하 대리를 침대 위에 눕힌 후 유 대리님은 나를 빤히 쳐다보았다. 나는 그런 그의 시선을 노골적으로 피했다. 그러자 그가 나를 향해 물었다.

"정말 하 대리랑 사귀는 거 맞아요?"

"!"

역시. 의심을 사 버렸다. 하지만 이럴수록 더 당당해야 한다.

"맞는데요?"

나는 일부러 큰 소리로 당당하게 대답했다. 그리고 아주 도도한 걸음걸이로 현관을 빠져나왔다. 그런 내 뒤를 유 대리님이 얌전히 따라왔다.

우리 둘은 엘리베이터에 올라탈 때까지 아무 말도 하지 않았다. 조용한 엘리베이터 안에서 나는 묘하게 긴장한 채 숨을 죽이고 있었다. 그런데 그때 갑자기 유 대리님이 조심스러운 목소리를 보내왔다.

"있잖아요. 아무래도……."

"저 하 대리랑 사귀는 거 맞다니까요?"

혼자 지레 겁을 먹고 소리쳤더니 그가 황당하다는 표정을 지었다.

"누가 뭐래요?"

무안해서 저절로 헛기침이 튀어나왔다.

"흠흠. 그럼 '아무래도' 뭐요?"

"아무래도, 유림 씨는 정말 귀여운 것 같다고요. 이 말 하려고 했어요."

생각지도 못한 그의 말에 얼굴이 화악 붉어지려고 했다. 그래서 황급히 시선을 내렸는데 그런 내 앞으로 유 대리님이 바짝 다가왔다.

"정말 나 별로예요?"

갑작스러운 질문이 어색해서 나는 발끝만 쳐다보면서 대답했다.

"말했잖아요. 전 하 대리랑 사귀는 사이……."

"하 대리 모르게 만나면 되잖아요?"

"네?"

깜짝 놀라서 시선을 위쪽으로 올렸다. 그러자 유 대리님의 반듯한 얼굴이 바로 보였다. 그의 표정은 제법 진지했다.

"유림 씨만 괜찮다면 난 하 대리 몰래 사귀자고 해도 좋아요."

"무슨 그런 말씀을……."

나는 순간 내 귀를 의심했다. 스물여덟 평생 처음 들어 보는 말이었으니까.

하지만 내 귀는 그 기능을 상실하거나 하지 않고 아주 정상이었다. 다음 말로 유 대리님이 쐐기를 박았으니 말이다.

"나 지금 유림 씨한테 양다리 걸치라고 제안하는 거예요."

어머나, 어머나.

이 남자 진짜 왜 이래?

미쳤나 봐!

이러지 마세요!
4

"정말 왜 이러세요?"

이 남자한테 이 말만 몇 번을 했는지 모르겠다. 그만큼 이 남자는 늘 나에게 왜 이러는지 모르겠는 행동들만 한다.

이번엔 뭐? 양다리? 한 대리 몰래 사귀자고?

나는 어이가 없어서 두 손을 척하니 허리에 올린 후, 유 대리님을 노려보았다. 그는 내 날 선 시선을 덤덤한 표정으로 마주하고 있었다. 그런 그를 향해 낮은 목소리로 말했다.

"이십 대의 그 똘기 충만한 객기는 인정할게요."

"그러는 유림 씨도 이십 대잖아요?"

"저는 그런 똘기 없습니다."

그때 마침 엘리베이터의 문이 열렸다. 그래서 나는 도도하게 유 대리님에게서 시선을 거두고 재빨리 내렸다. 그런 다음 빠른 걸음으로 오피스텔 건물을 빠져나가는데, 그런 내 뒤를 유 대리님이 따라왔다.

"그래서 지금 거절하는 거예요?"

뒤에서 그가 큰 목소리로 물었다.

"당연한 소리 하지 말아요."

순간적으로 눈썹을 꿈틀 구긴 나는 그를 향해 몸을 홱 돌리며 차갑게 말했다.

"당신을 좀 더 소중하게 여기라고요."

나는 바로 앞에 서 있는 유 대리님을 진지한 얼굴로 올려다보았다. 그리고 진심을 담아 말을 이었다.

"겨우 저의 세컨드 따위 되지 말란 말입니다!"

도대체 유 대리님이 뭐가 부족해서 나의 세컨드가 된단 말인가? 퍼스트가 되어도 분에 넘칠 판에.

"유 대리님은 그런 저급이 되실 분이 아니잖습니까? 고급인력의 대단하신 분이잖아요!"

답답함에 목소리가 절로 높아졌다.

"쿡—"

그 순간 유 대리님이 웃음을 터뜨렸다. 나는 심각한데…… 그는 손으로 입가를 가리며 그렇게 한참을 웃었다.

"농담이었어요."

얼마 지나지 않아 웃음을 멈춘 유 대리님이 이렇게 말하는데,

순간 정신이 번쩍 들었다.

하긴. 당연한 일이다. 저런 말을 진심으로 했을 리가 없지 않은가!

"날 찬 분 치고는 나를 굉장히 높게 평가해 주시네요?"

"……."

유 대리님의 말에 나는 난감해졌다. 꼭 속마음을 들킨 것만 같았기 때문이다. 하지만 애써 태연하게 대답했다.

"제가 원래 자신은 낮추고 남은 치켜세우는 그런 여자라서요."

"네. 그렇군요."

대답을 하면서 그는 또 웃었다. 저렇게 웃기만 하니 내 말을 믿은 건지 안 믿은 건지 그 속을 모르겠다.

어색한 분위기 속에서 우리는 나란히 걸어 다시 회사 근처로 돌아왔다. 잠시 후 주머니에서 휴대폰을 꺼낸 유 대리님이 나를 돌아보면서 말했다.

"미안한데 오늘은 못 데려다드릴 것 같네요. 사실 저도 지금 좀 취한 상태라, 대리운전 기사를 불러야 되거든요."

그러고 보니 그는 아까 얼굴이 붉어질 정도로 술을 많이 마신 상태였다. 지금은 얼굴에 홍조도 없고 술 냄새가 나지도 않았지만 분명 아까 마신 술이 다 깨진 않았을 것이다.

나를 앞에 두고 어딘가에 전화를 걸었던 유 대리님이 난감하단 표정으로 전화를 끊었다.

"큰일 났네."

"왜요?"

유 대리님이 중얼거리는 말에 얼른 그 이유를 묻자 휴대폰을 주머니에 넣으면서 그가 대답했다.

"대리기사가 한 30분 후에나 올 수 있다네요."

날이 제법 쌀쌀한 데다, 하루 종일 일하고 술까지 마신 터라 보통 피곤한 게 아닐 것이다. 그런 상태로 30분이나 기다려야 하는 그가 조금 걱정스러웠다. 잠시 망설이다가 조심스럽게 그를 향해 손을 뻗었다.

"주세요."

"네?"

"차 키요."

그 순간 유 대리님이 내 얼굴과 손바닥을 번갈아 쳐다보았다. 그래서 재빨리 설명을 덧붙였다.

"제가 운전할게요. 술 안 마셨거든요."

"아, 그럼, 부탁 좀 할게요."

유 대리님은 미안하단 얼굴로 내 손에 자신의 차 키를 쥐여 주었다. 이럴 땐 스무 살 때 우리 집 남자들이 그렇게 말리는데도 운전을 배운 내가 자랑스럽게 느껴진다.

그때 우리 집 남자들은 운전은 위험한 거라며 나를 말렸었다. 그때부터 아니, 그전에도 우리 아빠와 오빠는 나를 만지면 깨질까, 불면 날아갈까 애지중지했었다. 물론 나는 계속 귀찮아했지만 말이다.

차 안 내비게이션을 따라 달리다 보니 어느새 주택가가 나왔다. 그리고 이내 내비게이션의 음성이 목적지에 도착했음을 알렸다.

나는 고개를 쭉 빼 붉은 벽돌로 이뤄진 담을 올려다보면서 조수석에 앉아 있는 유 대리님에게 물었다.

"이 주택 맞아요, 유 대리님?"

"······."

아무 대답이 없었기에 나는 조심스레 고개를 돌려 조수석을 쳐다보았다. 그러자 곤히 잠든 유 대리님의 어린아이와도 같은 순한 얼굴이 보였다.

어째 아까부터 조용하다 싶더니만 잠이 든 것이었단 말인가. 그것도 저렇게 귀여운 얼굴로······!

"저기, 유 대리님······?"

나는 일단 그를 깨우기 위해 손을 뻗었다. 그리고 천천히 그의 얼굴을 향해 손을 가져갔다. 그의 보드라운 볼을 만지기 직전, 나는 내가 하려는 행동이 무엇인지 깨닫고 경악했다.

'뭐하는 거야, 현유림? 너 지금 설마 이 남자 얼굴을 쓰다듬으려는 거야? 말도 안 돼. 이건 성추행이야, 현유림! 멈춰!'

가까스로 행동을 멈춘 나는 다시 원래 목적지인 유 대리님의 어깨에 손을 얹고 그의 몸을 살짝 흔들었다.

"유 대리님, 일어나 봐요."

"······."

"집에 다 왔어요."

하지만 유 대리님은 미동도 하지 않았다. 아무래도 술기운으로 인해 잠에 푹 빠진 모양이다. 도저히 깨어날 기미가 보이지 않는 유 대리님의 얼굴을 물끄러미 보면서 생각에 잠겼다.

'이를 어쩌지? 여기서 계속 자게 둘 수도 없고……'

그때 뇌리를 스치는 좋은 생각이 하나 있었다.

'역시…… 그 방법밖에는 없는 것인가!'

결국 나는 차에서 내려 조수석으로 걸어갔다. 그리고 조수석 문을 열고 그의 몸을 잡아 등에 업었다.

"웃챠!"

그렇다. 그를 업기로 한 것이다.

다리가 후들거렸지만 그래도 그를 내팽개칠 정도는 아니었다. 그런데 유 대리님의 다리는 길고 내 다리는 짧아서 그의 다리가 바닥에 질질 끌리는 건 어쩔 수 없었다.

가까스로 그의 집 대문을 향해 걸어가 초인종을 눌렀다. 그러자 곧 안에서 어린 남자아이의 목소리가 들려왔다.

—누구세요?

"안녕하십니까? 저는 유민석 대리님 직장 동료 현유림입니다. 보시다시피 제가 이렇게 유 대리님을 모셔왔습니다."

초인종 스피커에 대고 이렇게 설명을 하자 곧 문이 열렸다. 대문을 열고 안으로 들어섰는데 현관에서 중학생 정도로 보이는 남자아이가 튀어나왔다. 그 아이는 나와 내 등에 업혀 있는 유 대리님을 보고는 두 눈을 크게 떴다.

"엄마!"

남자아이가 큰 소리로 자신의 엄마를 불렀다. '유 대리님 동생인가?'란 생각을 하고 있는데 곧이어 그 아이의 목소리가 더 크게 울려 퍼졌다.

"형이, 형이 집에 여자를 데려왔어!"

"저, 저기⋯⋯!"

엄밀히 말하면 형이 여자를 데려온 게 아니라, 여자가 형을 데려온⋯⋯게 뭐가 중요해, 지금!

곧 집 안에서 우아한 느낌의 중년 부인과 중후한 중년 남성이 나왔다. 아무래도 유 대리님의 부모님인 듯했다. 중년 남성은 재빨리 다가와 내 등에서 유 대리님을 내려 주었다. 그사이 나는 관자놀이에 흐르는 땀을 닦아 냈다.

"이 녀석은 그냥 차에 두고 초인종을 누르지 그랬어요. 그럼 내가 나갔을 텐데."

유 대리님 아버님의 적절한 지적에 나는 어색한 미소를 지었다.

아아. 그런 방법이 있었구나.

"그런 말 말아요, 도와주신 분한테. 우리 민석이 많이 무거웠을 텐데, 괜찮아요?"

유 대리님의 어머님은 나를 굉장히 안쓰럽다는 눈빛으로 쳐다보았다. 그래서 나는 수줍게 대답했다.

"네. 제가 워낙 통뼈라서 괜찮습니다."

"잠깐 안으로 들어가서 차라도 한잔하며 쉬었다 가요."

"아닙니다. 시간이 많이 늦어서 저도 집에 가 봐야 합니다."

어머님의 제안을 정중하게 거절한 나는 유 대리님을 부축하고 있는 아버님에게 허리를 숙여 인사를 건넸다. 그리고 여전히 나를 안타깝게 쳐다보고 있는 어머님에게도 허리를 숙였다.

"그럼, 안녕히 주무십시오."

그런 다음 빠른 걸음으로 대문을 열고 나왔다. 그런데 그 순간 조금 전의 행동들이 파노라마처럼 머릿속을 스쳐 지나가면서 발이 우뚝 멈췄다.

······나 방금 유 대리님 부모님 앞에서 너무 씩씩했나?

좀 더 현대 여성처럼 조신하게 굴었어야 하는 거 아닌가?

그런 생각이 들자 피식 웃음이 났다.

"참나······."

그분들이 보면 나는 그냥 장성한 아들을 업고 온 힘센 여잔데, 어떻게 뭘 더 조신하게 구니?

예쁘장한 남자라고 생각 안 하시면 다행이다, 진짜.

♥

오늘도 회사에 1등으로 출근해서 화분에 물을 주고 있는데 사무실 문이 열리고 유 대리님이 들어왔다. 그는 나를 발견하자마자 빠른 걸음으로 다가왔다. 그리고 조금 쑥스러워하면서 말했다.

"어젠 고맙고 미안했어요."

"괜찮습니다."

"갑자기 취기가 올라서……."

"이해해요."

간단하게 대답하고 묵묵히 할 일을 하고 있는데 뒤에서 움직임이 느껴졌다. 자리로 돌아간 거라 생각했는데 그는 오히려 내게로 더 가까이 다가왔다. 그리고 나지막하게 말했다.

"들었습니다."

고개를 슥 돌려서 유 대리님의 얼굴을 올려다보았다. 그는 어젯밤에 술을 마시고 뻗은 사람 같지 않게 여전히 멋진 얼굴을 하고 있었다.

"뭘요?"

"저를 업고 오셨다고……."

민망하다. 100퍼센트 사실이지만 민망한 건 민망한 거다. 얼굴이 붉어지는 것 같아서 고개를 살짝 숙였다. 그런 내 옆에서 유 대리님이 계속 말했다.

"어머니가 유림 씰 많이 걱정하시더라고요."

"아, 네. 전 정말 괜찮아요. 어머님께도 괜찮다고 전해 주세요."

어젯밤 유 대리님 어머님의 안쓰러워하는 눈빛이 생각났다. 참으로 정이 많으신 분인가 보다.

"근데 하 대리랑 정말 사귀는 거 맞아요?"

그에게서 시선을 거두고 화분을 살피고 있는데 유 대리님이 불쑥 내 얼굴 앞으로 자신의 얼굴을 들이밀면서 물었다. 그래서 나는 깜짝 놀라 고개를 뒤로 뺐다.

"네? 왜, 왜요?"

"어제 하 대리 집이랑 생일 몰랐던 것도 좀 이상하고……"

"그건, 우리가 이제 막 시작한 사이라서 그런 거죠."

"그리고 회사에서도 같이 있는 걸 별로 본 적이 없는 것 같아서요."

"그야 사내에선 비밀이니까요."

"흐음."

나를 보는 그의 눈빛에 의구심이 서려 있었다. 하지만 그럴수록 더 당당해야 한다는 생각이 들었다. 그래서 어깨를 쫙 펴고 당당한 표정을 지었다.

그랬더니 유 대리님이 순순히 고개를 끄덕였다.

"그렇군요. 덕분에 난 좋아요. 솔직히 유림 씨가 하 대리랑 붙어 있는 모습 볼 때마다 여기가 아프거든요."

말을 하면서 그는 손으로 자신의 가슴을 가리켰다.

'설마 이 남자 아직도 날……?'

뭐라 대답해야 할지 몰라 그냥 그의 얼굴만 빤히 쳐다보았다. 그러자 그가 말을 덧붙였다.

"아시잖아요? 나 질투 많은 거."

"……"

고백을 딱 잘라 거절하기도 했고 남친이 있다는 거짓말도 했지만, 그래도 유 대리님은 아직도 내가 좋은 모양이다. 그의 마음이 전해지는 듯 가슴이 답답해졌다. 그래서 일부러 조금 차갑게 말했다.

"그렇게 아플 바엔 그냥 포기하는 게 낫지 않아요? 저 같은 거."

그러자 유 대리님은 잠시 아무 말 없이 나를 지그시 바라보았다. 부담스러운 그의 눈을 피해 시선을 아래로 내리는 순간 그의 목소리가 다시 들려왔다.

"그렇게 말하지 마요. 당신 좋아하는 사람 민망하게."

나는 그저 다시 시선을 올려 유 대리님을 바라볼 뿐, 어떤 말도 할 수가 없었다.

이 남잔 진짜 나한테 왜 이러는 걸까?

이 남자가 자꾸 이러니까, 자꾸 설레려고 하잖아……!

나랑은 사는 세계가 다른 사람인데!

곤란하다. 계속 이러면 정말 곤란해.

아무래도 뭔가 좀 더 강력한 조치가 필요할 것 같았다.

♥

오후 3시가 넘어 나른해지는 시간, 하 대리 쪽을 슬쩍 보니 그는 졸린 듯 늘어지게 하품을 하고 있었다. 그래서 나는 하 대리에게 눈짓을 해서 그를 탕비실로 불러냈다.

탕비실로 들어오자마자 크게 기지개를 켜는 하 대리를 향해 나는 의미심장하게 말했다.

"아무래도 안 되겠어."

"뭐가?"

관심 없다는 듯 하 대리는 뒷머리를 긁적거리며 종이컵 하나를 집어 들었다. 그리고 정수기에서 찬 물을 따르기 시작했다. 나는 그런 그의 옆얼굴에 대고 다부지게 대답했다.

"우리 좀 더 사귀는 척을 해야 할 것 같아."

"뭐?"

컵을 든 채 하 대리는 굳어 버렸다. 그러는 바람에 컵에서 물이 넘쳤고, 그 찬 물이 손을 적시자 하 대리는 그제야 정신을 차리고 컵을 뺐다.

물이 넘실거리는 컵에 입을 대고 주욱 들이켠 후, 하 대리는 버럭 소리쳤다.

"야, 내 입장은 생각 안 하냐?"

"걱정 마. 순결은 지켜 줄게."

내 말에 그의 두 눈이 동그래졌다. 그 동그래진 두 눈에 이내 두려움이 서렸다. 겁먹은 얼굴로 하 대리가 물었다.

"뭘 어쩌려고 순결까지 언급해?"

그래서 나는 오늘 하루 종일 생각한 일에 대해 진지하게 말했다.

"유 대리 앞에서 손 한 번만 잡자."

"미쳤어?"

하 대리는 말도 안 되는 소리 말라며 펄쩍 뛰었다. 하지만 그 정도는 해야 유 대리님이 우리가 사귀는 사이란 걸 믿고 날 포기할 것 같았다.

그러나 예상보다 하 대리의 반항은 거셌다.

"순결은 지켜 준다며? 근데 손의 순결은 왜 뺏어?"

그래서 나는 그의 토실토실한 손을 슥 쳐다보면서 말했다.

"그 균만 득실득실하게 있을 것 같은 손 한 번 잡는 것 가지고 뭘 그리 난리야? 손이 닳기라도 해?"

"응. 내 손은 닳아. 하지 마."

"아님 하 대리, 여자 손 잡는 거 처음이야? 그래서 떨려서 그래?"

내가 장난스럽게 비아냥거리자 그가 콧방귀를 뀌었다.

"흥. 네가 여자였냐? 남자같이 생겼는데."

"야!"

"암튼 손은 안 돼."

나한테서 손을 최대한 멀리하려고 뒷짐을 지는 하 대리의 행동에 나는 더 오기가 생겼다. 그래서 그의 팔목을 덥석 잡아 버렸다.

"고마 쒜리마 손 한 번 잡읍시데이!"

"갑자기 경상도 상남자처럼 굴어도 내 손은 절대 못 준데이!"

하 대리의 팔목을 잡고 내 쪽으로 당기고 있는데 그가 팔에 힘을 주면서 진지하게 말했다.

"그러니까 이쯤에서 사실대로 말해."

나는 순간 당황해 손에서 힘을 빼면서 물었다.

"뭐?"

"사실은 당신이 부담스러워서 거짓말한 거라고."

"안 돼. 못 해."

이제 와서 사실대로 말하라니, 말도 안 된다. 난 못 한다. 그런 용기 절대 없다.

"그러지 말고 그냥 눈 딱 감고 손 한 번만 빌려줘."

도저히 진실을 말할 자신이 없어서 나는 다시 한 번 하 대리에게 부탁했다. 하지만 그는 요지부동이었다.

"싫어. 내 손 나름 지조 있는 손이란 말이야."

"아이고, 참 그 손 한번 비싸네."

휙—

나는 잽싸게 팔을 쭉 뻗어 두 손으로 하 대리의 큰 손을 덥석 잡았다. 그러자 하 대리의 두 눈이 동그래졌다.

"어쭈? 이거 성추행이다?"

하 대리의 말에 피식 웃음이 터져서 웃고 있는데, 그 순간 탕비실 문이 열렸다. 문틈으로 모습을 드러낸 사람은 유 대리님이었다.

"!"

그는 안으로 들어오려다가 손을 잡고 있는 우리를 발견하고 발을 멈췄다.

"……아."

그를 본 하 대리가 재빨리 자기 손에서 내 손을 떼어 냈다. 그 사이 유 대리님은 우리를 향해 고개를 꾸벅 숙였다.

"죄송해요."

그 찰나의 순간, 나는 보았다. 그의 흔들리는 눈동자를.

쾅—

곧 탕비실 문이 다시 닫혔다. 유 대리님은 가 버렸지만 눈에는 아직도 상처받은 그의 얼굴이 아른거렸다.

옆에서 하 대리가 안타깝다는 듯이 중얼거렸다.

"어…… 이런. 유 대리, 상처받은 것 같은데?"

나도 안다. 느꼈다.

하지만 그의 상처받은 얼굴에 내 가슴이 이토록 동요할 줄은 몰랐다.

이러지 마세요!

5

유 대리님의 상처받은 듯한 얼굴이 눈앞에 계속 아른거렸다.

내, 내가 좀 심했나?

아니야. 원래 하 대리랑 손잡은 모습 보여 주려고 생각했었잖아? 결국 그가 봤으니 된 거지. 그래. 차라리 잘된 거야.

"어쨌든 이걸로 우리가 사귀는 건 100퍼센트 믿겠군."

혼란스러운 머리를 부여잡고 서 있는데 옆에 선 하 대리가 내 어깨에 팔을 얹으며 말했다. 그 말을 들은 나는 바로 그의 팔을 치워 내면서 대꾸했다.

"그러게. 잘됐다."

"잘됐다는 사람치곤 얼굴이 흉측하다?"

잘된 일이라고 생각은 하는데, 도저히 웃음이 안 지어지고 표정이 자꾸만 굳어졌다. 그래서 나는 하 대리에게 건성으로 손 인사를 건네고 탕비실을 나왔다.

다시 자리로 돌아와 일에 집중하려 했는데, 자꾸만 시선이 저 멀리 있는 유 대리님에게로 향했다. 그렇게 슬쩍슬쩍 그의 모습을 훔쳐보다가 그만 유 대리님과 눈이 딱 마주쳐 버렸다.

"!"

그런데 유 대리님은 나를 못 본 척 바로 시선을 돌려 버렸다. 그 뒤론 내가 아무리 쳐다봐도 나랑은 눈도 안 마주쳤다.

이젠 날 포기한 건가? 그런 건가?

그런데 그 순간 가슴속 깊숙이 씁쓸함이 느껴졌다. 알 수 없는 허전함과 함께 말이다.

······아니지. 이건 내가 원하던 거잖아. 정신 차려, 현유림. 넌 드디어 저 잘생긴 부담남한테서 해방된 거야. 이야호! 라고 소리 질러도 부족하다고, 지금 넌.

그렇게 나는 내 안의 씁쓸함과 허전함을 떨쳐 내려고 노력했다.

그다음 날부터 유 대리님은 2등으로 출근하지도 않았다. 출근 시간이 거의 다 되어서야 출근을 한 그는 나에게 눈길 한 번 주지 않았다.

그건 생각보다 날 참 우울하게 만들었다.

"왜 밥을 혼자 먹어? 잘 어울리게."

사내 식당 구석에서 혼자 밥을 먹고 있는 나에게 식판을 든 하 대리가 다가왔다. 나는 말장난을 치는 하 대리를 슥 올려다본 후 다시 말없이 고개를 숙였다. 그리고 묵묵히 밥을 먹었다.

귀찮다. 대꾸할 기력도 없다.

잠시 후 하 대리는 내 맞은편 자리에 앉아 밥을 먹기 시작했다. 숨이 막힐 듯한 침묵이 계속되자 답답했는지 하 대리가 먼저 입을 열었다.

"왜 하루 종일 울상이야?"

"뭐가? 아닌데?"

내심 뜨끔했지만 애써 아닌 척 부정했다.

"엊그제부터 계속 그러잖아."

"아니라니까?"

젓가락까지 내려놓으며 적극적으로 부정을 했는데도 하 대리는 믿어 주지 않았다. 오히려 그는 알 만하다는 표정을 지으며 다시 물었다.

"유대 신경 쓰여?"

지금의 나한테 그 단어는 금기어다.

"유 대리 얘기하지 마."

우울하단 말이야.

그건 참 말로 형용하기 어려운 우울함이었다. 결국 나는 밥을 다 먹지 못하고 자리에서 일어섰다.

내가 밥을 남기다니, 근 십 년간 처음 있는 일이었다. 내 행동에 하 대리도 적잖이 놀란 눈치였다.

"왜 벌써 일어나? 밥도 아직 남았는데? 아, 알았어. 이제 유대 얘긴 안 할게. 밥 마저 먹어."

"……밥이 안 넘어가."

밥 두세 숟갈 남겨 놓고 이런 말은 좀 염치없으려나? 하지만 평소의 나는 쌀 한 톨 남기지 않는 알뜰한 여자란 말이다.

그걸 잘 알고 있는 하 대리는 걱정스러운 표정을 숨기지 않았다.

"이제 유 대리 얘긴 안 한다니까? 그러니까 그냥 먹어."

"아니야. 못 먹겠어."

나는 끝내 밥이 남은 식판을 들고 하 대리를 지나쳐 와 버렸다.

식당을 나와 터덜터덜 사무실로 돌아가고 있는데 앞쪽에 유 대리님인 듯한 남자의 등이 보였다.

그 등을 보자마자 심장이 콩콩콩 빠르게 뛰기 시작했다. 저 큰 키 하며 드넓은 등짝, 찰랑거리는 다갈색 머리카락 모두 그가 유 대리님임을 여실히 드러내고 있었다.

"저, 저기!"

내 부름에 앞에서 걷던 유 대리님이 어깨를 틀어 뒤를 돌아보았다. 그의 얼굴을 보는 순간 입안이 마르는 것 같은 기분이 들었다. 그래서 마른침을 꿀꺽 삼켰다.

"……."

일단 불러는 놨는데 무슨 말을 해야 할지 모르겠다. 잠시 망설이다가 그에게로 한 발짝 다가서며 조심스레 말을 뱉어 냈다.

"어제 그 일요……."

"비밀로 할게요."

말을 다 하지도 못했는데 그가 차갑게 내 말을 잘라 냈다. 그리고 내가 미처 무슨 말을 하기도 전에 자신의 말을 이었다.

"그동안 미안했어요."

이 말을 듣는 순간 나는 확실히 느꼈다.

이 남자는 이제 다시는 나를 귀찮게 하지 않을 거라는 걸.

♥

"배고파?"

소파에 멍하니 앉아만 있었을 뿐인데 거실로 나온 오빠가 내 얼굴을 보자마자 이렇게 물었다. 그래서 나는 깜짝 놀라서 되물었다.

"어떻게 알았어?"

"얼굴이 그래."

그래서 나는 내 볼 살을 손으로 잡고 주욱 늘어뜨렸다. 하여튼 이 볼 살이 문제다. 그런 나를 지켜보고 있던 오빠가 다정한 얼굴로 말했다.

"라면 끓여 줄까?"

"아니. 배는 고픈데 입맛이 없어."

요즘 나는 계속 이런 상태다. 이유를 알 수 없는 입맛 상실 상태.

"우리 유림이가 왜 입맛이 없을까? 오빠가 요 앞에서 떡볶이랑 김밥 사다 줄까? 아님 만두? 말만 해. 다 사 올게."

단박에 거절했는데도 오빠는 여전히 다정했다.

"됐어. 입맛이 없다니까."

내가 한 번 더 거절의 의사를 표하자 오빠는 다시 자신의 방으로 들어갔다. 그 모습을 보는데 갑자기 배신감이 밀려왔다.

무슨 남자가 세 번 묻는 센스가 없어? 적어도 남자라면 세 번은 도전해야지! 저 센스 없는 모습은 마치 유 대리님을 연상시키는⋯⋯.

"!"

그런데 그때 외투를 입은 오빠가 방에서 나왔다. 그리고 두 눈을 크게 뜨고 자신을 보고 있는 내게 말했다.

"알았어. 사 올게."

"나 입맛 없다니까?"

"알았어. 그러니까 이 오빠가 고기 사 온다잖아."

와! 저 센스쟁이, 진짜!

"잘 갔다 와, 오빠."

대문까지 오빠를 마중하고 돌아온 나는 고기를 구울 그릴팬을 꺼냈다. 그리고 어깨춤을 추면서 고기 먹을 준비를 했다.

잠시 후 내가 제일 좋아하는 삼겹살을 사 들고 들어온 오빠는 나를 의자에 앉힌 다음 정성스럽게 고기를 굽기 시작했다. 그래서 나는 그걸 정성스럽게 먹었다.

쉼 없이 고기를 입안으로 넣는 나의 모습에 오빠는 감탄을 금치 못했다.

"역시 우리 유림이는 막 먹을 때가 제일 예뻐."

"칭찬이지?"

"당연하지. ……근데 유 군 앞에서도 이렇게 막 먹니?"

걱정스럽게 묻는 오빠의 얼굴에서 나는 방금 그 말이 칭찬이 아니었음을 깨달았다.

기분이 상해 젓가락을 멈추자 오빠는 내 눈치를 보며 다급하게 고기를 하나 집어 들었다. 그리고 그것을 내 입 앞으로 가져왔다.

"이거 먹어 봐. 살코기와 비계의 조합이 아주 적절해."

시선을 슥 내려 보니 확실히 절묘한 조합이기는 했다. 그래서 못 이긴 척 젓가락으로 그 고기를 집어서 먹고 있는데 오빠가 불쑥 정수리에 대고 말했다.

"유 군은 잘 지내?"

지금 나한테 유 대리님은 금기어인데…….

"유 군한테 집으로 한번 놀러오라고 해. 얼굴 보게."

고기를 씹다가 유 대리님 생각에 목이 콱 막혀 버렸다. 왜 자꾸 유 대리님 얘긴 꺼내고 그래.

나는 말없이 컵을 들어 물을 한 모금 마신 다음 오빠를 지그시 쳐다보았다. 그리고 오빠를 향해 나직하게 말했다.

"이제부터 유 군 얘긴 꺼내지 마."

그 순간 안 그래도 큰 오빠의 두 눈이 더 커졌다.

"왜?"

"얘기하고 싶지 않으니까."

"설마 너, 유 군하고 끝났어?"

"……."

끝나고 말고 할 것도 없었다. 우린 시작조차 한 적이 없으니까.

"아까부터 얼굴이 안 좋더니, 유 군 때문이었구나? 왜? 유 군이 이제 너 싫대?"

"……."

오빠가 예리한 추리력을 뽐냈다. 하지만 나는 별로 인정하고 싶지가 않았다. 내가 왜 유 대리님 때문에 우울해해야 한단 말인가?

입을 굳게 다물고 있는 나를 향해 오빠는 계속해서 예리한 눈빛을 보냈다.

"근데 넌 이미 유 군이 좋아졌고. 그치? 맞지?"

"……아니야."

"맞는데, 뭘."

이래서 머리 좋은 남자는 피곤하다. 아니, 그냥 우리 오빠는 피곤하다.

결국 나는 젓가락을 식탁 위에 탁 소리 나게 내려놓으며 자리에서 일어섰다.

"안 먹어."

"뭐?"

깜짝 놀란 얼굴로 일어선 나와 남겨진 고기를 번갈아 보던 오빠는 믿을 수 없다는 듯 자신의 입가를 손으로 가렸다.

"네가 고기를 안 먹다니……?"

"……."

"너 정말 심각하구나?"

제발 고기로 심각성을 판단하지 말아 줘. 지나치게 정확해서 민망하니까.

나는 아무 말 없이 그대로 몸을 돌려 방으로 들어갔다.

♥

오늘도 별 다를 게 없는 똑같은 하루를 보내고 있었다. 지루하고 재미없는 그저 그런 하루를. 그런데 해외 마케팅 팀 쪽에서 들려온 과장님의 목소리에 그만 귀가 쫑긋하고 섰다.

"유 대리 말이야, 바이어 만나고 회사 다시 들어온다고 하지 않았어?"

유민석 대리님. 내가 그를 피하는 건지 그가 나를 피하는 건지 요즘 도통 그 얼굴을 볼 수가 없었다.

신경 쓰이는 유 대리님에 대한 그들의 대화에, 나는 숨을 죽이고 귀를 기울였다.

"네. 보고하고 퇴근한다고 했습니다."

"그런데 왜 아직 안 오지? 너무 늦지 않아? 전화 한번 해 봐."

그러자 같은 해외 마케팅 팀의 김지혜 씨가 빠른 손놀림으로 전화를 거는 게 보였다.

한때 유 대리님이랑 친하게 지내서 커플 의혹을 받더니 요즘은 이상하게 그와 데면데면한 그 지혜 씨였다. 한참 동안 전화기를 붙들고 있던 그녀가 갑자기 울 것 같은 표정을 지었다.

"어머, 정말요?"

걱정이 깃든 그녀의 목소리에 나는 초조해졌다.

왜, 왜? 대체 뭔데?

나에게도 유 대리님의 소식을 알려 줘!

그 순간, 책상 위에 있는 빈 컵이 시야에 들어왔다. 나는 자연스럽게 그 컵을 들고 자리에서 일어섰다. 그리고 탕비실로 가는 척 해외 마케팅 팀 쪽으로 걸음을 옮겼다.

그때 전화를 끊은 지혜 씨가 심각한 얼굴로 팀원들에게 하는 말이 들려왔다.

"유 대리님이 교통사고를 당하셨대요!"

"!"

머릿속이 금세 패닉 상태가 되었다.

'교, 교통사고?'

놀란 나는 손에 든 컵을 두 손으로 꽉 움켜쥐었다. 그 순간 며칠 전에 봤던 유 대리님의 상처받은 얼굴이 떠올랐다.

'이게 다 나 때문이야. 다 나 때문이라고……'

내가 그 남자에게 하 대리랑 손잡고 있는 충격적인 모습을 보여 줬기 때문에 그런 거야. 그 동요로 인해서 사고가 난 게 틀림없어……

이런 생각이 들자 마치 그게 사실인 것처럼 머릿속에 각인되었다. 그래서 도저히 가만히 있을 수가 없었다. 그때 해외 마케팅 팀원들의 대화가 다시 들려왔다.

"병원이 어디래?"

"한국병원이요."

한국병원!

그곳이라면 나의 놀이터와도 같은 곳이 아니던가. 아빠가 병원장으로 있고 오빠도 그곳 의사로 있는 바로 그 한국 종합병원.

"누가 유 대리님한테 갔다 와야 되는 거 아니에요? 유 대리님 상태도 좀 살펴보고 해야죠."

"글쎄, 누가 가야 되나?"

해외 마케팅 팀원들의 이런 대화가 들리자마자 나는 재빨리 발을 옮겨 그들에게로 다가갔다. 그리고 손을 번쩍 들어올렸다.

"저요!"

그러자 나에게로 해외 마케팅 팀원들의 시선이 동시에 쏠렸다. 그 낯선 시선들 속에서 나는 더욱 강한 어조로 말했다.

"제가 다녀오겠습니다!"

머릿속이 유 대리님의 얼굴로 가득 차서 나는 지금 내 행동이 조금 많이 이상하단 사실을 전혀 인지하지 못하고 있었다.

"어? 유림 씨가?"

"웬일이야? 이런 일엔 안 나서더니."

과장님이 나를 굉장히 미심쩍다는 얼굴로 쳐다보았고 다른 직원들도 이상하게 보는 것 같았기에 얼른 다시 입을 열었다.

"제가 보기에 여러분이 많이 바쁘신 것 같아서요. 저는 마침 지금 오늘 일이 다 끝났거든요."

나는 최대한 마음의 동요를 드러내지 않고 정말 시간이 남아 돌아서 가 준다는 뉘앙스로 말했다. 그랬더니 과장님이 무겁게 고개를 끄덕였다.

"그래. 그래 주면 우리야 고맙지. 그럼, 유림 씨가 유 대리한 테 다녀와 줘."

"감사합니다."

뭐가 감사한진 모르겠지만 어쨌든 감사했다. 재빨리 자리로 돌아가기 위해 몸을 돌렸는데, 그런 내 앞을 지혜 씨가 막아섰다. 나를 보는 그녀의 예쁘장한 얼굴엔 걱정이 가득했다.

"그럼 부탁 좀 드릴게요. 유림 씨가 가서 우리 유 대리님 좀 잘 봐줘요."

'우리 유 대리님'이란 말이 굉장히 거슬렸지만 지금은 그게 중요한 게 아니었다.

"네. 맡겨만 주십시오."

나는 씩씩하게 대답한 뒤 잽싸게 가방을 챙겨 들고 회사를 빠져나왔다.

♥

내 얼굴을 알고 있는 병원 직원을 통해 유 대리님이 특실에 입원해 있다는 사실을 알아냈다. 역시 부잣집 아들이 맞…… 는 게 중요한 게 아니잖아, 지금.

나는 허둥지둥 특실을 향해 달려갔다. 그리고 거의 울 것 같은 표정으로 병실 문을 열어젖혔다.

"유 대리님……!"

병실 안엔 한쪽 다리에 깁스를 한 유 대리님이 누워 있었다.

"어? 유림 씨……?"

내 등장이 정말 의외라는 듯 유 대리님은 두 눈을 크게 떴다. 놀란 그가 자리에서 일어나 앉는 사이 나는 그를 향해 달려갔다.

"유 대리님! 어쩌다 이런 거예요?"

"아아, 별거 아니에요. 차에 살짝 치였는데……."

차에 치이다니……. 나한테 차인 것도 모자라 차에 치이다니.

갑자기 내 안에서 미안하고 안타깝고 안쓰러운 그런 복잡한 감정들이 파도를 타고 크게 휘몰아쳤다. 그래서 나는 그가 덮고 있는 이불을 부여잡고 큰 목소리로 사과했다.

"미안해요!"

"네? 뭐가요?"

갑작스러운 내 사과에 유 대리님은 어쩔 줄 몰라 하는 표정을 지었다. 당황한 그를 향해 나는 울먹거리면서 말했다.

"저 때문에, 저랑 하 대리 생각하느라 교통사고 당하신 거잖아요?"

"네? 아아, 그게……."

그의 두 눈이 울상을 짓고 있는 내 얼굴을 지그시 보았다. 그리고 다음 순간, 그가 천천히 말을 이었다.

"솔직히 영향이 없었던 건 아니지만……."

유 대리님의 말에 미안한 감정이 울컥 샘솟았다. 역시 나 때문이었어. 그래서 나는 나도 모르게 소리치고 말았다.

"사실은 저 하 대리랑 안 사귀어요!"

"네?"

조금 전보다 더 당황한 듯 유 대리님은 두 눈을 계속 깜박거렸다. 그런 그를 보며 나는 솔직하게 말했다.

"솔직히 당신이 부담스러워서 그랬어요."

심장이 쿵쾅거렸다. 나를 보고 있는 유 대리님의 눈을 차마 마주 볼 수 없어서, 그의 정갈한 눈썹을 보며 말을 이었다.

"큰 키랑 예쁜 눈웃음도 부담스럽고, 여자들한테 인기가 너무 많은 것도 부담스럽고, 그런데 그런 사람이 자꾸 나 좋다고 하니까 더 부담스럽고…… 그래서 하 대리랑 사귀는 척 거짓말을 했어요. 거짓말해서 정말 미안⋯⋯!"

"나 다 알고 있었어요."

내 말을 자르며 유 대리님이 던진 말에 거칠게 뛰던 심장이 쿵 떨어지는 느낌이 들었다.

다 알고 있었다고?

"나도 사랑에 빠진 남잔데, 내가 설마 하 대리가 유림 씨를 보는 눈빛이 사랑인지 우정인지조차 구분 못 했을까 봐요?"

나는 눈을 휘둥그레 뜨고 유 대리님을 쳐다보았다. 그의 까만 눈동자는 나를 똑바로 바라보고 있었다.

"남자는 사랑하는 여자를 그렇게 쳐다보지 않아요."

나를 보는 그의 눈빛은 반짝반짝 형형히 빛나면서 한편으론 부드럽고 따뜻했다. 그런 눈빛으로 나를 보며 그가 속삭이듯이 말했다.

"이렇게 쳐다보지."

정말⋯⋯ 미치겠다, 이 남자.

나한테 정말 왜 이러는 거야.

⋯⋯감당 안 될 정도로 설레게.

이러지 마세요!

<u>6</u>

"저기……."

참을 만큼 참았다. 하지만 이건 이상해도 너무 이상했다. 그래서 움직이던 손을 멈추고 침대 위에 앉아 있는 유 대리님을 쳐다보았다.

"다리가 다친 거지, 손이나 팔은 괜찮은 거 아니에요?"

"?"

영문을 모르겠다는 듯 그가 고개를 갸웃했다. 그래서 나는 손에 들고 있는 숟가락을 그에게 보여 주며 말했다.

"근데 제가 왜 유 대리님 입에 밥을 넣어 주고 있는 거죠?"

그제야 유 대리님이 배시시 미소를 지었다.

"아까 말했잖아요. 차에 치일 때 근육이 놀랐는지 팔이 아프다고."

주말이라 아침부터 유 대리님의 병문안을 왔는데, 그가 나를 보자마자 아파서 밥을 못 먹겠다며 앓는 소리를 했다.

그래서 그를 도와준답시고 밥 위에 반찬을 놓아 주다가 결국 엔 그의 입안에 밥을 넣어 주는 상황까지 온 것이다.

내가 더는 못 하겠다고 숟가락을 내려놓자 유 대리님이 눈을 가늘게 뜨면서 나에게 말했다.

"내가 그렇게 싫어요?"

갑작스러운 그의 말에 조금 당황하고 말았다.

"네? 싫거나 그런 건 아닌데……."

"내가 싫어서 하 대리랑 사귄다고 거짓말한 거 아녜요? 둘이 손까지 잡고."

나는 딱히 할 말이 없어서 자리에서 일어나 식판을 정리하기 시작했다. 밥그릇의 뚜껑을 닫고 있는데 귓가로 유 대리님의 목소리가 계속 들려왔다.

"내가 그거 때문에 유림 씨 포기할 뻔했잖아요. 내가 그렇게 싫은 건가 싶어서."

그 힘없는 목소리에 나는 슬그머니 고개를 돌려 그를 쳐다보았다.

"그렇게 싫은 건 아니었는데……."

"부담스럽다는 거죠?"

"……."

나는 말없이 반찬그릇들을 마저 정리해서 구석에 가져다 두었다. 그런 다음 집으로 돌아가기 위해 가방을 챙겨 들었다.

"저 이제 가 볼게요."

그런데 그 순간, 유 대리님이 내 팔을 덥석 잡아 자기 쪽으로 끌어당겼다.

"!"

그 바람에 그의 얼굴이 내 얼굴 바로 앞으로 오게 되었고, 이에 당황한 나는 황급히 고개를 뒤로 빼면서 말했다.

"네, 네. 바로 이거예요. 이게 부담스럽다는 겁니다."

"이게요?"

"네. 여자한테 너무 막 들이대는 점이라든가, 스킨십도 너무 자연스럽고……. 꼭 선수 같잖아요."

내 말에 유 대리님은 정말 황당하다는 표정을 지었다. 곧 그의 입에서 깊은 한숨이 터져 나왔다.

"선수요? 나 여자한테 대시하는 거 유림 씨가 처음이에요."

이번엔 내가 황당한 표정을 지을 차례였다.

"거짓말 마요."

"진짜예요."

그 순간 내 팔을 잡고 있는 유 대리님의 손에 힘이 들어갔다. 그걸 느낀 나는 팔에 힘을 주면서 말했다.

"거짓말 말고 이거나 놔줘요."

"믿어줄 때까지 안 놔줄 거예요."

믿을 걸 믿어 달라 해야지. 뭐? 여자한테 대시하는 게 처음이야?

나는 그의 말을 도저히 믿을 수가 없었다.

"말도 안 되는 소리 말아요. 절대 못 믿어요."

"도대체 왜요? 정말이라니까요?"

"그 잘생긴 얼굴로, 그렇게 매력적인 주제에, 그게 말이나 돼요?"

"네?"

그 순간 그의 입가에 매력적인 미소가 걸렸다.

"방금 뭐라고 했어요, 유림 씨?"

헛.

다시 곱씹어 보니 방금 나는 무의식중에 유 대리님이 엄청 매력적이라고 폭풍 칭찬을 한 것이었다. 그걸 깨닫자 얼굴이 화끈거릴 정도로 부끄러웠다.

"아니, 그게, 저기…… 어?"

그 순간 유 대리님이 그대로 몸을 뒤로 눕히면서 내 팔을 잡아당겼다. 그 때문에 그의 가슴 위로 넘어져 그를 덮치는 상황이 되고 말았다.

흠칫 놀라 황급히 상체를 들어 올리려고 하자 유 대리님이 내 어깨를 꾹 잡아 누르면서 말했다.

"방금 그 말, 완전 내 맘대로 해석해도 되죠?"

심장이 콩콩콩에서 쿵쿵쿵 좀 더 빠르게 뛰기 시작했다. 그때였다.

벌컥—

화끈거리는 얼굴로 유 대리님을 보고 있는데 병실 문이 거칠게 열렸다. 그리고 굉장히 익숙한 목소리가 우리 사이로 파고들었다.

"야, 야, 유림아. 너 그렇게 환자 막 덮치고 그러는 거 아니다?"

갑작스러운 오빠의 등장에 화들짝 놀라 유 대리님을 밀어내며 상체를 들어 올렸다. 그사이 오빠는 가늘게 뜬 눈으로 나를 노려보고 있었다. 무슨 생각을 하는지 빤히 보여서 나는 정색하며 말했다.

"그런 거 아니야. 눈 곱게 떠."

하지만 오빠는 여전히 눈에서 힘을 풀지 않았다. 그때 내 옆에서 유 대리님이 오빠를 향해 고개를 꾸벅 숙였다.

"죄송합니다, 형님."

그러자 오빠는 그런 소리 말라며 단호하게 고개를 저었다.

"아니, 아니. 민석 동생이 죄송할 게 뭐가 있어? 유림이가 덮치고 있는 걸 내가 직접 봤는데."

"그래도 제가 죄송합니다."

자세한 설명은 않고 얼버무리는 유 대리님 때문에 나는 어안이 벙벙했다.

"아니야. 매력적인 자네가 무슨 잘못이겠나. 못 참고 덮친 유림이 잘못이지."

"아닙니다. 피할 수 있었지만 피하지 않은 제 잘못이죠."

왜들 이래, 정말? 중간에서 나만 괜히 이상해지잖아?

묘하게 친근한 분위기를 내뿜는 오빠와 유 대리님 사이에서 나만 이상한 여자가 되어 갔다.

"유림이 너, 아무리 급해도 환자한테 그러는 거 아니야."

또다시 오빠가 나를 나무랐지만 나는 정말 억울했다. 분명 오해할 만한 상황이긴 했지만, 그런 상황을 만든 건 내가 아니라 유 대리님이란 말이다.

"그런 거 아니라니까? 유 대리님, 뭔가 말 좀 해 봐요."

황급히 고개를 돌려 유 대리님에게 도움을 요청했지만 그는 쑥스러운 미소를 지으며 고개를 돌릴 뿐이었다.

"제가 무슨 할 말이 있겠습니까? 하하……."

"그런 식으로 얼버무리지 말고 사실을 말하라고요!"

결국 목소리가 높아졌다. 그런 우리를 지켜보던 오빠가 내 어깨를 잡아 뒤로 물러서게 하면서 말했다.

"유림아, 환자한테 그렇게 소리 지르는 거 아니야. 너 병문안 온 사람 맞니?"

순간 황당해서 입을 멈췄다. 그때 유 대리님이 어이가 없어서 굳어 있는 나를 물끄러미 보더니 오빠를 향해 말했다.

"저는 괜찮습니다, 형님."

"게다가 유림이 너, 네가 민석 동생의 교통사고 원인이라고 하지 않았어? 그럼 더 잘해 줘야지. 뭐하는 거야?"

"저는 정말 괜찮습니다. 유림 씨 너무 나무라지 마십시오, 형님."

"내가 진짜 착한 민석 동생 때문에 이 정도만 하는 거다, 너."

아까부터 둘이 참 잘 논다. 유 대리님이 입원한 뒤로 아주 절친이 된 것 같다. 죽이 참 잘 맞는다.

"대체 둘이 언제 이렇게 사이가 좋아졌어?"

황당하단 얼굴로 오빠와 유 대리님을 번갈아 쳐다보다가 오빠를 향해 물었다.

"어젯밤에 우리 의형제 맺었거든."

"어젯밤? 의형제?"

다음 순간 오빠는 유 대리님을 빤히 쳐다보며 아빠 미소를 지었다. 유 대리님 역시 오빠에게 미소를 보냈다. 그 요상한 광경을 지켜보고 있는데 잠시 후 오빠가 다시 나를 돌아보며 이야기를 시작했다.

"어젯밤에 내가 화장실에 갔는데 말이야, 우리 병원에 입원 중인 중국인 환자가 날 보자마자 막 화를 내는 거야. 근데 내가 다 잘하는데 유일하게 못 하는 게 중국어잖아? 그래서 무슨 소린지 하나도 모르겠더라고."

"은근슬쩍 자기자랑 집어넣기는. 암튼 그래서?"

"그래서 매우 곤란해하고 있었는데, 그때 딱! 민석 동생이 나타나서는 해결을 해 준 거지. 멋있게. 깔끔하게."

오빠의 시선이 다시 유 대리님에게로 향했다. 그리고 오빠는 또다시 그를 향해 빙그레 미소를 지었다.

서로를 애틋하게 바라보고 있는 그들을 보다가 헛웃음이 터졌다. 그래서 웃으면서 유 대리님에게 물었다.

"통역해 줬어요?"

"네."

내가 알기로 그는 한국어를 포함해서 영어, 스페인어, 중국어, 일본어 5개 국어가 능통하다. 그런 그가 그 능력으로 위기 상황이었던 오빠를 도와준 모양이다.

그때 오빠가 신이 난 목소리로 말을 이었다.

"근데 알고 봤더니 화를 낸 게 아니라 나한테 잘생겼다면서 결혼했느냐고 묻는 거였어. 난 또 그 억양 때문에 화내는 줄 알았지."

어제 일어났다던 황당한 에피소드에 나는 피식 웃음이 났다.

"어쨌든 그 사건으로 인해서 우리는 의형제를 맺게 되었지."

그 일 덕분에 유 대리님은 오빠에게 엄청난 점수를 딴 것 같았다. 이제는 내 편보다 유 대리님 편을 먼저 드니 말이다.

그런데 나는 그게 묘하게 싫지 않았다. 이상하게도 말이다.

♥

"사실대로 말했다고?"

월요일에 출근을 하자마자 하 대리를 붙잡고 지난주 병원에서 있었던 일에 대해 이야기를 했다.

자세한 이야기는 하지 않고, 그냥 조금 흥분해서 유 대리님에게 하 대리가 남자 친구가 아니라는 사실을 이야기해 버렸다고 말했다. 그러자 하 대리가 이해할 수 없다는 표정을 지었다.

"대체 왜?"

"그냥, 어쩌다 보니 그렇게 됐어."

내가 자세한 이야기를 꺼리는 듯 보이자 하 대리는 금세 눈빛을 달리했다. 잠시 후 그가 두 눈을 예리하게 빛내며 물었다.

"솔직하게 말해 봐. 이젠 너도 유 대리 좋아하는 거지?"

"아니야!"

"아니긴. 안 그럼 말할 이유가 뭐 있어? 나랑 손잡은 거 본 이후로 유 대리도 더는 귀찮게 안 굴었는데."

"……."

할 말이 없었다. 그건 내가 유 대리님을 좋아해서라기보다, 나도 내가 사실을 말한 이유를 정말 모르겠어서 그런다.

그래서 나는 괜히 하 대리의 얼굴을 물끄러미 쳐다보았다. 그리고 그 순간 뭔가를 발견했다.

"하대, 살 빠졌네?"

내 말에 하 대리는 손을 올려 자신의 턱을 만졌다.

"아, 그래? 다이어트 시작하긴 했는데."

"어. 어째 인물이 좀 산다?"

확실히 살이 빠진 하 대리는 눈도 조금 커지고 볼도 쏙 들어가서 제법 훈훈한 남자의 기운을 풍겼다. 나는 신기한 마음에 하 대리의 얼굴을 두 손으로 붙잡으면서 말했다.

"정말 살찐 남자는 복권이란 말이 맞구나?"

"왜? 이제 욕심 나냐?"

나에게 얼굴을 붙잡힌 상태로 그가 시답잖은 질문을 던졌다. 그래서 나는 코로 웃어 주었다.

"아니. 복권 싫다니까?"

"……그래, 됐다. 말을 말자."

불편한 표정으로 자신의 얼굴에서 내 손을 떼어 낸 하 대리가 자리로 돌아가려다 말고 뒤돌아 물었다.

"그나저나 유 대린 언제 퇴원할 수 있대?"

"아마 다음 주 정도? 실금 간 거라 3주 정도면 퇴원할 수 있나 봐."

대답을 들은 하 대리는 파티션 위에 팔꿈치를 대며 생각에 잠기는 듯 말이 없었다. 그런 그를 물끄러미 바라보자 그가 다시 입을 열었다.

"그럼 나도 내일쯤 병문안 가 볼까, 그럼?"

"병문안?"

의외의 말이었지만 나보단 하 대리가 유 대리님이랑 더 친한 편이니 그럴 수도 있겠단 생각이 들었다. 그래서 선선히 고개를 끄덕였다.

"그래. 같이 가자."

그랬더니 하 대리가 두 눈을 크게 떴다.

"너도 가려고?"

"!"

같이 가잔 소리가 아니었나? 난 왜 당연히 같이 가는 거라고 생각했지?

"너 정말 유 대리 좋아하는구나?"

순간 하 대리의 두 눈이 가늘어졌다.

"아니야. 그 병원에 아빠랑 오빠가 있어서, 그래서 자주 가는 거야. 그뿐이야."

서둘러 변명을 했지만 하 대리의 눈초리는 더욱 날카로워졌다. 그래서 나는 그를 밀어 버리고 자리에 앉았다. 그리고 굉장히 바쁜 척 일을 하기 시작했다.

♥

싫다고 했는데도 하 대리는 기어이 나를 끌고 병문안을 왔다. 나는 일단 유 대리님에게 눈인사를 하고 구석에 얌전히 서서 그들을 지켜보았다.

"유대, 꾀병이 너무 심한 거 아니야?"

며칠 만에 다시 만난 하 대리와 유 대리님은 스스럼없이 장난도 툭툭 치고 꽤 친해 보였다.

"꾀병 아니거든? 다리에 금이 갔다고, 금이."

"실금이라던데 뭐."

"어허, 실금 무시해, 지금? 하대도 실금 가게 해 줄까? 이리 와 봐."

두 남자는 꼭 초등학생들처럼 서로의 팔을 붙잡은 채 장난을 쳤다. 그러다 하 대리가 유 대리님의 깁스한 다리를 툭 건드렸고 그걸 본 나는 조금 조바심이 났다.

'저거 저, 하 대리, 환자한테 너무 막하는 거 아니야? 그러다 유 대리님 더 아프면 어쩌려고?'

두 눈 부릅뜨고 하 대리의 행동을 주시하고 있는데, 유 대리님의 기분 좋은 듯 유쾌한 목소리가 들려왔다.

"그나저나 못 본 사이에 살 빠졌네, 하대?"

그러자 하 대리가 자신만만한 표정을 지으며 팔짱을 척 꼈다.

"어. 다들 인물이 살았다고 난리야."

"그러게. 살이 죽어 있던 인물을 살렸네."

"무슨 말을 그렇게 해? 죽어 있진 않았고 잠들어 있었지."

하 대리의 농담에 나는 웃음이 빵 터졌다. 구석에서 웃고 있는 나에게로 두 남자의 시선이 쏠리자 나는 '흠흠' 하고 헛기침을 했다.

꼭 숨어서 엿듣다가 웃음이 터진 것만 같은 상황이었지만, 나도 엄연히 병문안을 온 사람이다.

"근데 뭐 마실 거 없어?"

하 대리가 병실을 둘러보면서 하는 말에 나는 얼른 냉장고로 다가서면서 대답했다.

"감귤 주스 있어. 마실래?"

다시 한 번 말하지만 나는 엄연히 병문안을 온 사람이다.

"에이, 난 알로에 주스 아니면 안 마시는데."

"까다롭긴. 그냥 있는 거 먹어."

세 번 말해서 미안하지만, 나는 분명 병문안을 온 사람이다.

"무슨 손님 대접이 이따위야?"

"빈손으로 병문안 온 주제에 감히 손님 대접을 기대해?"

그런데, 나도 엄연히 병문안을 온 사람인데 이렇게 유 대리님 간병인처럼 행동하는 게 조금 우습긴 했다. 그걸 유 대리님도 느낀 모양인지 뒤에서 크게 웃음을 터뜨렸다.

"암튼 난 알로에 주스 아니면 안 마시니까 빨리 나가서 사와."

하 대리가 쓸데없는 고집을 피우는 바람에 나는 이맛살을 팍 구겼다.

"하여튼 입맛만 고급져 가지고!"

그러자 뒤쪽에서 유 대리님이 갑자기 목발을 짚고 일어서려고 했다.

"내가 사 올게요."

그걸 본 나는 황급히 그를 말리고 나섰다.

"아니에요. 그래도 환자를 보낼 순 없죠."

별로 내키진 않았지만 그래도 환자인 유 대리님을 보낼 수는 없었다.

"다녀올게요."

두 사람에게 인사를 한 후 병실 문을 열고 나왔다. 그리고 생각 없이 뚜벅뚜벅 걷고 있는데 문득 손이 허전하단 느낌이 들었다.

"!"

지갑을 안 가지고 나온 것이다. 어지간히 알로에 주스가 사기 싫었나 보다.

그래서 나는 다시 병실 앞으로 돌아갔다. 병실 문의 손잡이를 잡고 돌리는 순간 안에서 하 대리의 목소리가 들려왔다.

"장난이라면 그만해."

어딘지 모르게 방금과는 달리 낮고 무거운 목소리였기에 나는 문득 손잡이를 잡은 채 행동을 멈췄다. 곧이어 유 대리님의 목소리도 들려왔다.

"장난?"

"유림이 착하고 순진한 애야."

순간 심장이 쿵쿵쿵 빠르게 뛰기 시작했다. 내가 없는 자리에서 내 이야기를 하는 두 남자의 목소리에 나는 가만히 숨을 죽일 수밖에 없었다.

"알아. 그래서 나 꽤 진지해."

유 대리님의 목소리에 내 심장은 더욱 빨리 뛰었다. 유 대리님

꽤 진지한 거였구나. 그렇구나. 묘한 감동이 밀려왔다.

"내가 유대 좋아하는 스타일을 몰라? 여태까지 만났던 여자도 다 쭉쭉빵빵에 기가 센 여자들뿐이면서, 이번엔 왜 순진한 유림이야?"

"나도 몰라."

왜 하필 유림이냐는 하 대리의 질문에 유 대리님은 모른다고 대답했다. 그래서 나는 좀 복잡한 기분이 되었다.

하지만 그걸 고민할 틈도 없이 하 대리의 높아진 목소리를 들어야 했다.

"몰라? 그런 무책임한 말이 어디 있어?"

그러자 곧 유 대리님의 목소리도 날카로워졌다.

"근데 하 대리, 대체 왜 그렇게 화를 내는데? 지금 반응이 지나치단 생각 안 들어? 둘이 친구 사이인 줄 알았는데, 아닌 거야?"

"아니라면 어쩔 건데?"

어머, 어머. 하 대린 또 왜 저래?

"그럼 나도 더 이상 하 대릴 이렇게 신사적으론 못 대하지."

"신사적? 이게 신사적인 거면 신사적이지 않은 건 뭘까 아주 궁금한데?"

뭐, 뭐야?

이러다 둘이 싸우는 거 아니야?

내가 진짜 저 유 대리님 때문에 별일을 다 겪는다, 진짜.

당황해서 어쩔 줄 몰라 발만 동동 구르고 있는데 갑자기 재채기가 나오려고 했다. 참아야 한다. 참을 수 있다. 참을 수…….

"에이취!"

……있기는 개뿔. 시원스럽게 재채기를 해 버리고 말았다. 재채기 소리에 두 남자의 얼굴이 자연스럽게 문 쪽으로 향했다. 그래서 나는 천천히 문을 열면서 말했다.

"저기, 나, 저, 가방, 아니, 지갑을 안 가지고 가서……."

병실 분위기는 매우 어색했다. 그 속에서 나는 쭈뼛쭈뼛 걸음을 옮겨 가방 쪽으로 다가갔다. 그 순간 하 대리가 나를 향해 웃는 얼굴로 말했다.

"나 주스 사 주기가 그렇게 싫었어?"

"아니, 그게……."

"그냥 내가 사 마실게."

그런 다음 하 대리는 성큼성큼 걸어 병실을 빠져나갔다. 나는 그저 병실을 나가는 하 대리와 무거운 얼굴을 하고 있는 유 대리님을 번갈아 쳐다보기만 했다. 뭘 어떻게 해야 할지 판단이 서지 않았다.

"가, 같이 가, 하 대리!"

마지막 순간 나는 결국 하 대리를 쫓아가기로 결정했다. 그래서 걸음을 막 떼려는데 갑자기 뒤에서 팔이 덥석 잡혀 버렸다.

"어?"

몸이 뒤쪽으로 홱 돌아갔다. 그러자 눈앞에 어두운 표정의 유 대리님이 보였다. 그는 깁스를 한 다리로 목발도 없이 서서 나를 붙잡고 있었다.

"가지 마요……."

"네?"

목발도 없이 선 그의 다리가 불안하게 흔들렸다. 그걸 보고 있는데 그의 낮은 목소리가 다시 들려왔다.

"하 대리한테 가지 마요."

그 목소리에 나는 천천히 고개를 들었고, 그 순간 그가 팔을 획 잡아당겨 나를 품에 안았다.

"!"

깜짝 놀라 반사적으로 그의 몸을 밀어냈는데 순간 깁스한 그의 다리가 생각났다. 그래서 나는 소스라치게 놀라며 휘청 넘어지려는 그를 두 팔로 꽉 안았다.

나 때문에 또 다치면 안 되니까.

그 반동으로 인해 우리의 몸은 침대 위로 풀썩 넘어졌다. 그런데 침대 위치고는 딱딱한 느낌이 들어, 나는 얼른 정신을 차리고 고개를 들어 보았다.

그러자 내 얼굴 바로 앞에 유 대리님의 반듯한 얼굴이 보였다. 그러니까 침대 위로 넘어진 건 유 대리님이고 나는 그의 몸 위로 넘어진 것이었다.

눈앞에 펼쳐진 이 엄청난 상황에 입에선 이 말밖에 흘러나오지 않았다.

"이, 이러지 마세요."

말하다가 유 대리님의 두 눈과 마주쳤는데 그 순간 얼굴이 화악— 하고 붉어졌다. 너무 가까웠던 것이다. 그런 내 얼굴을 지그시 보던 그가 난감하다는 표정으로 미간을 좁혔다.

"그건 내가 할 말인 것 같은데요, 유림 씨?"

그의 말에 나는 천천히 내 몸의 위치를 살폈다. 그리고 발견했다. 그의 두 다리 사이에 들어가 있는 내 하반신을 말이다.

그 순간 모든 걸 체념한 듯한 유 대리님의 목소리가 들려왔다.

"전부터 묻고 싶었던 건데, 도대체 유림 씨 나한테 왜 이래요?"

이러지 마세요!

7

"어머, 죄송해요!"

화들짝 놀라며 사과의 말을 뱉어 냈다. 그러자 유 대리님은 누운 상태로 크게 한숨을 내쉬었다.

"사과는 됐고, 빨리 좀 일어나 줄래요? 내가 진짜 곤란해서 그러는데."

그 말에 나는 급히 몸을 일으켰다. 그리고 그 순간부터 우리 사이엔 묘한 침묵이 흘렀다.

"……."

"……."

천천히 몸을 일으켜 침대 위에 앉는 유 대리님을 차마 쳐다볼 수 없어서 창밖으로 시선을 던졌다. 그런 내 뒤통수 쪽에서 유 대리님이 아주 크게 한숨을 내쉬는 게 들렸다.

우리 사이에 무거운 침묵이 내려앉은 후 시간이 꽤 흐르자 나는 문득 하 대리가 생각이 났다.

"하 대리가 안 오네요."

나직하게 중얼거리면서도 고개를 돌려 유 대리님의 얼굴을 쳐다보진 못했다. 조용한 공간 안에서 나는 또다시 혼자 중얼거렸다.

"가 봐야 하나?"

"그냥 있어요."

"네."

뒤에서 들려온 유 대리님의 목소리에 나는 얌전히 대답했다. 또 그가 나를 가지 못하게 하려고 껴안으면 곤란하니까 말이다.

잠시 후 나는 조용히 구석에 있는 의자로 가서 앉았다. 그런 다음 괜히 손끝만 쳐다보고 있었다. 그때 내 정수리 쪽에서 유 대리님의 목소리가 들려왔다.

"아무래도 하 대리가 유림 씰 좋아하는 것 같아요."

갑작스러운 그의 말에 나는 재빨리 고개를 들면서 입을 열었다.

"그런 거 아니에요."

나를 바라보는 유 대리님의 눈빛은 매우 진지했다. 그래서 농담 말라며 웃을 수조차 없었다.

"아니라고 생각해요?"

"네. 그냥 친하니까, 워낙 친하니까 걱정하는 거예요."

"아니요."

유 대리님은 고개까지 저으며 내 말을 부정했다. 그러고는 웃음기 전혀 없는 심각한 얼굴로 말을 이었다.

"눈빛이 변했어요, 하 대리."

하 대리가 나를 좋아하는 것 같다니…….

그것은 단 한 번도 생각해 본 적 없는 가정이었다. 하 대리는 날 정말 남자 취급한단 말이다.

저번에도 '형'이란 소릴 했었고, 평소에도 나한테 '인마' 소리를 얼마나 많이 하는데……!

아무리 생각해도 말이 안 되는 것 같아서 고개를 가볍게 절레절레 흔들고 있는데 갑자기 유 대리님이 신음 소리를 냈다.

"으윽……."

그 소리에 나는 깜짝 놀라서 그의 침대로 달려갔다.

"어디 아파요?"

침대에 반쯤 누워서 손으로 이마를 짚고 있던 유 대리님이 천천히 고개를 돌려 나를 쳐다보았다.

"방금 넘어져서 더 아파진 것 같아요."

"정말요? 어떡하죠? 간호사 부를까요?"

"그 정돈 아니고요……."

그런데 고통으로 한쪽 눈썹을 살짝 찡그리고 있는 유 대리님의 모습이 묘하게 섹시해 보였다. '어떻게 된 남자가 병원복을 입고 있는데도 이리 멋있단 말인가……!' 하고 감탄할 때가 아니다.

가까스로 정신을 차린 나는 그의 얼굴을 살피면서 물었다.

"어디가 어떻게 아픈데요?"

"얼굴도 화끈거리고 심장도 거칠게 쿵쿵 뛰고 머리도 어지러운 것 같아요."

"그럼 어떡하죠?"

의사 부를 정돈 아니라고 하니 뭘 어떻게 해야 할지 답답했다.

어쩔 줄 몰라 그의 앞에서 발만 동동 구르고 있는 내게 유 대리님이 굉장히 애처로워 보이는 얼굴로 말했다.

"유림 씨가 나 아픈 곳 한 번씩만 만져 주면 안 돼요?"

"!"

그의 갑작스러운 제안에 심장이 점점 **빠르게** 뛰기 시작했다. 그러니까 나보고 얼굴, 심장, 머리를 만져 달라는 건가?

"모, 못 해요."

못 한다. 나는 정말 못 한다.

"한 번만요."

그러나 그는 아파 보이는 얼굴로 계속 부탁했다. 그 얼굴에 마음이 점점 약해진다.

"엄마 손이 약손, 뭐 그런 것처럼요. 어려운 거 아니잖아요?"

맞다. 어려운 일 아니다. 그냥 가벼운 터치다, 터치.

결국 나는 조심스럽게 손을 뻗어 그의 뜨거운 이마에 얹었다.

그런 다음 빠르게 손을 내려 그의 볼을 살짝 터치했다. 볼 역시 굉장히 뜨거웠다. 그리고 마지막으로 그의 가슴을 향해 손을 뻗었다.

"!"

손끝이 그의 가슴에 닿자 쿵쿵쿵 크게 뛰는 그의 심장이 느껴졌다. 그걸 느낀 순간 얼굴이 화악 달아올랐다. 왠지 부끄러웠던 것이다. 그때 유 대리님의 목소리가 달콤하게 들려왔다.

"또 고백하는 것 같아서 부끄럽네요."

부끄러운 건 그도 마찬가지인 모양이다.

"유 대리님은……."

잠시 후 나는 그의 가슴에서 손을 떼며 나직하게 말했다.

"제가 그렇게 좋아요?"

"좋다고 몇 번이나 말했잖아요?"

조금의 망설임도 없이 바로 대답하는 유 대리님의 얼굴에서 진지함이 느껴졌다. 게다가 그의 눈빛은 이글이글 타오르는 것처럼 형형히 빛나고 있었다.

전에도 본 적이 있는 그 눈빛에 나는 마른침을 꿀꺽 삼켰다.

저렇게나 내가 좋다는데, 그냥 받아 줄까?

아니야, 아니야. 아까 하 대리가 왜 유림이가 좋냐고 물었을 때 이 남자는 그 이유를 모른다고 했어. 그럼 진심이 아닌 거잖아?

하지만 심장이 거짓말을 하진 않을 거 아니야? 방금 엄청 크게 뛰었는데?

아악, 모르겠다. 혼란스럽다.

내가 유 대리님의 얼굴을 보면서 복잡 미묘한 표정을 짓자 그가 내게 물었다.

"무슨 할 말 있어요?"

하지만 나는 끝내 무겁게 고개를 저었다.

"아뇨."

결국 나는 혼란스러운 머릿속을 정리하지 못한 채 자리에서 일어섰다.

"저 이제 갈게요."

그리고 천천히 병실 문을 향해 걸어갔다. 그런데 내가 그 문 앞에 서는 순간 문이 벌컥 열렸다.

"하대?"

문을 열고 들어온 이는 알로에 주스를 사러 갔던 하 대리였다. 나는 깜짝 놀라 그의 얼굴을 보며 물었다.

"왜 이렇게 오래 걸렸어?"

"병원 매점에는 알로에 주스가 없어서, 사거리 편의점까지 다녀왔거든."

"하여튼 생긴 거랑 다르게 참 까다롭다?"

내가 피식 웃으며 하는 말에 하 대리는 사람 좋아 보이는 미소를 지었다. 다음 순간 하 대리가 나를 스쳐 병실 안으로 들어가더니 유 대리님을 향해 말했다.

"나 이제 가 볼게."

"어, 그래. 가."

"응."

나는 어쩐지 어색하게 느껴지는 두 사람의 대화를 들으며 가만히 그들을 지켜보았다. 두 사람은 서로의 시선을 묘하게 피하고 있었다. 그런데 그때 하 대리가 갑자기 몸을 돌리며 나에게 물었다.

"너도 갈 거지?"

"어? 어."

어차피 나도 집으로 돌아갈 생각이었기 때문에 자연스럽게 하 대리의 뒤를 따랐다. 내 옆에서 하 대리가 유 대리님에게 인사를 건넸다.

"나 갈게. 다음에 보자, 유대."

"저도 갈게요. 다음에 봬요."

내가 하 대리를 따라 그에게 인사를 건네자 유 대리님의 표정이 딱딱하게 굳어졌다. 하지만 그는 별말 없이 나를 보내 주었다.

"그래요. 잘 가요. 하대도 잘 가."

그런데 왠지 병실을 나와서도 계속해서 유 대리님의 굳은 얼굴이 마음에 걸렸다. 그리고 그 얼굴이 줄곧 머릿속에서 떠나질 않았다.

♥

"오빠, 양말이랑 속옷 가져다줄까?"

퇴근하고 집에 오자마자 오빠에게 전화를 걸었다. 바쁘면 며칠이고 집에 못 들어오는 오빠를 위해 친절하게 제안한 것인데, 그의 반응은 시큰둥했다.

—아니. 엊그제 가져다준 거 아직 있어.

"아니야. 또 언제 필요할지 모르니까 여분 가져다줄게."

—아직 되게 많은데? 그리고 없으면 편의점에서 사도 돼.

"뭐 하러 돈을 써? 그냥 내가 오늘 가지고 갈게."

오빠가 한사코 괜찮다고 하는데도 불구하고 나는 휴대폰을 든채 오빠의 방으로 건너가 속옷과 양말을 챙겼다.

그것들을 열심히 종이 가방에 넣고 있는데 휴대폰 너머로 오빠의 새치름한 목소리가 들려왔다.

—오빠 삐져도 되냐?

그래서 나는 고개를 갸웃했다.

"왜?"

—너 민석 동생 때문에 또 병원 오려는 거잖아. 그 전에는 내가 그렇게 전화를 하고 문자를 해도 잘 안 오더니.

"그런 거 아니거든?"

나는 격하게 부정했다. 하지만 사실 한 삼 일 동안 유 대리님의 얼굴을 못 봤더니 그가 어떻게 지내나 궁금하기는 했다.

"암튼 기다리고 있어. 갈게."

나는 급하게 전화를 끊고 종이 가방을 든 채 한국병원으로 향했다.

한국병원 로비로 들어서자 괜스레 심장이 콩콩콩 뛰고 기분이 좋아졌다. 그래서 발랄한 스텝을 밟으며 유 대리님의 병실을 향해 걸어갔다.

그렇다. 나는 지금 오빠보다 유 대리님을 먼저 보러 가는 것이다.

나쁜 동생이라 욕해도 어쩔 수 없다. 그냥 내 마음이 그런 걸 어떡하겠는가.

발랄한 발걸음으로 걸어가고 있는데 눈앞에 낯익은 얼굴의 여성이 나타났다.

"어머, 유림 씨?"

여자는 화려하게 화장한 예쁘장한 얼굴로 나를 향해 걸어왔다. 나는 그녀를 보고 긴장한 채 걸음을 멈췄다.

그녀가 여긴 무슨 일일까?

"아, 지혜 씨."

그녀는 해외 마케팅 팀의 김지혜 씨였다. 지혜 씨는 아주 당당한 표정으로 내게 다가와 말을 걸었다.

"여긴 어쩐 일이에요? 저는 유 대리님 병문안 왔는데."

"저는…… 오빠가 여기서 일하거든요. 그래서 자주 와요."

"흐음. 그래요?"

지혜 씨의 렌즈 낀 새까만 눈동자가 나를 위아래로 훑어 내리는데 기분이 조금 나빴다.

"그럼 온 김에 유 대리님 병실에도 들르고 그래요?"

다음 순간 그녀가 눈빛을 날카롭게 빛내며 물었다.

"아, 네. 뭐, 가끔."

"흐음."

그녀는 자신의 긴 손가락으로 턱을 만지면서 다시 나를 위아래로 훑었다. 그러곤 그 붉은 입술을 열었다.

"전엔 못 느꼈는데 요즘 부쩍 유 대리님이랑 친하게 지내는 것 같네요, 유림 씨?"

"아, 그런가요?"

나는 잘 모르겠다는 표정으로 시치미를 뚝 뗐다.

그러자 지혜 씨는 순간 뭔가 생각났다는 듯 두 눈을 반짝거리며 나를 보았다. 그녀의 입가에 매혹적인 미소가 걸렸다.

"아, 혹시 그거 때문인가?"

"그거요?"

되묻는데 순간 안 좋은 예감이 스쳤다. 그녀의 말이 이어졌다.

"사실은 제가 한 두어 달쯤 전에 유 대리님한테 농담을 했었거든요. 우리 회사에서 유 대리님이 유혹해도 안 넘어갈 여직원은 현유림 씨 딱 한 명뿐일 거라고. 그래서 혹시나 유 대리님이 승부욕 생겨서 접근한 건 아닌가 싶어서요."

순간 둔기로 뒤통수를 세게 얻어맞은 듯한 느낌이 들었다.

'그런 거였어……?'

그제야 모든 퍼즐이 맞춰지는 느낌이었다. 왜 그렇게 잘난 남자가 나 좋다고 쫓아다니고 집착했는지, 하 대리가 왜 그렇게 걱정을 했는지도…….

모든 게 명확해졌다.

나쁜 놈.

그럼 그렇지.

"농담으로 한 말이니까 유림 씨도 농담으로 흘려들어요."

지혜 씨는 얄밉게 말을 마치고는 나에게서 멀어졌다.

그대로 집으로 돌아갈까도 생각했지만 나는 그러지 않았다. 대신 두 주먹을 꽉 쥐고 유 대리님의 병실로 들어갔다. 그는 내가 병실 안으로 들어서자 얼굴 가득 함박웃음을 지었다.

"왔어요? 방금 우리 팀원들 대표로 김지혜 씨 왔다 갔는데."

"네. 봤어요."

딱딱하게 대답하고 뚜벅뚜벅 그의 침대를 향해 걸어갔다. 유 대리님은 여전히 밝은 표정으로 내게 말했다.

"나 내일모레면 퇴원하고 다음 주부턴 출근할 수 있을 것 같아요."

"네. 축하해요."

"……근데 무슨 일 있었어요? 표정이 좀…….."

내 표정이 너무 어두웠던 모양이다. 더 이상은 유 대리님의 밝은 얼굴을 보고 있기가 힘들어서 나는 아랫입술을 깨물다가 나직하게 말했다.

"그리고 또 축하해요."

"뭘요……?"

"제가 당신의 유혹에 홀라당 넘어가 버렸거든요."

"네?"

순간 유 대리님의 두 눈이 동그래졌다. 나는 그 얼굴을 가만히 바라보면서 진지하게 말을 이었다.

"이걸로 우리 회사에서 당신 유혹에 안 넘어갈 여직원은 단 한 명도 없게 됐네요. 그러니까 이제 승부욕 그만 불태우셔도 됩니다."

"네? 그게 대체 무슨……."

"저까지 당신을 좋아하니까, 이제 우리 회사 모든 여직원들이 당신을 좋아하는 겁니다. 이제 만족하십니까?"

"아니, 만족은 하는데, 그런 만족이 아니라……."

"됐습니다. 그러니까 이제 그만하시죠."

순간 유 대리님의 정갈한 눈썹이 구겨지고 표정이 심각해졌다.

"대체 뭘요?"

그는 도저히 내 말을 이해할 수가 없다는 얼굴이었다.

"당신이 짱이라고요."

나는 일부러 환하게 웃으며 밝게 말했다. 나는 정말 괜찮다는 듯이, 아무렇지도 않다는 듯이 말이다.

잠시 미간을 좁히며 생각에 잠겼던 그가 생각이 정리됐다는
듯 내게 물었다.

"그러니까 유림 씨도 날 좋아한단 거죠?"

"네. 이제 만족하십니까?"

"네. 물론 만족하죠."

나쁜 놈.

"내가 이 순간을 얼마나 고대해 왔는데요."

그 순간 유 대리님의 얼굴에 미소가 피어올랐다. 그 미소에 화
답하듯 나는 냉소적인 미소를 지어 주었다.

"암튼 축하해요. 그럼 저 이제 가 볼게요."

"네? 이게 끝이에요?"

황당하다는 듯 유 대리님의 눈썹이 하늘로 치켜 올라갔다. 그
를 향해 나는 덤덤히 고개를 끄덕였다.

"네. 그리고 이제 이렇게 단둘이 만나는 일도 없을 겁니다."

"유림 씨 설마……."

"네, 맞습니다."

나는 차가운 눈빛으로 유 대리님을 바라보았다. 그리고 나를
흔들리는 눈동자로 보고 있는 그를 향해 마지막으로 말했다.

"제가 또 유 대리님 차는 거예요."

병실을 나온 나는 솔직히 넋이 나간 상태였다. 그런 상태로 열
심히 발을 옮겨 오빠의 방을 향해 갔다.

솔직히 그곳에 어떻게 도착했는지도 잘 모르겠다. 힘없이 방문

을 열자 흰 가운을 입은 오빠가 보였다.

"오빠……."

자신을 부르는 목소리에 오빠의 피곤한 얼굴이 나를 돌아보았
다.

"유림…… 너 얼굴이 왜 그래? 울었어?"

아니다. 나는 울지 않았다. 절대.

나는 곧바로 고개를 좌우로 저었다. 하지만 오빠는 걱정스러운
얼굴로 내게 더욱 가까이 다가왔다.

"눈물만 없지 꼭 우는 얼굴이잖아, 너. 무슨 일이야?"

그렇지만 나는 끝내 입을 꾹 다문 채 오빠에게 종이 가방만 건
네고 그곳을 나왔다.

울고 싶었지만, 절대 울지 않았다.

♥

내가 알기로 오늘은 유 대리님이 퇴원을 하는 날이다. 그래서
인지 하루 종일 마음이 싱숭생숭했다. 그걸 눈치챈 하 대리가 나
를 휴게실로 데리고 갔다.

"무슨 일 있지? 말해 봐."

한참을 망설이다가 며칠 전 지혜 씨에게서 들은 이야기를 했
다. 그랬더니 하 대리가 두 눈을 휘둥그레 떴다.

"그래서? 지혜 씨 말만 믿고 유 대리 밀어내는 거야?"

"……응."

그러자 하 대리는 생각에 잠긴 듯 말없이 팔짱을 꼈다. 그런 상태로 잠시 있던 그가 진지한 얼굴로 말을 시작했다.

"근데 나도 들은 게 있는데 말이야…… 몇 달 전에 지혜 씨가 유 대리한테 고백해서 차였다더라?"

지혜 씨가 유 대리님한테 차였다고?

생각지도 못한 그의 말에 나는 미간을 좁히고 말았다.

"그러니까 지혜 씨 말 그대로 믿지 마. 설령 사실이라고 해도 유 대리한테 직접 따지는 게 맞지."

후우, 하는 한숨이 절로 새어 나왔다. 그런 내 얼굴을 가만히 바라보던 하 대리가 나직한 음성으로 말을 이었다.

"나는 여태 유 대리랑 만났던 여자들이 너랑은 스타일이 다르니까 혹시 호기심인가 싶어서 걱정한 거지, 유 대리 자체는 좋은 놈이야."

하 대리의 말을 들으니 기분이 더 복잡해졌다.

"내가 아는 그 녀석은 자존심이 좀 많이 세거든. 근데 네가 그렇게까지 하는데도 널 포기 안 하는 게 신기하더라고. 그래서 더 오기나 호기심은 아닌가 걱정한 거고."

집으로 돌아오는 내내 하 대리의 말을 곱씹었다. 어쩌면 내가 지혜 씨의 말만 듣고 너무 성급한 판단을 내린 걸지도 모른단 생각이 들자 마음이 더욱 무거워졌다.

어깨를 축 늘어뜨리고 힘없이 집 안으로 들어섰는데, 그 순간 익숙한 목소리가 아주 작게 들려왔다.

"형님, 제 눈에 콩깍지 좀 벗겨 주세요. 형님 동생이 너무 예뻐 보여요."

"!"

저 목소리는 분명, 유 대리님의 목소리다. 그의 목소리가 왜 집 안에서 들리는 거지? 나는 재빨리 목소리가 들린 오빠 방으로 달려갔다.

"어이구, 이런! 자네, 그 병에 걸렸구먼. 아버지랑 내가 걸린 그 병. 그럼 내가 이따가 유림이의 방을 보여 주지. 그리고 유림이가 입고 자는 무릎 나온 추리닝과 늘어난 메리야스도 보여 줄게. 그럼 콩깍지가 벗겨질 거야. 우린 안 벗겨졌지만."

이어 들려오는 오빠의 목소리에 경악하며 오빠의 방문을 거칠게 열어젖혔다. 그러자 와인병과 소주병이 즐비하게 놓인 탁자가 보였고, 그 뒤로 사이좋게 딱 붙어 앉아 있는 유 대리님과 오빠가 보였다.

"유 대리님이 여기 왜 있어요?"

내가 두 눈을 크게 뜨며 묻자 오빠는 자리에서 일어서며 당당하게 대꾸했다.

"내가 퇴원 기념으로 우리 집에서 한잔하자 했어. 왜?"

그 순간 유 대리님 역시 자리에서 일어섰다. 그리고 그는 나를 향해 수줍게 손을 흔들었다.

"유림 씨 왔어요?"

자세히 보니 그는 광대 부근이 많이 붉어져 있는 상태였다. 눈빛도 흐리멍덩했으며 말도 조금 어눌했다. 그는 누가 봐도 취한 남자였다.

"이 사람 왜 이렇게 취했어?"

오빠를 원망스러운 눈초리로 바라보았지만 오빠 역시 많이 취한 상태였다.

"어? 유 군 취했어? 안 취했는데? 멀쩡한데?"

하긴. 오빠가 더 취한 것 같긴 하다. 그사이 유 대리님은 비틀거리며 내게 다가왔다.

"유림 씬 내가 왜 싫어요?"

"네?"

그의 갑작스러운 질문에 나는 당황스러웠다.

"나 솔직히 어디 가서 잘생겼다는 소리 많이 듣고, 돈도 잘 벌어요. 그리고 전에도 말했지만 우리 집도 좀 살고요. 평화무역이라고 들어 봤죠? 거기 사장이 우리 아빠예요!"

유 대리님의 술주정에 난감해하고 있는데, 오빠가 우리를 향해 다가왔다. 그리고 유 대리님보다 한술 더 떠 말했다.

"오올— 너 좀 부자다? 근데 우리도 좀 살아. 너 한국 종합병원이라고 들어 봤냐? 거기 병원장이 우리 아빠다?"

"오호! 대단하신데요? 형님, 민국대 아시죠? 거기 교수가 우리 엄마예요!"

"그만해, 둘 다."

창피한 줄도 모르고 초등학생들처럼 집안 자랑을 하는 두 사람의 팔을 잡고 침대로 데려갔다. 이 상태로 유 대리님을 집에 보낼 순 없었던 것이다.

"둘 다 빨리 누워서 자요."

싫다고 거부하는 두 남자를 억지로 침대에 눕혔다.

"일단 좀 자고 술 좀 깨요."

일어나려고 하는 두 남자의 이마를 눌러 다시 눕힌 후 이불을 덮어 주고 방을 나왔다. 그리고 한숨을 내쉬며 내 방을 향해 걸어갔다.

"유림 씨."

"!"

깜짝이야.

뒤에서 들려온 목소리에 깜짝 놀라며 어깨를 틀었다. 그곳엔 오빠 방에서 나온 유 대리님이 두 손을 들어 마른세수를 하고 있었다.

잠시 후 자신의 얼굴에서 손을 뗀 유 대리님이 나를 향해 말했다.

"혹시 말이에요, 내가 우리 회사에서 내 유혹에 안 넘어올 여자는 현유림 씨밖에 없어 보여서 굳이 유림 씰 유혹한 거다, 뭐 이런 생각 한 거예요?"

며칠 사이 유 대리님은 그때 내가 한 말을 다 분석해서 정리한 모양이다. 그의 말에 나는 아무 말도 못하고 시선을 피했다.

"허—"

기가 막히다는 듯 짧은 숨을 토해 낸 유 대리님이 내게로 한 발짝 다가오면서 입을 열었다.

"나 존심 되게 센 거, 너 모르죠?"

"네? 아, 네."

그는 취해서 자신이 존댓말을 쓰고 있는지 반말을 쓰고 있는지 구분이 안 되는 모양이었다.

"나 자존심 되게 세서 여태껏 여자한테 먼저 대시해 본 적 한 번도 없어요. 남자가 없어 보이게 왜 먼저 좋다고 쫓아다녀야 하는지 그 이유를 몰랐던 사람이라고, 난. 근데 그런 내가 먼저 너 좋아한다고 고백하고 계속 쫓아다니고, 남친 있다는 거짓말까지 하는데도 네가 좋으니까…… 네가 좋아서 양다리 걸치라는 웃기는 제안까지 했어요."

"……."

"미치지 않고서야, 고작 여자 꼬시는 능력 한번 시험해 보겠다고 그렇게까지 하는 놈이 어디 있어요?"

그때 유 대리님이 한쪽 눈썹을 찡그렸는데 그 모습이 묘하게 섹시해 보였다.

전에도 느꼈지만 한쪽 눈썹을 찡그리는 그는 너무 섹시했다. 그래서 나는 떨리는 가슴을 부여잡으며 가까스로 입을 열었다.

"그렇지만 전에 병원에서 하 대리가 유 대리님한테 날 왜 좋아하느냐고 물었는데 모른다고 대답했잖아요. 맞죠?"

"그럼 나도 그 이유를 모르겠는데 뭘 어떻게 해요? 그냥 계속 생각나고 보고 싶고 목소리 듣고 싶고, 그냥 그런단 말이야. 이유를 모르겠다고요, 나도."

유 대리님이 자꾸 존댓말과 반말을 섞어서 하는데 그게 이상하게 더 설레었다. 하지만 그 설렘은 거기서 멈추지 않았다.

"지금도 네 입술에 키스하고 싶어 미치겠어요. 그거면 됐지, 이유가 꼭 필요해요?"

깜짝 놀라서 나는 두 손으로 입을 가렸다.

키스를 당할 것 같아서가 아니었다.

내가 키스를 해 버릴 것 같아서였다.

이러지 마세요!

<u>8</u>

"정말, 당신같이 잘난 남자가, 평범한 나한테 대체 왜 이래요?"

나를 좋아하고 있다는 유 대리님의 마음이 너무도 절절하게 느껴져서 더 이상 그를 피할 수 없겠단 생각이 들었다.

그래서 오늘은 꼭 담판을 지어야겠다 결심했다. 하지만 문제는 그가 조금 많이 취했단 사실이다.

"너 평범하다고, 누가 그래요?"

또다시 존댓말과 반말이 섞인 유 대리님의 목소리가 들려왔다.

"너 하나도 안 평범해요. 어떤 평범한 여자가 술 취한 남자 업고 그래요? 그거 보고 우리 어머니가 너한테 반한 거, 너 모르죠? 난요, 유림 씨가 회사에 1등으로 출근하는 점도, 고기 얘기만 하면 행복한 표정을 짓는 점도, 거짓말 잘 못 하는 점도 다 특별하게 느껴지고 너무 귀엽고 좋아요. 그런 사람은 이 세상에 현유림 너 하나뿐이잖아요?"

심장이 떨렸다. 이 세상 어떤 여자가 이렇게 고백하는 남자에게 설레지 않을 수 있겠는가.

"그러니까 나한테 넌 이 세상에서 제일 특별한 여자예요."

그 순간 공중에서 유 대리님과 나의 눈이 마주쳤다. 우리는 한참을 그렇게 서로를 바라보았다. 잠시 후, 유 대리님이 다시 진지한 얼굴로 말했다.

"정말 진심으로 좋아해요."

그리고 다음 순간 그가 손을 뻗어 나를 끌어안았다.

"!"

그가 나를 너무 꽉 끌어안아서 숨이 막힐 정도였다. 그 순간, 맞닿은 가슴으로 두근두근 빠르게 뛰는 심장이 느껴졌다.

분명 그의 심장일 거라고 확신했는데, 사실은 내 가슴도 그 정도로 빨리 뛰고 있었다. 그래서 누구의 심장인지 헷갈렸다.

어쨌든 우리의 심장은 그렇게 동시에 빠르게 뛰고 있었다.

"알았어요."

나는 알았다. 이젠 결단을 내려야 할 때임을. 그래서 나는 그의 몸을 부드럽게 밀어내면서 말했다.

"우리 한번 만나 볼래요?"

용기를 내어 던진 말에 유 대리님의 두 눈이 커졌다. 그리고 곧 그의 얼굴에 미소가 피어올랐다.

"진짜요? 정말요?"

한참을 그렇게 웃으며 좋아하던 유 대리님이 갑자기 자신의 눈을 비비기 시작했다. 그래도 한 손으로 꽉 잡은 내 손은 놓지 않았다.

슬쩍 올려다본 유 대리님의 얼굴에는 졸음이 가득했다. 그래서 나는 웃으면서 물었다.

"졸려요?"

"아뇨."

그는 단박에 부정했지만 곧이어 터져 나오는 하품 때문에 결국 들키고 말았다.

"졸린 거 맞잖아요."

그러자 그가 안타깝다는 듯이 중얼거렸다.

"그러게요. 이런 중요한 순간에 졸리네요."

"네. 그러시겠죠."

어련하시겠는가. 소주랑 와인을 섞어서 마신 것 같던데.

"자, 이제 오빠 방으로 들어가서 자요."

나는 그의 손을 잡은 채 오빠 방으로 데려갔다. 그런데 얌전히 나를 따라오던 유 대리님이 심각한 얼굴로 귓가에 속삭였다.

"네 방은 안 돼요?"

"당연히 안 되죠!"

곧바로 손을 올려 그의 어깨를 철썩 때려 버렸다.

이 엉큼한 남자를 어쩌니? 어떻게 사귀자마자 진도를 빼려고 해?

내가 단호하게 행동하자 유 대리님은 어쩔 수 없다는 듯 오빠의 방으로 들어갔다. 그런데 방 안으로 들어갔던 그가 채 1분도 지나지 않아 다시 나왔다.

"왜 다시 나와요?"

두 눈을 휘둥그렇게 뜨고 묻자 유 대리님이 난감하단 얼굴로 대답했다.

"형님이 코를 너무 거칠게 고시는데요."

그러고 보니 오빠는 평소엔 얌전하게 자는데 꼭 술만 마시면 벽이 울릴 정도로 코를 골곤 했다. 나는 난감함에 관자놀이를 긁적거렸다.

"귀에 휴지 꽂고 자요. 아님 오빠 코에 휴지를 꽂든지."

"내가 어떻게 그래요? 그리고 저 사실은요……."

유 대리님이 조금 심각한 표정으로 말을 시작했다. 그래서 가만히 그의 말에 집중했다.

"내가 좀 귀하게 자라서요, 독방밖에 써 본 적이 없어. 누구랑 같이 침대를 써 본 적 자체가 없다고요."

뭐 이런 왕자님이 다 있나. 예상은 했지만 그는 좀 많이 왕자님이었다.

"그럼 어쩌죠? 빈 침대가 없는데……."

"괜찮아요. 소파에 앉아서 밤새면 되지, 뭐."

무슨 저런 협박을 해?

무서운 협박을 한 유 대리님은 그대로 거실 소파로 가더니 그곳 위에 쪼그리고 앉았다. 그러곤 졸리다는 듯 자신의 눈을 비볐다.

나는 그 모습을 잠시 바라보다가 그에게 다가섰다. 그런 다음 마지못해 제안했다.

"그럼, 제 침대에서 잘래요?"

그러자 그가 순간 두 눈을 빛냈다.

"그래도 돼요?"

눈빛이 어떻게 저렇게 초롱초롱할 수가 있지? 방금까지 그렇게 졸려하던 사람이?

다음 순간 유 대리님은 자리에서 벌떡 일어서더니 내 방 쪽으로 빠르게 걸음을 옮겼다.

내 방으로 들어와 침대 위에 조심스럽게 엉덩이를 대고 앉은 유 대리님이 나를 올려다보면서 말했다.

"침대가 정말 푹신하네요."

"네. 잠은 잘 올 거예요. 그럼 잘 자요."

인사를 하고 돌아서는 나를 유 대리님이 급히 잡아챘다.

"너는 어디서 잘 건데요?"

그래서 쿨하게 대답했다.

"바닥이든 소파든, 뭐 잘 곳은 많으니까요."

"말도 안 돼. 좋아하는 여자를 바닥이나 소파에서 재우는 남자는 이 세상에 단 한 명도 없을 겁니다! 차라리 내가 베란다에서 자겠소."

"아니, 얘기가 왜 그렇게까지 극단적으로 가요?"

존댓말과 반말을 섞어 하는 것도 모자라 이젠 사극 톤까지 쓴다, 이 남자.

이 남자, 취하니까 정말 귀여워 미치겠다.

"나 혼자 이곳에서 편히 잘 순 없습니다요."

"그냥 좀 자요."

"안 됩니다요."

"아, 그냥 좀 자라고요."

이제 나도 슬슬 졸리단 말이다. 막무가내로 구는 유 대리님을 말리느라 나는 조금씩 지쳐 갔다. 게다가 졸음까지 밀려와서 더는 버티기가 힘들었다.

그리고 사실, 나도 귀하게 자라서 침대가 아니면 못 잔단 말이다.

"으아함……."

우리는 동시에 하품을 하면서 서로를 바라보았다. 그리고 거짓말처럼 둘 다 침대 위로 풀썩 쓰러졌다.

그 순간, 우리에게는 오직 인간의 본능적인 욕구만이 존재했다.

바로, 수면의 욕구.

"야!"

순간 머리를 울리는 큰 소리가 났기에, 나는 눈썹을 찡그리면서 한쪽 눈을 떴다. 누구야, 한참 단잠에 빠져 있었는데…….

"야! 너희 지금 뭐하는 거야?"

또다시 들리는 큰 목소리에 두 눈을 번쩍 뜨고 소리가 난 쪽으로 고개를 돌렸다.

"오빠……?"

그곳엔 두 눈을 크게 뜨고 놀란 얼굴로 나를 쳐다보고 있는 오빠가 있었다. 그리고 그 순간, 옆쪽에서 큰 움직임이 느껴졌다.

"유림 씨?"

고개를 돌려 옆에서 이불을 움켜쥐고 있는 유 대리님을 쳐다보았다.

그의 표정을 자세히 보기 위해 나는 침대 옆 협탁 위에서 안경을 찾아 썼다. 그리고 보았다. 유 대리님의 황당해하는 얼굴을.

'저 얼굴, 뭐야? 설마 아무것도 기억 못 하는 거야?'

순간 간담이 서늘해졌다. 어제 그렇게 술 퍼마시고 취해 있더니 우리가 사귀기로 한 것도, 실랑이를 벌이다가 같이 잠이 든 것도 다 잊은 모양이다.

하지만 그보다 더 큰일이 나를 기다리고 있었다.

"왜 둘이 같이 자고 있어? 아버지 아시면 민석이 넌 사형감이야! 빨리 일어나! 지금 아버지 조깅 가셨으니까 이때 빨리 도망가. 빨리! 이제 곧 돌아오실 시간이란 말이야!"

오빠의 말이 채 다 끝나기도 전에 현관문이 열리는 소리가 나더니 아빠의 목소리가 들려왔다.

"유림아, 깼니?"

순간 나는 너무 놀라 손으로 입을 가렸다. 그사이 오빠는 재빨리 유 대리님을 일으켜 세우고는 작은 목소리로 말했다.

"일단 민석이 넌 장롱으로 들어가, 어서."

비몽사몽인 유 대리님이 내 방 원목 장롱 안으로 들어감과 동시에 아빠가 방문을 열었다.

"우리 딸, 어젠 아빠가 늦게 들어와서 얼굴도 못 봤네?"

아빠는 환하게 웃는 얼굴로 내게 다가왔다. 오늘도 아빠는 나를 아주 사랑스럽다는 눈빛으로 쳐다보았다.

"오늘도 얼굴이 달덩어리같이 예쁘구나."

"칭찬이야, 뭐야."

내가 투덜거리자 아빠는 부드러운 손길로 내 머리를 쓰다듬어 주었다.

"그럼. 당연히 칭찬이지. 어젯밤에 뜬 보름달도 우리 유림이 얼굴만큼 둥글넓적하진 않을 거야."

"칭찬 아닌데? 아무리 생각하고 또 생각해 봐도 칭찬 아닌데? 아빠, 정말 내 친아빠 맞아?"

그런데 그때였다.

"풋!"

우리의 대화가 너무 웃겼던 것일까. 나는 아빠랑 항상 하는 대화라서 별 이상한 걸 못 느꼈지만, 장롱 안에 있던 유 대리님에겐 무척 재미있었던 모양이다. 저렇게 웃음이 터진 걸 보면.

"뭐야, 이 소리?"

순간 싸해지는 분위기 속에서 나는 아랫입술을 잘근 깨물었다. 아빠가 천천히 몸을 돌려 소리가 들린 장롱으로 다가서자 오빠가 황급히 그 앞을 막아섰다.

"제, 제가 방구 뀐 건데요?"

오빠의 말도 안 되는 변명에 아빠의 얼굴은 더욱 딱딱하게 굳어졌다. 아빠는 말없이 오빠를 밀치고 장롱으로 더 가까이 다가서려 했고, 오빠는 그걸 필사적으로 막았다.

"아, 아니, 저기, 제가 속이 안 좋아서 방구 뀐 거라니까요?"

"비켜. 네 방구 냄새 안 났어. 그 지독한 냄새."

"내 냄새가 뭘 또 그렇게 지독하다고…… 아버지 진짜 너무하시네."

오빠가 서운한 표정을 짓는 사이 아빠가 장롱 문을 거칠게 열었다. 그리고 발견했다. 까치집을 지은 헤어스타일의 유 대리님을.

"이 녀석 뭐야?"

아빠는 예상대로 불같이 화를 냈다. 이에 유 대리님은 잽싸게 장롱에서 나와 아빠 앞에 무릎을 꿇었다.

"정말 죄송합니다."

"네 녀석이 왜 내 딸 방에 있어? 뭐 하는 녀석이야, 너?"

"전에도 한번 인사드렸습니다만, 유림 씨 직장 동료 유민석이라고 합니다."

"누가 지금 자기소개하래? 당장 나가, 인마!"

화가 머리끝까지 난 아빠는 유 대리님을 방 밖으로 끌어냈다. 나는 이 사태를 어찌해야 할지 몰라 발만 동동 굴렀다. 아빠에 의해 거실로 쫓겨난 유 대리님이 머리를 조아리면서 말했다.

"아버님, 어제 제가 술에 취해서 유림 씨 침대를 조금 빌렸습니다. 하지만 생각하시는 그런 일은 절대 없었습니다. 그러니까 노여움 푸시고……."

"나가! 듣기 싫어."

"네, 알겠습니다."

유 대리님은 아빠에게 허리를 꾸벅 숙였다. 그러고는 현관을 향해 걸어가려다 다시 아빠를 돌아보며 정중하게 말했다.

"그런데 앞으로 자주 뵙게 될 것 같습니다, 아버님. 제가 유림 씨와 정식으로 교제를 시작했거든요."

헛.

기억 못 하는 줄 알았는데, 다 기억하는 모양이다. 그런데 왜 아까는 황당하다는 얼굴을 했지?

"뭐라고?"

순간 아빠의 얼굴이 당황스럽다는 듯 일그러졌다. 그런 아빠에게 유 대리님은 다시 한 번 허리를 깊이 숙였다.

"그럼, 출근 잘 하십시오."

암튼 저 남자의 저 패기 하나는 인정해야 한다. 나를 무너뜨린 저 패기.

유민석. 확실히 보통 남자는 아니다.

♥

나는 회사에 제일 먼저 출근해서 유 대리님을 기다렸다. 예상 대로 그는 2등으로 출근을 했다.

"유림 씨!"

나는 반갑게 인사를 하는 그를 붙잡아 구석으로 데리고 갔다.

"솔직히 말해 봐요. 어제 일, 다 기억 안 나죠?"

아침에 침대 위에서 본 황당해하던 얼굴이 마음에 걸려서 물었더니, 그가 어쩔 수 없다는 듯이 실토했다.

"네. 사실은 기억이 좀 드문드문 끊겨 있어요. 근데 우리가 사귀기로 한 건 정확히 기억해요."

"그럼 혹시 나한테 막 반말하고 사극 톤으로 말한 것도 기억 안 나요?"

"네. 전혀 기억이 안 납니다. 제가 그랬습니까?"

그런데 그 순간 나는 보았다. 유 대리님의 까만 눈동자가 아주 미세하게 흔들리는 걸. 그래서 피식 웃음이 났다.

어쩌면 오늘 아침의 그 황당해하던 얼굴은 기억이 안 나서가 아니라 다른 이유 때문인지도 모른단 생각이 든 것이다.

"흐음. 그래요? 꽤 귀여웠는데."

"귀여웠어요? 바보 같지 않았어요?"

바로 되묻는 그를 향해 눈을 가늘게 뜨며 물었다.

"그건 기억하는구나?"

아무래도 유 대리님은 어제 술에 취해 자신이 한 행동들이 너무 창피해서 기억이 안 나는 척하는 것 같았다.

"……미안해요. 근데 어제의 그 기억들은 좀 잊어 주면 안 될까요? 나 좀 많이 창피한데."

"뭐, 앞으로 하는 거 봐서요."

나는 유 대리님에게 씨익 웃어 보인 후 텅 빈 사무실 안을 둘러보았다. 이제 곧 직원들이 출근을 할 것이다. 그 전에 분명히 해 두고 싶은 게 있다.

"근데 우리 연애, 사내에선 비밀인 거 알죠?"

그러자 그의 두 눈이 커졌다.

"네? 왜요?"

"사내연앤 비밀이 기본이죠. 괜히 직원들 입에 오르락내리락하는 거 딱 질색이란 말이에요."

게다가 유 대리님이 좀 인기남인가? 우리가 연애하는 걸 들켰을 때를 잠시 상상해 봤는데 상상만으로도 벌써 피곤해지려고 했다.

"아침부터 둘이 왜 그렇게 딱 붙어 있어?"

갑작스럽게 들린 목소리에 유 대리님과 나는 반사적으로 서로에게서 몸을 떨어뜨렸다. 곧바로 고개를 돌려보니 익숙한 얼굴이 보였다.

"하대, 일찍 왔네?"

나는 조금 안심하며 사무실로 들어온 하 대리에게 말을 걸었다.

"어. 아침부터 멀리 외근 나가야 해서. 근데 둘이 꽤 친해 보인다?"

"아닌데? 전혀 아닌데?"

강하게 부정했는데도 하 대리는 우리 둘을 번갈아 쳐다보면서 의심의 눈초리를 보냈다.

"뭐야? 혹시 둘이 사귀어?"

"어? 그게, 으음, 몰랑!"

"미쳤어? 어디서 앙탈이야?"

내가 조금 앙칼지게 대답했다고 하 대리는 굉장히 짜증을 부렸다. 그 못난 얼굴을 보는데 문득 얼마 전에 하 대리가 날 좋아하는 것 같다고 했던 유 대리님의 말이 떠올랐다.

흥. 그건 정말이지 말도 안 되는 가정이다.

고개를 절레절레 저으며 분무기를 손에 들었다. 그걸 이용해서 화분에 물을 주려고 했는데, 분무기 안에 물이 거의 없었다. 그래서 나는 바로 화장실로 가기 위해 복도로 나왔다.

그런데 그런 내 뒤를 유 대리님이 따라왔다.

"전에 내가 잘나서 부담스러웠다고 했었죠?"

그가 손에서 분무기를 뺏어 가면서 하는 말에 나는 고개를 끄덕였다.

"그랬죠."

"근데 이제 연애하다 보면 알게 될 거예요. 내가 그냥 보통 남자라는 걸."

"그럴까요?"

내가 고개를 갸웃하는 사이 유 대리님은 화장실로 들어가 분무기에 물을 채워 왔다. 그런 다음 웃는 얼굴로 말했다.

"네. 장담해요. 나는 질투심 되게 많고, 여자 친구 눈치 엄청 보고, 여자 친구 말 한마디에 천국과 지옥을 왔다 갔다 하는 그냥 찌질이거든요."

"에이, 유 대리님이 어떻게 찌질이가 돼요?"

"뭘 모르시네. 원래 남자는 진짜 사랑하는 여자를 만나면 그냥 찌질이가 돼요."

내가 말도 안 되는 소리 말라며 웃자 그 역시 나를 따라 웃었다.

"그중에도 나는 완전 상찌질이가 되죠."

"말도 안 돼. 후후—"

내가 또다시 웃어 버리자 이번에도 유 대리님은 나를 따라 웃었다. 그러면서 나를 향해 나직하게 물었다.

"아직도 내 말 이해 못 했어요?"

"네?"

웃으며 되물었는데 그 순간 유 대리님의 얼굴에서 웃음기가 사라졌다. 그는 굳은 얼굴로 손을 뻗더니 내 머리를 부드럽게 끌어안았다. 그러곤 내 귓가에 아주 작게 속삭였다.

"하 대리랑 적당히 친하게 지내라고, 현유림."

이러지 마세요!

9

「당신이 꿈보다 현실이 좋아서 잠이 들기 싫어진다면 그건 사랑에 빠진 것이다.」

이런 외국 명언을 들어본 적이 있다. 하지만 그동안 나는 단한 번도 이 말에 공감해 본 적이 없었다.

내가 고기 다음으로 좋아하는 게 바로 잠이니까.

그러나 오늘 나는 잠을 포기하고 유 대리님과의 달콤한 통화를 즐김으로써 그 명언에 크게 공감하고 있다.

잠보다 꿈보다 지금이, 유 대리님이 좋다.

―우리 애칭은 뭘로 할까요?

애칭?

휴대폰을 통해 들려오는 유 대리님의 감미로운 목소리에 내

광대는 하늘을 향해 높이 올라갔다. 그리고 이내 행복한 고민에 빠졌다. 뭐가 좋을까.

고민을 끝낸 나는 얼굴 가득 미소를 지으며 대답했다.

"유유 커플? 아님 투유 커플 어때요?"

—네? 후후.

휴대폰 너머 유 대리님이 작게 웃는 소리가 간지럽게 들려왔다. 우리 커플 이름이 좀 웃긴가? 고개를 갸웃하는 사이 생각지도 못한 말이 들렸다.

—아니, 우리 커플 애칭 말고 서로에 대한 애칭을 말한 건데. 난 뭐, 유림 씨가 불러 주는 거면 뭐든 좋지만요.

"아, 아— 그, 그렇구나."

창피하다. 하지만 어쩔 수 없다. 나는 연애에 서툰 그 유명한 모태솔로니까.

"왜, 그, 사람들이 드라마나 예능 보면서 커플 이름 막 짓고 그러잖아요. 그건 줄 알고…… 헤헤. 미안해요. 연애를 TV로 배웠어요."

솔직한 내 변명에 전화기 너머 유 대리님의 웃음소리가 더욱 커졌다.

—혹시 유림 씨 모태솔로예요?

잠시 후 그가 던진 질문에 나는 조금 창피해졌다. 그래서 한때 유행했던 그 방법으로 그의 질문을 피하기로 했다.

"여, 여보세요? 엽떼요? 잘 안 들리네요."

— '엽떼요?' 라니, 대체 언제적 유행어예요. 한 십 년은 됐겠네. 암튼 진짜 귀엽다니깐, 우리 유림이는.

우리 유림이래!

그 기분 좋은 울림에 설레는 목소리로 말했다.

"'우리'란 표현 좋네요. 우, 우리 민석이. ……아! '서기' 어때요, 애칭? 민석이의 석이를 '서기'로."

—좋네요. 그럼 난 '리미'라고 부를게요.

리, 리미라니, 리미라니! 나에게 새끼고양이 이름 같은 깜찍한 애칭을 지어 주다니!

나는 주체할 수 없이 솟아오르는 광대와 입술 끝을 맘껏 올리고 침대 위에서 방방 뛰었다. 그리고 잠시 후 흥분을 가라앉히고 차분하게 대답했다.

"네. 좋아요."

—아, 그리고 참고로 난 '자기'란 표현도 좋아해요.

"자, 자기요?"

어머나, 부끄러워라.

나한테 '자기'는 나 자신을 지칭할 때 말고는 써 본 적이 없는 단어인데!

연애하니까 어휘력도 느는구나. 새로운 단어도 만들어 내고 안 써 본 단어도 써 보고.

붉어진 얼굴을 식히려고 열심히 손부채질을 하다가 우연히 벽에 걸린 시계를 보게 되었다. 시계는 벌써 새벽 2시를 훌쩍 넘긴

시간을 가리키고 있었다.

"어머, 시간이 벌써 2시가 넘었네요. 내일 출근도 해야 하는데, 우리 이만 잘까요?"

—네. 그래야겠네요. 내일 봐요.

"네. 내일 봐요, 우리."

—그럼 잘 자요, 우리 자기."

어머, 어머, 어머. 꺄악!

나는 순간 행복한 마음을 주체하지 못하고 소리를 꺅 지를 뻔했다. 하지만 가까스로 꾹 참고 달콤하게 속삭였다.

"잘 자요, 우리 서기."

전화를 끊자마자 함박웃음을 지으면서 침대에 풀썩 누웠다. 그때부터 천장 위로 유 대리님의 잘생긴 얼굴이 둥둥 떠다녔다. 그리고 그 잘난 얼굴로 질투하는 모습도 떠올랐다.

"하 대리랑 적당히 친하게 지내라고, 현유림."

질투할 사람이 없어서 나랑 형제 같은 하대를 질투해? 하여튼 귀엽기는.

그나저나 내일은 뭘 입지? 오랜만에 짧은 치마를 입어 볼까? 화장은 평소보다 진하게 해야 하나?

이런저런 생각을 하다가 잠이 들었다.

"헛!"

늦었다.

어제 너무 늦게 잔 탓에 오늘은 회사에 1등으로 출근하지 못할 것 같았다. 입사 이래 이런 적은 단 한 번도 없었는데 말이다.

급하게 옷을 입고 화장을 한 다음 방에서 나왔는데, 그 순간 아빠가 주방에서 이제 막 구운 토스트를 한 장 들고 뛰어나왔다.

"이거라도 먹고 가, 유림아."

"나 시간 없어, 아빠."

단호하게 거절한 후 바로 현관을 향해 달려갔다. 그런 내 뒤를 아빠가 따라왔다.

"버터 듬뿍 발랐으니까 먹을 만할 거야. 들고 가면서 먹어."

"안 돼. 그거 먹고 이를 못 닦았는데 가다가 우리 서기 만나면 어떻게 해? 만나서 얘기 나누는데 입 냄새 나면 어쩔……."

"서기가 누군데? 회사에 서기도 있어? 글씨를 굉장히 잘 쓰나 봐?"

아빠는 내가 무심코 뱉은 '서기'를 굉장히 궁금해했다. 그러고 보니 그런 뜻도 있구나, 서기(書記). 또 어휘가 늘어 간다.

"아니, 아니. 있어, 잘생긴 서기."

대충 대답을 하고 아끼는 빨간 구두를 찾기 시작했다. 그 구두는 내가 가지고 있는 구두들 중에서 제일 색이 예쁜 데다 굽까지 높아서 발이 제법 예뻐 보이는 구두다.

"너 정말 그 잘생긴 총각이랑 사귀는 거야?"

내가 그 빨간 구두를 찾아 신는 사이 아빠는 심각한 얼굴로 내게 물었다. 그래서 곧바로 고개를 끄덕였다.

"어. 그렇게 됐어."

"헤어져."

아빠의 단호한 말에 두 눈이 저절로 커졌다.

"왜?"

나를 내려다보던 아빠는 진지한 얼굴로 팔짱을 끼면서 그 이유를 말했다.

"얼굴만 반반한 게 맘에 안 들어."

"일도 진짜 잘해. 5개 국어도 할 줄 알고. ……그치, 오빠?"

그때 마침 주방에서 오빠가 숟가락을 든 채 나왔기에 얼른 오빠를 향해 토스했다.

"네. 중국어 되게 잘해요. 영어는 저랑 비슷하게 원어민처럼 하고요. 나머진 못 들어 봤는데 거짓말인 것 같진 않더라고요."

"그렇게 은근슬쩍 잘난 척할 거면 그냥 다시 들어가서 밥 먹어."

내가 오빠를 흘겨보자 오빠는 자기가 무슨 잘못을 했느냐며 고개를 갸웃거렸다. 그래서 나는 한숨을 폭 내쉬며 현관문을 잡았다.

회사나 갈란다.

"암튼, 난 그 사람 좋아. 계속 만날 거야."

마지막으로 이 말을 던지고 현관문을 열었는데 아빠가 다급한 목소리로 나를 말렸다.

"잠깐! 아빤 네가 너무 아까워서 그래! 그 친군 너무 배우같이 잘생겼다고!"

"……그게 말이야, 막걸리야?"

순간적으로 감정이 상해 미간을 찡그리면서 아빠를 돌아보았다.

"그 사람이 배우같이 잘생겼는데 내가 왜 아까워?"

"……."

아빠는 아무 대답도 하지 못했다. 그래서 나는 더욱 화가 났다.

"아빤 가끔씩 친아빠 같지 않은 발언을 하는데, 그때마다 나 은근히 상처받거든? 이 이상 상처 주면 나도 가만있지 않을 거야. 알아 둬."

"가만있지 않으면……?"

아빠의 두 눈동자가 심하게 흔들리는 게 보였지만, 나는 조금도 흔들림 없이 강한 어조로 말했다.

"결혼해서 출가할 거야."

"뭐어?"

충격을 받은 듯 아빠가 한 손으로 자신의 뒷목을 잡았다. 그런 아빠를 뒤에서 받치면서 오빠가 내게 소리쳤다.

"야, 너 아버지 쓰러지시면 어쩌려고 그런 말을 해!"

하지만 나는 별 동요 없이 두 사람에게 무심한 손가락 키스를 날려 주었다. 내가 저 광경을 한두 번 본 게 아니란 말이다. 그런 다음 나는 그들에게 짧게 인사를 보냈다.

"다녀오겠습니다!"

♥

아침부터 처리할 은행 업무가 많아서 은행엘 다녀왔는데, 다녀오기 전과 사무실 분위기가 조금 달랐다. 삭막하다고 해야 하나 적막이 흐른다고 해야 하나.

그래서 슬쩍슬쩍 주위 눈치를 보다가 저 멀리 부장님 책상 앞에 서 있는 하 대리의 뒷모습을 발견했다.

몸이 조금 말라서 헷갈릴 뻔했지만, 저 동그란 두상은 분명 하 대리였다.

분위기는 제법 심각했다. 숙련된 회사 짬밥으로 미루어 봤을 때 저건 분명 하 대리가 부장님께 안 좋은 소리를 듣고 있는 거다.

그때 유 대리님이 내 책상으로 다가왔다. 그러곤 상큼한 미소와 함께 말했다.

"커피 한 잔 해요."

어머, 이 남자가?

회사에선 티 내지 말라니까는.

하지만 나는 결국 새치름한 얼굴로 그를 따라나섰다. 그리고 한산한 휴게실 안에서 그에게 물었다.

"근데 하 대리, 왜 혼나고 있는 거예요?"

"영업 실적 때문에요. 이번 달이 좀 안 좋나 봐요. 그리고 하 대리가 실수한 것도 있는 모양이더라고요."

영업 팀인 하 대리는 꽤 일을 잘하는 편에 속했다.

사교적인 성격인 데다 유머도 겸비한 터라 영업 일은 꽤 잘하는 편이었는데, 이번 달은 실적이 조금 안 좋은 모양이다. 게다가 실수까지 했다니.

그때 내게 커피가 담긴 종이컵을 건네면서 유 대리님이 말했다.

"이따 점심 같이 먹을래요?"

그 말에 놀라 주위를 휙휙 둘러보았다. 다행히 우리와 가까이 있는 직원은 없었다. 그래서 나는 목소리를 최대한 낮추고 말했다.

"우리 연애하는 거, 비밀이라고 했잖아요."

"네. 그래서 티 안 내고 있잖아요?"

천연덕스럽게 대답하는 유 대리님을 보면서 나는 두 눈을 동그랗게 떴다.

"티를 안 내요? 이렇게 날 신경 쓰면서?"

"그래도 '자기야' 나 '리미야', '사랑해' 이런 말은 안 하잖아요? 내가 그 말 튀어나올까 봐 얼마나 조심하고 있는데."

"허─"

참나. 뭐 이런…… 달콤한 남자가 다 있담?

사귀기 전이야 저런 말들이 다 나를 홀리는 나쁜 말들로만 들렸지만, 지금은 그저 달콤하기만 하다.

"암튼 조심해요."

"흐음. 알았어요."

조심해 달라는 내 말에 유 대리님은 시큰둥한 얼굴로 대답했다. 그래서 나는 순간 그의 눈치를 보았다.

"삐졌어요?"

"부정하지는 않을게요."

유 대리님은 이렇게 대답한 후 다 마신 종이컵을 버렸다. 그러고는 나를 지나쳐 가면서 짧게 말했다.

"이제 들어가죠."

정말 삐졌나?

나는 얼른 성큼성큼 사무실을 향해 가는 유 대리님을 뒤따라갔다. 하지만 그는 나를 전혀 돌아보지 않았다. 그래서 급하게 그를 불러 세웠다.

"유 대리님!"

"네."

기다렸다는 듯이 그가 부드럽게 자신의 몸을 돌려 나를 돌아보았다. 그래서 나는 그에게 가까이 다가서면서 말했다.

"오늘 저녁에 시간 있어요?"

"네. 넘쳐 나요."

시원스럽게 대답하면서 유 대리님은 얼굴 가득 환한 미소를 지었다. 그 미소에 나도 웃음이 났다.

"그럼 저랑 저녁 먹을래요?"

"네. 저녁뿐만 아니라 아침, 점심까지 먹을 수 있어요."

어머, 저 변태. 나랑 아침까지 먹으려고? 하지만 그렇게까지 생각하는 나도 변태 아닌가……? 흠흠.

암튼, 그의 말대로 사랑에 빠진 유 대리님은 정말 보통 남자였다. 내 말 한마디에 삐졌다가 웃었다가 하는, 그런 평범한 남자.

유 대리님의 표현을 빌리자면 찌질이. 하지만 저런 귀여운 찌질이라면 얼마든지 환영한다.

벽시계를 보면서 계속 퇴근 시간을 체크했다. 이제 앞으로 30분. 그 30분 후엔 유 대리님과의 저녁 데이트가 기다리고 있다.

시간을 체크하고 시선을 내리다가 공중에서 유 대리님과 눈이 마주쳤다. 그런데 그 순간 그가 나를 향해 찡긋 윙크를 날렸다.

어머, 어머머.

누가 보면 어쩌려고 저런 앙큼한 행동을…….

"뭐 하냐, 둘이?"

헛.

그때 내 파티션 근처로 다가오고 있던 하 대리가 유 대리님과 나를 본 듯 나직하게 물었다. 그래서 나는 잔뜩 긴장한 채 그의 눈치만 보았다. 그 순간 그가 가늘게 뜬 눈으로 나를 흘겨보면서 다시 입을 열었다.

"둘이 설마……."

"이리 와 봐!"

나는 황급히 자리에서 일어나 하 대리의 팔을 붙잡고 복도로 나왔다. 자신을 잡아끌고 복도 끝까지 걸어가는 나를 향해 하 대리가 조용히 물었다.

"둘이 사귀는 거야?"

"쉿! 비밀이야."

입 앞에 검지를 세우며 조심시키는 나를 하 대리가 굉장히 우습다는 표정으로 쳐다보았다.

"네 얼굴부터가 비밀이 아니잖아. 하루 종일 광대가 발그레해서는, 좋아 죽겠다는 얼굴이라고."

그 순간 나는 괜히 찔려서 욱해 버렸다.

"그러는 하대 얼굴은 다크서클이 내려앉아서 거무튀튀한 주제에."

"피곤해서 그래."

그렇게 대답하는 하 대리의 얼굴을 보는데 문득 아침에 부장님께 혼나던 그의 모습이 떠올랐다. 그래서 마음이 약해졌다.

"……박카스 사다 줄까?"

"마셨어."

확실히 하 대리의 얼굴은 많이 피곤해 보였다. 게다가 살까지 빠져서 다소 지쳐 보이기까지 했다. 힘내라는 의미로 그의 어깨를 부드럽게 툭툭 쳐주었다.

"원래 하던 대로만 하면 다시 다 잘 될 거야."

"응."

"이제 그만 들어가자, 하대."

나는 바로 하 대리의 팔을 잡아끌었지만 그는 꿈쩍도 하지 않았다.

"왜? 퇴근 시간도 다 됐는데, 좀만 더 있자."

퇴근 시간까지 버티자는 하 대리의 묘안은 충분히 유혹적이었지만, 순간적으로 머릿속에 유 대리님의 얼굴이 떠올랐다.

"안 돼. 들어가자."

"왜?"

"……하대랑 친하게 지내는 거, 우리 서기가 싫어해."

"서기? 우리 회사에 서기가 있었나?"

"우리 아빠 같은 소리 하지 마. 우리 민석 씨. 우리 서기."

내 말에 하 대리는 어이없다는 듯이 코웃음을 쳤다.

"그래서? 우리의 3년 우정을 버리는 거야?"

"버, 버리긴 누가 버려?"

갑작스러운 그의 말에 나는 당황스러웠다.

"난 네가 그렇게 의리 없는 녀석인 줄은 몰랐다, 현유림."

"그런 거 아니야."

"아니야?"

"당연하지."

"그럼……!"

그 순간 하 대리가 진지한 표정을 지으며 잠시 뜸을 들였다.

무슨 얘길 하려나 싶어서 고개를 갸웃하는 사이 그가 나머지 말을 이었다.

"오늘 저녁에 나랑 술 한잔해. 단둘이."

"뭐?"

나, 나 오늘 유 대리님이랑 저녁 먹기로 했는데. 하루 종일 그 저녁 데이트만 기다렸는데.

"설마 우정 대신 사랑을 선택하는 건 아니겠지, 친구?"

"아니, 그게, 나 진짜, 오늘 밤에 우리 서기랑 약속이……."

"내가 너 혼자 밥 먹을 때 같이 먹어 주고, 잔업 있을 때 도와 주고, 회사 워크숍 가서 너 혼자 놀 때 같이 놀아 주고! 얼마나 큰 도움을 줬니? 그런데 네가 감히 나를 버려?"

"버리긴 누가 버리냐니까?"

나는 결국 정색하며 버럭 소리를 질러 버렸다. 하 대리와의 3년 우정을 가볍게 생각하는 건 절대 아니다. 다만, 유 대리님이 마음에 덜컥 걸렸다.

"그렇지? 이런 소중한 친구를 고작 이제 막 사귀기 시작한 남자 친구 때문에 버리겠다는 건 절대 아니겠지?"

"아니지, 그럼."

당당하게 대꾸했지만 마음속에서는 유 대리님이 계속 화를 내고 있었다. 너 뭐하는 짓이냐고.

그때 하 대리가 진중한 목소리로 말했다.

"그럼 지금 당장 전화해."

"누, 누구한테?"

내가 두 눈을 휘둥그레 뜨고 묻자 그가 상큼하게 웃으면서 대답했다.

"너의 서기한테 전화하라고."

"전화해서?"

"전화해서, 나 오늘 밤에 하 대리랑 단둘이 술 한잔 마시고 집에 들어갈 거예요, 라고 분명히 전해."

거부하고 싶었다. 하지만 하 대리한테 오늘은 유난히 우울한 날이었다. 그런데 나까지 그를 거부하면 그는 분명 많이 침울해할 것이다.

게다가 나는 사랑 때문에 우정을 버리는 그런 매몰찬 인간이 아니다.

그래서 힘겹게 유 대리님에게 전화를 걸었다. 그리고 그의 목소리가 들리자마자 빠르게 말했다.

"저 오늘 밤요, 하&#*$%@랑 술 한잔 마시고 들어갈 거예요."

하지만 도저히 '하 대리'라고 말할 용기는 없었다. 그가 싫어할 게 분명하니까. 그래서 그 부분만 얼버무렸다

그러자 잠시 후 전화기 너머로 유 대리님의 목소리가 아주 낮게 들려왔다.

—뭐라고요?

"그러니까 오늘 저녁은 같이 못 먹어요."

—아뇨. 그 전에 말 좀 분명하게 해 줄래요? 오늘 밤 다음부터요.

"그러니까, 오늘 밤 하#$%!^@랑 술 한잔 마시고……."

—그러니까, 그 '하' 뒷부분을 자세히 좀 들려줄래요?

그의 목소리와 어투는 너무도 다정했다. 그래서 더 무서웠다.

휙—

그런데 그 순간 옆에 있던 하 대리가 휴대폰을 거칠게 빼앗아 갔다. 그런 다음 그 전화기에 대고 말했다.

"유림이 나랑 술 한잔 마시고 들어갈 거야. 그렇게 알아."

그랬더니 유 대리님이 바로 그에게 뭔가 말한 모양이다. 다시 하 대리의 입이 열렸다.

"걱정 마. 택시 많은데, 뭐. 아님 우리 집에서 재워도 되고."

이렇게 말한 다음 하 대리는 전화를 끊어 버렸다. 막무가내인 하 대리 때문에 나는 조금 신경질이 났다.

"그런 말을 대체 왜 해?"

"뭐가? 우리 집에서 자면 안 되는 이유라도 있어?"

굉장히 태연한 하 대리의 태도에 조금 어이가 없어졌다.

"물론 없지만 유 대리님이 싫어하잖아."

"우리만 당당하면 되지. 무엇보다 네가 당당하잖아?"

쿨한 얼굴로 하 대리는 계속 물었다.

"너한테 우린 남녀 사이 아니잖아?"

"물론이지."

"그럼 친구끼리 집에서 재워 줄 수도 있는 거잖아?"

"그렇지."

"그럼 가자."

"그래. 가자."

뭔가 상당히 말린 듯한 느낌을 지울 수 없었지만, 나는 결국 유 대리님이 아닌 하 대리를 선택했다.

그 후 어떤 일이 벌어질지 전혀 예상 못한 채 말이다.

이러지 마세요!
<u>10</u>

"내가 말이야, 그동안 얼마나 열심히 일했는지 넌 알지? 내가 쉬는 날에도 거래처에 전화해 가면서 고객 관리한 거 넌 잘 알잖아."

회사 근처 호프집에 자리를 잡자마자 하 대리는 맥주를 들이켜며 하소연을 하기 시작했다. 그래서 나는 다 안다는 인자한 얼굴로 고개를 끄덕여 주었다.

"그래. 열심히 했지."

"근데 내가 그, 납기일 좀 잘못 말해 줬다고 거래를 끊겠다는 섭섭한 소리를 해? 진짜 너무한 거 아니냐?"

"그래. 너무했네."

"내가 원래 그런 실수 잘 안 하는데, 요즘 얼마나 스트레스를 받으면 그랬겠느냐고. 일도 많은 데다 다이어트까지 하고 있지, 게다가……."

말을 하던 도중 하 대리가 흐리멍덩한 눈빛으로 나를 보았다. 나와 눈이 마주친 하 대리는 더 이상 말을 잇지 못했고, 나는 그 모습에 순간 어이가 없었다.

"왜? 내가 뭐? 나 요즘 하 대리 안 괴롭혔다?"

"……안 괴롭히긴. 역대 최고로 괴롭히고 있구먼."

나는 하 대리가 중얼거리는 말에 엄청난 억울함을 느꼈다.

"내가? 말도 안 돼."

요즘엔 예전처럼 서 있는 하 대리의 뒷무릎을 무릎으로 쳐서 넘어지게 하는 일도 하지 않고, 지나가는 그의 목덜미를 손가락 으로 쿡 찌르고 도망가는 일도 하지 않는다.

내가 요즘 그런 장난도 안 치고 얼마나 성실하게 하 대리를 대 하는데…… 그때 문득 마음에 걸리는 일이 하나 생각났다.

"설마, 그깟 가짜 남친 좀 해 달라고 부탁했던 거?"

"그깟? 그거 때문에 내가 자각을…… 됐다. 그만하자."

짧게 한숨을 내쉰 다음 하 대리는 다시 눈앞에 있는 맥주잔을 들고 마시기 시작했다. 나는 술이 약한지라 술보다는 안주에 초 점을 두고 열심히 손을 움직였다.

찰싹—

그런데 그런 내 손등을 하 대리가 차지게 때리는 게 아닌가.

"아, 왜?"

내가 신경질을 부리자 하 대리는 눈앞의 치킨과 나를 번갈아 쳐다보면서 서늘하게 말했다.

"그렇게 안주만 축내지 마라."

"왜? 나 먹는 거 아깝냐?"

"그런 것도 있지만, 목 막히니까 술도 마시라고."

"안 돼. 나 술 마시면 큰일 나는 거 알잖아?"

내가 술을 즐겨 하지 않는 이유는, 약해서란 이유도 있지만 마시면 아주 큰일이 발생하기 때문이다.

"그 주사, 아직도 그대로야?"

순간 하 대리의 미간이 살짝 좁혀졌다. 과거 내 주사에 당한 기억이 떠오른 모양이다.

"한동안 안 마셔 봐서 모르겠지만, 아마 그대로일 거야."

"그럼 안 마시는 게 좋겠다."

내 주사로 인해 피해를 본 인물들이 아주 많다. 가족들은 물론, 하 대리랑 대학 동기들까지.

대학 동기들. 그들 생각이 나자 얼굴이 화끈거렸다.

대학 때는 내 주사 때문에 남자애들끼리 싸움까지 났었다. 그후, 나는 그 사건으로 인해 안 그래도 소심한 성격이 더 소심해졌고 남자들을 가까이 하지 않게 되었다.

그런데 그런 내 벽을 부수고 들어온 이가 바로 하 대리와 유 대리님이다.

평생 이성 친구를 사귀는 건 무리일 거라 생각했는데, 이 회사에 입사를 하자마자 하 대리가 그 특유의 성격으로 나를 무너뜨렸다. 덕분에 힘든 회사 생활을 지금까지 잘 버틸 수 있었다.

그리고 유 대리님은 내 벽을 부순 것도 모자라, 이런 멋진 남자가 나를 좋아해 준다는 자신감까지 심어 준 사람이다.

이쯤 되면 내 인생도 꽤 나쁘지 않은 것 같다. 그런 생각이 들자 엔도르핀이 돌아 식욕이 더욱 샘솟았다. 그래서 눈앞에 있는 치킨을 더 열심히 집어 먹기 시작했다.

그런데 얼마 못 가 사건이 발생했다.

"컥—"

많은 양의 치킨 조각들이 입안에서 뭉쳐져 삼키기가 힘들어진 것이다.

"콜록, 콜록!"

내가 갑자기 거칠게 기침을 해 대자 하 대리는 깜짝 놀란 듯 두 눈을 동그랗게 떴다.

"야, 야, 괜찮아? 물이라도 마셔."

하 대리가 자신의 앞에 있는 물컵을 건네려다 그 안에 물이 없음을 알아차렸다.

"물이 없네. 저기요! 물 좀 주세요."

근처에 직원이 없어서 하 대리는 급히 컵을 들고 일어나 직원을 찾아갔다. 그사이에도 나는 계속 기침을 하면서 괴로워했다.

"쿨록!"

그러다 고통에 찬 두 눈에 맥주잔이 들어왔다.

팟—

나는 조금의 망설임도 없이 손을 뻗어 눈앞의 맥주를 벌컥벌컥 마셨다. 거의 다 마시고 나자 고통이 한층 사그라들어 있었다.

게다가.

"캬—"

맥주가 너무 시원하고 맛있었다.

"뭐야, 너? 맥주 마셨냐?"

잠시 후 직원에게서 물을 받아온 하 대리가 내 손에 있는 맥주잔을 발견하고는 놀란 눈을 했다.

"응. 시원하니 좋은데?"

대수롭지 않다는 표정으로 대답하자 하 대리는 허탈하다는 듯 자리에 털썩 앉았다. 그러고는 나를 빤히 보면서 물었다.

"괜찮겠어?"

"당연하지."

"암튼 그 주사가 또 발동되지 않기를 바랄 뿐이다, 친구."

"나 지금 기분 되게 상쾌해. 그 주사는 이제 사라진 것 같아."

"그렇다면 다행인데……."

"그럼, 그럼. 걱정 마, 친구."

하 대리를 향해 상큼하게 웃어 주고 있는데 그때 주머니 속에서 휴대폰이 울렸다. 나는 곧바로 그것을 꺼내 발신자를 확인했다.

그런데 눈앞이 흐릿해서 발신자가 잘 안 보였다. 술도 약한 주제에 너무 급하게 맥주를 마신 탓이다.

발신자를 보기 위해 눈을 비비는 사이 하 대리가 나직한 목소리로 말했다.

"전화 받지 마."

나는 눈을 비비며 시큰둥하게 대꾸했다.

"왜?"

"넌 이 친구가 이렇게 기분이 우울한데, 위로는 못 해 줄망정 딴 짓이 하고 싶냐?"

"그래도 온 전화는 받아야지."

말하면서 나는 휴대폰에서 고개를 들어 하 대리의 동그란 얼굴을 쳐다보았다. 살이 빠져서 전보단 덜 동그랗지만 그래도 동그랗긴 동그랗다.

게다가 쌍꺼풀 없이 큰 눈도 동그랗고 눈썹도 초승달 모양이라 둥글둥글하다.

그의 동그란 얼굴에 저절로 엄마 미소가 피어올랐다.

"이렇게 계속 보니까 하대 겁나 귀엽게 생겼다?"

"뭐? 뭐 하게 생겨? 귀엽게? 그것도 겁나?"

순간 하 대리의 얼굴이 일그러졌다. 그로 인해 그의 귀여운 얼굴이 망가지는 게 안타깝게 느껴졌다.

그래서 얼른 자리에서 일어나 하 대리를 향해 두 손을 뻗었다. 그리고 그의 얼굴을 두 손으로 꽉 잡았다.

"얼굴 구기지 마, 짜식아. 이렇게 귀여운데 왜 인상을 써?"

그러자 얼굴을 잡힌 하 대리가 소리를 버럭 질렀다.

"놔, 인마!"

개의치 않고 하 대리의 볼을 꽉 누르자 입술이 앞으로 툭 튀어나왔다. 그 모습도 너무 귀엽게 보였다.

그래서 나는 그 입술을 향해 내 입술을 쭉 내밀었다. 그러자 하 대리가 두 눈을 크게 뜨며 소리쳤다.

"너 또 시작이냐? 이 키스마!"

그렇다.

나는 술만 마시면 아무한테나 키스를 하는, 키스마가 된다. 엄밀히 말하면 뽀뽀마지만.

하 대리가 황급히 손을 들어 내 입술을 막는 순간 또다시 내 휴대폰이 울리기 시작했다. 그걸 본 하 대리가 턱으로 휴대폰을 가리키면서 말했다.

"야, 야! 또 전화 온다! 전화나 받아!"

"안 받아도 돼."

"아냐. 받아, 얼른 받아. 지금 너한테 전화하는 사람이 나보다 훨씬 귀엽고 잘생겼거든."

"그으래?"

그렇단 말이지?

"어. 너 막 뽀뽀하고 싶어질 거야."

순간적으로 혹한 마음이 들어 재빨리 하 대리의 얼굴에서 손을 떼고 휴대폰을 집어 들었다.

그런데 여전히 발신자는 잘 안 보였다. 몇 번 눈을 깜박이다가 포기하고 그냥 전화를 받았다.

"여보세용."

—전화를 왜 이제야 받아요?

낯선 남자의 목소리에 나는 살짝 설레는 기분을 느꼈다. 그래서 솔직한 감정을 말로 전했다.

"어머. 목소리가 멋지시네요."

—네? 저기, 그거 현유림 씨 휴대폰 아닌가요?

휴대폰 너머로 남자의 당황한 목소리가 들려왔다. 그가 귀엽게 느껴져서 나는 얼굴 가득 미소를 지으며 대답했다.

"맞아용. 저 현유림 맞습니당."

—유림 씨, 혹시 취했어요?

"딩동댕!"

—후우…… 그래서 어디십니까, 유림 씨?

휴대폰 너머에서 남자가 아주 길게 한숨을 내쉬는 소리가 들렸다. 그 소리가 묘하게 섹시하게 들려서 나는 장난이 치고 싶어졌다.

"알아맞혀 봐요. 알아맞히면 뽀뽀해 줄게요."

—네?

"이렇게."

나는 휴대폰을 잡은 채 화면에 대고 쪽쪽쪽— 소리 나게 뽀뽀
를 했다. 그랬더니…….

―현유림.

엄청 살벌한 음성이 귀를 타고 들려왔다. 그래서 나는 순간 겁
이 덜컥 났다.

"네……?"

조금 소심하게 대답하자 전화기 너머 남자의 목소리가 확 커
졌다.

―어디야? 너 지금 어딘데?

그 커진 목소리에 깜짝 놀라고 말았다. 잠시 후 나는 놀라서
콩닥콩닥 빠르게 뛰는 가슴에 손을 얹으며 말했다.

"어머. 소리 지르지 마요. 유림이 놀라잖아용."

할 말을 잃은 듯 남자는 아무 말도 하지 않았다. 그렇지만 얼
마 지나지 않아 남자의 목소리가 다시 들려왔다. 훨씬 부드러워
진 상태로.

―그래. 우리 유림이 놀랐구나. 오빠가 미안해. 근데 오빠가
너무 궁금해서 그러는데, 지금 유림이의 위치가 정확히 어디인지
이 오빠한테 자세히 알려 주지 않으련?

하지만 나는 그렇게 녹록한 여자가 아니다.

"자세히는 좀 그렇고, 힌트만 드릴게요. 회사. 치맥."

이 단어들만 남기고 전화를 끊어 버렸다. 그러곤 아주 상쾌한

기분으로 남은 맥주를 마셨다.

그걸 본 하 대리가 잽싸게 손을 뻗어 내 행동을 제지하려 했지만, 나는 빠른 몸짓으로 그 손을 피했다.

"그만 마셔, 인마."

말리는 하 대리도 무시하고 나는 맥주를 다 마셔 버렸다.

"오백 한 잔 더!"

다 마신 맥주잔을 앞으로 내밀며 호탕하게 외치는 나를 하 대리가 난감하단 얼굴로 쳐다보았다.

"후우…… 역시 넌 항상 내 예상을 벗어나. 오늘도 난 그냥 너에 대한 유 대리의 애정도를 테스트해 보려고 한 거였지, 이런 사태는 상상도 못 했다고!"

유 대리? 어디서 많이 들어본 호칭인데…… 아, 생각났다. 입사 동기들 중에 혼자 초고속 승진한 그 유민석?

얼굴이 배우같이 번드르르하니 잘생긴 데다 피부가 백옥 같고 목소리도 중저음이어서 인기도 겁나 많은, 그 유민석 대리? 그런데 그런 잘난 남자가 얼마 전에 나한테…….

여기까지 생각을 정리했는데, 그 순간 하 대리가 불쑥 내게 말을 걸었다.

"야. 이건 분명히 하자. 내가 너한테 술을 먹인 게 아니라 네가 마신 거야. 알지?"

"그랬나?"

내 무심한 대꾸에 하 대리는 그야말로 펄쩍 뛰었다.

"'그랬나?' 라니? 나 유 대리한테 맞는 꼴 보고 싶냐? 그 자식 화나면 진짜 무서워! 걔 팔다리가 왜 긴 줄 알아? 어렸을 때 검 도랑 태권도 배워서 그래!"

"에이, 나 술 좀 먹었다고 유 대리가 하 대릴 왜 때리겠어? 내 남친도 아니고. 아휴, 암튼 귀여워 죽겠어, 우리 상훈이, 하상 훈."

두 손을 뻗어 귀엽게 투정을 부리는 하 대리의 볼을 꽉 잡았 다. 그리고 입술을 내밀며 그에게 다가갔다. 그 순간 하 대리의 얼굴이 공포로 질려 갔다.

"하지 말라니까, 이 키스마……!"

그런데 그때 내 입술과 하 대리의 얼굴 사이로 커다란 손 하나 가 쏙 들어왔다. 갑작스럽게 마주하게 된 손바닥에 놀란 나는 고 개를 슥 돌려 옆을 쳐다보았다.

"나 당신 남친 맞으니까 하 대리 한 대 쳐도 되죠?"

그 손의 주인인 유 대리님이 다른 손으로 하 대리의 멱살을 잡 아챘다. 나는 깜짝 놀라 재빨리 유 대리님에게 다가섰다.

"왜, 왜 이러세요, 유 대리님?"

내가 유 대리님의 팔을 잡고 말리는데도 그는 꿈쩍도 않고 하 대리를 향해 소리쳤다.

"보아하니 술 마시면 기억이 리셋되는 것도 모자라 키스마까 지 되는 것 같은데, 그런 여자한테 술을 먹여? 하 대리 너 지금 나한테 싸움 거는 거지?"

그러자 하 대리가 멱살이 잡힌 채로 소리쳤다.

"내가 먹인 거 아니라고! 그리고 쟨 기억이 리셋되는 게 아니라 생각 정리가 늦는 거야. 시간 좀 흐르면 네가 지 남친인 것도 기억해 낼걸?"

"우리 유림이에 대해 아는 게 참 많네."

"너무 많아서 탈이지. 암튼 '회사'랑 '치맥' 두 단어만 듣고 여기까지 찾아오느라 고생이 많았다, 친구."

두 남자의 불꽃 튀는 전쟁에 나는 몸 둘 바를 몰라 동동거리다가 두 손으로 유 대리님의 손을 꽉 잡으며 말했다.

"제발 이거 놓고 얘기해요. 저 술 다 깼어요."

정말 술이 확 깨는 기분이었다. 다소 늦었던 생각 정리도 모두 말끔하게 끝났다. 그러니까 나는 얼마 전 우여곡절 끝에 유 대리님과 교제를 시작했다.

"다 제 잘못이에요. 제가 술을 마시지 말았어야 했는데……!"

이건 대학 때 그런 일이 있었으면서도 술을 완전히 끊지 못한 내 탓이다.

"유림 씬 가만히 있어 봐요."

내가 말리는데도 유 대리님은 요지부동이었다. 두 사람의 대치는 그 후로도 한동안 계속되었다.

"유 대리님……!"

잠시 후 내가 큰 소리로 자신을 부르자 그가 여전히 하 대리의 멱살을 잡은 채로 나를 돌아보았다. 그래서 나는 두 눈 딱 감고 그를 설득했다.

"그거 놓으시면 제가 왜 여태 모태솔로였는지 알려 드릴게요!"

그러자 그 순간 거짓말처럼 유 대리님이 하 대리에게서 손을 뗐다. 그래서 안심하고 시선을 올렸는데, 그런 내 시야로 하 대리와 유 대리님의 놀란 얼굴이 들어왔다.

"너…… 모태솔로였냐?"

"유림 씨, 모태솔로였어요?"

헛.

혹시 나 지금 굉장히 쓸데없는 자기 고백을 한 것일까? 유 대리님을 말려야겠다는 생각에만 급급해서 그만.

몹시 창피한 기분이 들었지만 나는 애써 어깨를 당당히 폈다. 어쩔 수 없다. 어차피 이미 엎질러진 물이다.

"네. 하지만 저도 한때 인기녀였어요. 대학 때는 저 때문에 남자애들끼리 싸움까지 났었으니까요."

잠시 후 나는 최대한 태연한 얼굴로 진실을 전했다.

"정말요?"

"네. 지금처럼."

두 눈이 커진 유 대리님을 향해 도도하게 대답했다. 그리고 하 대리와 유 대리님을 번갈아 쳐다보면서 덧붙였다.

"일단 우리 앉아서 얘기하죠."

내 말에 두 남자는 동시에 자리에 앉았다. 그들을 따라 의자에 앉은 나는 잠시 뜸을 들이다가 말을 시작했다.

"사실은 모든 게 다 이 주사 때문이었어요. 문제의 이 주사가 처음 발동된 건 대학 MT 때였죠. MT 때 제가 막 남자애들한테 뽀뽀하고 다니니까 다들 서로 자기를 좋아한다고 믿고 있었나 봐요."

두 사람의 시선에 왠지 목이 마르는 것 같아 마른침을 삼키며 말을 이었다.

"근데 그때 전 제 주사를 몰랐었어요. 술 마시면 기억을 잘 못하기도 했고, 설마 제가 그런 주사를 가지고 있다고는 상상도 못했으니까요. 그런데 얼마 후에 남자애들이 저 때문에 싸운다는 거예요. 전 도저히 그 영문을 몰랐고요."

두 남자는 진지한 얼굴로 조용히 내 이야기를 들었다. 그래서 나는 다소 지우고 싶었던 그 기억을 다시 꺼냈다.

"정말 저는 아무 기억도 안 나는데 남자애들이 자기한테 막 뽀뽀하고 꼬리쳤다면서 들이대는 거예요. 전 그게 너무 무서웠어요. 제가 막 마녀같이 느껴지고 그랬죠. 그래서 그 뒤로 동그란 안경을 끼고 화장도 거의 안 하고 옷도 수수하게 입고 다녔어요."

그 사건으로 인해 내 인생은 180도 바뀐 것이나 다름없었다. 하지만 소박해진 인생도 나름 좋았다.

잠시 후 나는 시선을 들어 유 대리님의 얼굴을 쳐다보았다. 그리고 진심을 담아 그에게 말했다.

"그래서 유 대리님의 대시가 더 두려웠던 점도 있어요. 난 아무 짓도 안 했는데 왜 이 잘생긴 남자가 나를 좋아한다고 하지? 이런 생각이 많이 들었던 것 같아요."

"맞아요."

얌전히 내 이야기를 듣던 유 대리님이 갑자기 고개를 끄덕였다.

"유림 씨는 아무 짓도 하지 않았죠. 내가 알아서 빠진 거지."

이렇게 말하고 나서 씨익 웃는 그의 얼굴이 너무나 빛나 보였다. 그래서 나도 따라 웃었다.

그런데 그때 유 대리님이 갑자기 표정을 바꾸고 진지한 음성으로 물었다.

"그런데 만약에요. 유림 씨가 아무 짓도 안 했어도 이렇게 빠졌는데…… 무슨 짓을 했으면 어떻게 됐을까요?"

"글쎄요."

나는 잠시 생각에 잠겼다. 그런데 대답은 의외로 쉽게 나왔다.

"아마도 우린 다음 주에 결혼하지 않을까요?"

물론 다소 농담이 섞인 표현이었다. 그런데 내 말에 두 남자의 얼굴 표정이 극명하게 갈렸다.

"그럼 나한테 무슨 짓 좀 하지 그랬어요, 유림 씨."

"어우야, 나 토 나올 것 같다. 여기 못 있겠어."

유 대리님은 얼굴에 다시 웃음꽃이 피었고, 하 대리는 손으로 입을 막으며 자리에서 일어섰다. 자리를 뜨려는 하 대리에게 나는 쿨하게 손 인사를 보냈다.

"응. 잘 가, 하대."

"조심히 가. 멱살은 미안했다."

유 대리님 역시 쿨한 사과와 함께 그를 보냈다. 하 대리가 가버린 후 나도 자리에서 일어나려고 했는데, 유 대리님이 그런 나를 말렸다.

"왜 벌써 가요?"

"네?"

그러더니 유 대리님은 직원을 불러 맥주를 두 잔 더 시켰다. 불안한 눈빛으로 그를 보고 있는 내게 유 대리님이 상큼하게 웃는 얼굴로 말했다.

"나랑도 한잔해야죠."

"저한텐 주사가 있어요. 알잖아요?"

황당해하는 표정으로 묻자 그가 또 웃는 얼굴로 대답했다.

"네. 아니까 한잔하자는 거죠."

"!"

지금 이 순간, 문득 그가 누군가를 닮았다는 생각이 들었다.

아, 누구더라?

아아…… 누구였지?

아아아!

생각났다.

바로 늑대다.

어머.
정말 이러지 마세용!

이러지 마세요!

11

나는 그저 멍하니 유 대리님이 내미는 맥주잔을 받아 들었다. 그렇지만 그것을 손에 든 채 마시지는 않았다.

"왜 안 마셔요?"

"……"

내가 아무 대답도 않자 그가 나를 지그시 쳐다보면서 다시 물었다.

"내 앞에선 키스마 되기 싫어서 그래요?"

그 말에 얼굴이 화악— 붉어지려고 했다. 그래서 나는 황급히 시선을 내리며 말했다.

"그게 아니라, 저, 집에 가 봐야 돼서요. 시간이 너무 늦어서 집에서도 계속 전화가 오고……"

말을 하면서 손에 쥔 휴대폰을 힐끔 쳐다보았다. 하지만 내 휴대폰은 매우 몹시 조용했다.

나를 그렇게 사랑한다던 아빠와 오빠는 내 늦은 귀가에도 걱정이 전혀 안 되는 모양이다. 하긴, 보통 그들의 귀가가 나보다 더 늦으니 어쩔 수 없는 일이긴 하다.

"제가 집까지 무사히 모셔다 드릴 텐데 무슨 걱정이에요?"

무사히?

과연 나는 무사할 수 있을 것인가, 이 늑대 앞에서?

입술이 마르는 것 같아서 혀로 입술을 축이며 고개를 들었다. 그러자 시야에 옅은 미소를 띠고 있는 유 대리님의 얼굴이 들어왔다.

이 남자가 노리는 건 뭘까? 역시 키스마겠지?

나는 두 눈으로 천천히 그의 반듯한 이목구비를 훑었다.

유난히 깊어 보이는 까만 눈동자와 높고 날렵한 콧날을 따라 시선이 내려갔다. 그리고 마지막으로 하얀 얼굴과 대조되는 붉은 입술에서 시선이 멈췄다.

저 입술에 내가 키스를……?

말도 안 된다. 내가 할 수 있을 리가 없다.

"우리의 앞날을 위해."

내 속을 알 리 없는 유 대리님은 내게 자신의 잔을 내밀며 건배를 했다. 그리고 나를 향해 찡긋 윙크를 날린 후 먼저 맥주를 마셨다.

무심코 맥주가 넘어가는 그의 목울대를 보았는데, 무척 섹시했다. 그래서 그것을 멍하니 보다가 나도 모르게 맥주잔을 입으로 가져왔다. 그리고 조신하게 맥주를 한 모금 마셨다.

역시 맥주는 시원하고 맛있었다. 하지만 많이 마시면 안 된다. 키스마가 출동하니까.

그렇게 조금씩 감질나게 마시고 있는데, 그사이 유 대리님은 맥주를 다 마시고 한 잔을 더 시켰다.

"나도 오늘은 좀 마시고 싶네요."

"왜요?"

그 이유가 궁금해서 물었더니 그가 나를 빤히 쳐다보면서 입을 열었다.

"사실은 아까 조금 화가 났었거든요. 유림 씨가 날 버리고 하 대릴 선택해서."

"아니, 그건…… 하 대리가 오늘 개인적으로 일이 많았잖아요. 혼나서 우울해하니까 친구로서 불쌍해서 그랬죠."

"그래서 하 대리한테 뽀뽀했어요?"

아까 하 대리의 얼굴을 잡고 뽀뽀하려던 키스마의 모습이 떠올랐는지, 유 대리님이 두 눈 가득 의혹을 담아 물었다. 그래서 다급하게 손을 저었다.

"아, 아뇨! 뽀뽀는 절대 안 했어요."

"정말요? 확인해 봐도 돼요?"

유 대리님이 자신의 휴대폰을 손에 들어 보이며 말했지만 나는 아주 당당했다.

"그럼요."

그러자 그가 휴대폰을 탁자 위에 내려놓으며 다시 물었다.

"과거에도 없었어요?"

과거라……

아직 하 대리가 날씬하고 귀엽던 신입 시절 회식에서 비스무리한 일이 있었지만, 그때 하 대리는 나를 거칠게 밀어냈었다. 여자 친구가 있다면서.

그 여자 친구랑 헤어지고 급격히 살이 쪄 버린 하 대리지만, 나는 그날 사건 이후로 하 대리가 괜히 좋아졌다.

의리 있고 멋져 보여서. 그동안은 뽀뽀 그까짓 거 하면서 그냥 받아 버리는 남자들이 많았단 말이다.

"있을 뻔했지만 하 대리가 막아 냈어요."

"좋은 놈이네요, 하 대리."

나는 그의 말에 동감한다는 의미로 고개를 크게 끄덕였다. 그런 내 얼굴을 물끄러미 보면서 유 대리님이 말했다.

"그렇게 단호하게 끄덕이지 마요. 질투나려고 하니까."

그의 말이 귀엽게 들려서 피식 웃음이 났다.

저 질투의 화신을 어쩌지?

웃으면서 다시 맥주를 한 모금 마셨다. 너무 조금씩 마셔서인지 긴장을 한 탓인지 내 안의 키스마는 좀처럼 모습을 나타내지 않았다.

그런데 그때 유 대리님이 혀를 내밀어 자신의 입술을 적시는 것이 보였다. 일부러 그러는 건지는 잘 모르겠는데 그 움직임이 너무 느리고 야했다.

그래서 나는 나도 모르게 마른침을 꿀꺽 삼켰다. 그런 다음 다시 맥주를 한 모금 마셨다.

그렇게 감질나게 마시던 맥주도 이제 바닥을 보이고 있었다. 빈 맥주잔을 내려놓는 순간 그제야 술기운이 도는지 눈앞이 조금 빙글 돌았다.

게다가 키스마의 기운도 도는지 유 대리님의 얼굴이 무지하게 섹시하게 보였다.

큰일이다.

……뽀뽀하고 싶다.

그런데 뽀뽀를 하기 위해 그의 얼굴에 내 입술을 가까이 가져 간다 생각만 하면 술이 확 깨는 것 같았다. 그래서 그에게 가까 이 가려는 입술을 붙잡고 차분하게 말했다.

"저한테 하 대리는 좋은 남자지만, 당신은 섹시한 남자예요."

헛.

미쳤나 보다.

차라리 뽀뽀를 하는 게 낫지, 뭐? 저한테 당신은 섹시한 남자 예요? 미쳤니?

그 순간 유 대리님은 쑥스러운 듯 시선을 돌리며 웃었다. 그 모습에 얼굴이 화끈거려서 손부채질을 하다가 눈앞의 맥주잔을 입으로 가져왔다. 하지만 잔이 비어 있는 탓에 그냥 다시 내려놓을 수밖에 없었다.

아. 덥다.

"화장실 좀 다녀올게요."

머쓱한 듯 휴대폰으로 시간을 확인하던 유 대리님이 그대로 휴대폰을 테이블 위에 올려 둔 채 자리에서 일어섰다.

그런데 그가 화장실에 가고 얼마 안 있어 그의 휴대폰이 울렸다. 그래서 나는 조심스럽게 그 발신자를 확인했다. 취기가 올랐는지 잘 보이지 않아서 눈을 비비고 다시 한 번 자세히 보았다.

[우리 애기♡]

"!"

뭐, 뭐야, 이거!

"우리…… 애기?"

유 대리님한테 애기가 있어? 내가 아는 한 '애기'는 갓난아이를 의미한다. 만약 그게 아니라면 이건 분명 애인의 애칭일 가능성이 크다……!

나, 나, 어떡하지?

아무래도 유 대리님의 불륜 현장 아니, 바람 현장을 잡은 것 같은데?

심장이 쿵쾅쿵쾅 거칠게 뛰었다. 어떻게 해야 할지 전혀 모르겠다. 그저 머릿속이 하얗고 아무 생각도 안 난다.

하지만 계속 울려 대는 전화에 나는 결국 그 휴대폰을 집어 들었다. 그리고 생각을 정리했다.

그래.

전화를 받아 보자.

정말 애기라면 대화를 못 나누겠지만 애인이라면 대화를 나눌 수 있겠지.

"후우—"

나는 크게 한숨을 내쉰 다음 휴대폰의 통화 버튼을 눌렀다.

"여보세요."

—여보세요.

바로 목소리가 들려왔다. 그렇다는 건 진짜 애기는 아니란 말이렷다!

심장이 더욱 거칠게 쿵쾅쿵쾅 뛰었고 목소리가 절로 높아졌다.

"누구십니까? 유민석 씨랑 대체 무슨 사이……!"

—형! 나 손 데었어.

형?

낯선 단어에 놀라 숨이 컥 하고 멎었다. 곧 전화기를 타고 다시 어린 남자아이의 목소리가 들려왔다.

—나 라면 끓이다가 손 뎄어. 손목이 동그랗게 붉어졌다고. 엄마 아빠도 여행 가고 없는데, 형은 대체 집에 언제 올 거야?

전화기 너머 어린 남자아이는 전에 한 번 본 적 있는 유 대리님의 동생인 것 같았다. 나는 안심을 하는 동시에 걱정스러운 마음이 들었다.

"큰일이군요. 지금 당장 형님과 함께 집으로 가겠습니다. 그동안 흐르는 물에 손목을 계속 대고 계십시오."

다급하게 말했더니 반대편에서 놀란 음성이 들려왔다.

―어? 누난 누구예요? 혹시 그때 우리 형 업고 온 겁나 힘 센 그 누나예요? 원더우먼 뺨치던?

아이의 기억에 남아 있던 나는 굉장히 임팩트 있는 여성이었다.

"네. 아마도 그 누나가 맞을 겁니다."

―그럼 원더우먼, 나 좀 도와줘요. 손이 아파요.

"네. 지금 당장 날아가겠…… 아니, 달려가겠습니다."

―고마워요, 원더우먼.

그렇게 전화를 끊었다. 어린 남자아이의 '원더우먼'이란 호칭은 나를 이상하게 정의감 넘치게 만들었다. 그래서 나는 황급히 가방을 챙기고 일어섰다. 그 사이 유 대리님이 자리로 돌아와 물었다.

"벌써 가려고요, 유림 씨?"

"아니, 저기, 애기님께서 아니, 도련님께서 아니, 유 대리님 동생분이 전화를 하셨었는데요……."

"아, 혹시 발신자 보고 오해하지 않았어요?"

내 말을 끊으며 유 대리님이 걱정 가득한 얼굴로 물었다. 그래서 나는 재빨리 대답했다.

"네. 오해해서 전화를 받았습니다. 제 맘대로 유 대리님의 전화를 받아 버려서 죄송합니다."

"아니에요. 오히려 고마워요. 오해해서 그냥 가 버리는 것보다 훨씬 훌륭한 행동이었어요."

예쁘게도 말하는 유 대리님의 얼굴을 멍하니 보고 있는데 그가 말을 이었다.

"동생이 이제 중1이거든요. 나보다 열다섯 살이나 어리니까 솔직히 동생보단 아들 같고 그래요. 내가 업어 키웠거든요. 그래서 발신자를 그렇게 해 놨어요. 하트는 동생 녀석이 집어넣은 거지만."

"네, 알겠습니다. 근데 지금 이럴 때가 아닌 것 같습니다."

"왜요?"

내 말에 유 대리님의 두 눈이 커졌다. 그래서 나는 얼른 조금 전 통화 내용을 그에게 전했다.

"동생분이 라면을 끓이던 중 화상을 입으셨다고 합니다. 손목이 동그랗게 붉어졌다고 하는데, 일단 빨리 가 보는 게 좋을 것 같습니다."

그러자 유 대리님의 표정이 걱정으로 딱딱하게 굳어졌다. 그래서 나는 곧바로 유 대리님의 손을 붙잡고 호프집을 나왔다. 그리고 적극적으로 택시를 불러 세웠다.

"택시! 따따블!"

♥

한 번 와 본 적이 있는 유 대리님의 집 안으로 함께 들어서자
마자 유 대리님은 자신의 동생을 찾기 시작했다.

"민후야!"

동생 이름이 민후인 모양이다.

그러자 주방에서 역시나 전에 한 번 본 적이 있는 귀여운 얼굴
의 남자아이가 튀어나왔다.

"형!"

"민후야! 손은 좀 어때?"

유 대리님이 민후의 손을 덥석 잡고 여기저기 살피고 있는 사
이 나도 그들에게 다가서며 물었다.

"괜찮으십니까?"

"어? 원더우먼 누나다!"

민후의 동그란 두 눈이 나를 뚫어지게 쳐다보았다. 그 올곧은
눈동자에 조금 머쓱한 기분이 되었다.

"민후야, 현유림 누나야. 그렇게 부르지 마."

"괜찮아요. 친근하니 좋은데요, 뭐."

동생을 나무라는 그를 말리며 나는 허허 웃었다. 솔직히 나는
그 닉네임이 싫지 않았다.

"그나저나 손은 좀 어때요?"

내 물음에 유 대리님이 안도하는 얼굴로 대답했다.

"생각보다 심하지는 않네요. 다행이다."

다행히 민후의 화상 정도는 심하지 않은 듯했다. 안심하며 안도의 한숨을 내쉬고 있는데 문득 시선이 느껴졌다.

민후였다. 녀석은 관찰하듯 나를 계속 응시하고 있었다. 그래서 나는 혹시 내 얼굴에 뭐가 묻었나 싶어서 손으로 볼을 쓱쓱 쓸어내렸다.

"거기 말고 여기."

그때 민후가 검지로 자신의 입술 끝을 가리켰다. 그래서 나는 황급히 손을 들어 입가를 털어 냈다. 떨어지는 건 아무것도 없었지만 그래도 열심히 털어 냈다.

"아무것도 안 묻었어요. 이 녀석이 장난치는 거예요."

유 대리님의 말에 나는 머쓱해져서 손을 멈췄다. 지금 이 순간 누군가 나에게 숨을 구멍을 마련해 줬으면 좋겠다. 쥐구멍이라도 좋다.

"약 가져올게. 너 또 누나한테 장난치지 말고 얌전히 있어."

유 대리님이 약을 찾으러 잠시 자리를 비운 사이 민후가 나를 신기하다는 듯이 쳐다보며 입을 열었다.

"원더우먼 누나는 힘이 어느 정도로 세요? 슈퍼맨보다 세요?"

민후가 던진 엉뚱한 질문에 나는 방금까지의 일도 잊고 진지하게 고민을 해 보았다.

원더우먼이랑 슈퍼맨 중에 누가 더 셀까? 그런 건 생각해 본적 없지만 아마도 비슷하지 않을까.

"글쎄요. 비슷하지 않을까요?"

내 대답에 민후는 나를 존경한다는 듯 감탄사를 내뱉으며 두 눈을 반짝거렸다.

아……. 혹시 저거 나랑 슈퍼맨 중에 누가 더 세냐고 물어본 거였나.

이런.

졸지에 슈퍼맨이랑 힘이 동급인 여자가 되었군.

"나 원더우먼 누나랑 사진 찍어도 돼요? 학교에서 자랑하게 요."

아까부터 나를 놀리는 것 같은 느낌을 지울 수 없지만, 아무렴 어떠랴.

"그래요. 찍어요."

이젠 될 대로 되라지.

그때 유 대리님이 약과 반창고를 들고 돌아왔다. 그는 곧바로 민후의 손목에 정성스럽게 약을 바르기 시작했다. 그런데 그런 유 대리님을 보는 민후의 눈빛이 어딘가 이상했다.

"형, 오늘 좀 낯설다?"

무슨 소리냐는 듯 유 대리님이 눈썹을 치켜 올리자 민후가 말을 이었다.

"평소 같았으면 사내자식이 무슨 약이야? 이랬을 형이 갑자기 왜 이렇게 상냥해? 혹시 저 누나 때문……!"

그 순간 유 대리님이 반창고를 꺼내 민후의 입에 붙여 버렸다.

내가 놀란 두 눈으로 그를 쳐다보자 유 대리님이 헛기침을 하면서 말했다.

"아. 미안. 입이 다친 줄 알았어."

그는 실수였다고 말하며 조심스럽게 반창고를 떼어 냈다. 그런데 반창고를 떼어 낸 후에도 민후는 말이 없었다.

잠시 얌전히 있던 민후가 자신의 형에게 휴대폰을 건네며 말했다.

"형, 나 이 누나랑 사진 찍어 줘."

사진. 정말 찍는 거구나…….

나는 자포자기의 심정으로 민후의 얼굴 옆에 내 얼굴을 갖다 댔다. 그리고 유 대리님이 들고 있는 휴대폰 카메라를 향해 미소를 지었다. 그러다 무심코 고개를 돌렸는데 그 순간 민후의 귀여운 옆얼굴이 시야에 들어왔다.

꼭 찹쌀떡을 연상시키는 하얗고 통통한 볼에 나는 그만 시선을 빼앗겨 버렸다.

너, 너무 귀엽잖아……!

"자세히 보니까 민후 군 완전 귀엽게 생겼네요?"

내가 감탄하며 내뱉은 말에 민후는 쿨하게 대꾸했다.

"네. 그런 소리 자주 들어요."

"정말 너무 귀여워요."

"네. 안다니까…… 응?"

쪽—

이제 드디어 취기가 올라오는 모양이다. 민후의 볼에 찐하게 뽀뽀를 하는 걸 보니 말이다.

"어우, 이 누나 왜 이래, 형?"

내 뽀뽀에 화들짝 놀란 민후가 얼굴을 뒤로 뺐다. 하지만 나는 녀석의 얼굴을 붙잡고 또다시 뽀뽀를 했다.

"하지 마요, 누나!"

"유림 씨, 그만해요."

민후는 거의 울상이 되었고 유 대리님도 적잖게 당황한 눈치였다. 하지만 지금의 나는 말릴 수 없다. 키스마니까.

"요즘 세상에 제일 무서운 게 중학생인 거 모르십니까? 그만하세요."

민후에게 또다시 뽀뽀하려는 나를 유 대리님이 적극적으로 말렸다. 그사이 민후는 내게서 잽싸게 벗어났다.

"저 누나 완전 무섭고 힘 세! 나 도망갈 거야!"

"같이 가요, 민후 군!"

민후가 자신의 방으로 도망을 쳐 버렸기에 바로 녀석을 쫓아가려 했다. 하지만 유 대리님에 의해 막히고 말았다.

"그만하시죠, 현유림 씨."

그 카리스마 넘치는 표정과 말투에 나는 다시 얌전해졌다.

"아, 네. 죄송합니다."

그때 내 앞을 가로막은 유 대리님이 깊은 한숨과 함께 말했다.

"대체 그놈의 주사는 왜 나한테는 발동되지 않는 겁니까?"

"네……?"

"키스마도 사람 가리면서 키스하냐고요."

또다시 술이 깨려고 한다.

눈앞에 있는 유 대리님의 반듯한 얼굴이 몸 안의 알코올을 전부 분해시켰는지 정신이 말똥말똥해지려고 한다.

하지만 그래도 아직 사라지지 않은 취기에 의지해서 입을 열었다.

"이 키스마가요……."

"네."

키스마도 사랑에 빠지면 수줍다.

"당신한테는 키스하지 않는 이유가 뭔지 아세요?"

"뭔데요?"

그 이유가 정말 알고 싶다는 듯 그가 미간을 좁히며 내게로 상체를 숙였다. 그래서 나는 마른침을 꿀꺽 삼키며 대답했다.

"절대 키스로 끝날 것 같지 않으니까."

그랬더니 나보다 더 키스마 같은 내 남자가 자신의 붉은 입술 끝을 올리며 웃었다.

"그 키스마, 예리하네요."

다음 순간 유 대리님의 입술이 내 입술에 와서 닿았다. 그리고 그의 부드러운 혀가 입술을 열고 들어왔다.

"!"

이런 딥한 키스는 처음이었다. 솔직히 나는 말이 좋아 키스마지, 실상은 그냥 '뽀뽀마'였단 말이다.

화들짝 놀란 내가 황급히 얼굴을 뒤로 빼자 유 대리님이 옅은 미소를 지으며 내 목덜미 잡았다.

"이게 진정한 키스마랍니다, 가짜 키스마 양."

말을 마친 그가 고개를 살짝 기울이며 내 입술에 다시 입을 맞췄다. 곧 그의 혀가 입안으로 들어와서는 거칠게 자신의 흔적을 남기기 시작했다.

그래서 나는 그의 목에 팔을 두르며,

본격적으로 키스마가 되었다.

이러지 마세요!

12

알람이 울리지는 않았다. 지극히 자연스럽게 눈을 뜨자 살짝 열어 놓은 창문 틈으로 바람이 들어와 하얀 커튼이 흩날리는 게 보였다. 그 모습에 미소가 피어올랐다.

물론 바람에 나부끼는 커튼 모양이 웃겨서 웃은 것은 절대 아니다. 다만 그냥 웃음이 났다.

내가 깨어나고 나서야 울리는 알람 소리에도 미소가 피어올랐고, 나부끼던 커튼이 얼굴을 휘감아 버렸는데도 웃음이 났다.

침대에서 내려오다 이불에 발이 걸려 넘어져 무릎을 찧기까지 했지만 그래도 웃음은 멈추지 않았다.

이유는 단 하나.

나는 어제 유 대리님과 첫 키스를 했다.

어제의 그 달콤했던 첫 키스를 떠올리자 심장이 빨리 뛰고 얼굴이 화끈거렸다. 그와 동시에 얼굴에 또다시 미소가 피어올랐다.

사랑에 빠진 여자는 이토록 웃음이 많아지는구나.

화끈거리는 얼굴에 손부채질을 하며 방에서 나왔는데 마침 거실에 있던 오빠와 정면으로 마주쳤다.

"우리 유림이, 잘 잤어? 오늘 아버지랑 나, 지방 세미나 가는 거 알지? 새벽에나 올 거야. 그러니까……."

열심히 말을 하던 오빠가 도중에 입을 멈췄다. 오빠는 그렇게 잠시 나를 빤히 쳐다보았다.

그런 행동이 마치 붉어진 내 얼굴 때문인 것 같아 나는 손으로 두 볼을 감쌌다. 그때 오빠의 목소리가 들려왔다.

"너 오늘 왠지 만화 주인공 같다?"

"뭐?"

생각지도 못한 오빠의 칭찬에 나는 기분이 굉장히 좋아졌다. 여자는 사랑에 빠지면 예뻐진다더니 그 말이 딱 맞는 모양이다. 그중에서도 나는 무려 만찢녀—만화를 찢고 나온 여자— 수준인 것인가.

"내가 그렇게 만찢녀 같아?"

나는 확인차 머리카락을 귀 뒤로 넘기며 새치름하게 물었다. 그러자 오빠가 격하게 고개를 끄덕였다.

"어. 너, 그 만화 기억하지? 눈 크고 귀여운 여자애가 주인공인데, 그 애 라이벌도 나오고⋯⋯."

"뭐, 어떤 거?"

아무래도 순정 만화나 공주 시리즈 쪽인 거 같은데⋯⋯ 뭐지?

"아아, 생각났다!"

그때 오빠가 손바닥을 부딪치며 큰 목소리로 외쳤다.

"달려라 하니!"

순간 안 좋은 예감이 전신을 휘감았다. 하지만 나는 애써 불안
감을 떨쳐 내며 물었다.

"아아. 나 하니 닮았다고? 아님 나애리?"

"아니, 아니. 그 홍두깨 부인. 고은애."

"뭐?"

왜 슬픈 예감은 항상 틀린 적이 없을까.

"입술이 꼭 닮았어."

꼭 오빠의 손에 뒤통수를 세게 얻어맞은 것 같은 충격이 들었
지만, 엄밀히 따지면 맞았다기보다 내가 뒤통수를 갖다 댄 격이
니 참아야 했다.

내가 저 오빠한테 대체 뭘 바란 거람? 자기 자랑이랑 악의 없
이 상처 주는 게 취미인 사람한테.

"너 입술이 왜 그렇게 부었어?"

내 입술을 가리키는 오빠의 손가락을 꼭 깨물어 주고 싶었다.
하지만 그 말에 나는 어젯밤 그 격렬하고도 길었던 키스가 떠올
랐다.

아무래도 그 때문에 입술이 아직 부어 있는 모양이다. 그래서 부끄러운 마음에 크게 반박을 할 수가 없었다.

"붓긴 뭐가 부어? 원래 이랬는데."

대충 얼버무리고 싶은 내 마음을 알 리 없는 오빠가 검지를 쭉 뻗은 채 내게로 다가왔다.

"거짓말 마. 원래 네 입술은 앵두같이 예뻤단 말이야. 근데 지금 네 입술은 꼭 자두 같잖아!"

또 웃기지도 않는 농담을 하는 오빠를 흘겨보면서 입을 삐죽거렸다.

하지만 나 역시 부풀어 오른 입술이 신경 쓰이긴 마찬가지였다. 그래서 고개를 돌리며 빠르게 오빠를 스쳐 지나갔다.

그런 다음 그대로 화장실을 향해 가고 있는데 마침 화장실에서 아빠가 나왔다. 아빠는 정면으로 다가오는 나를 보더니 두 눈을 크게 떴다.

"어? 우리 딸, 만화 주인공 닮았다? 홍두……."

"홍두깨 부인 고은애? 오빠한테 들은 말이니까 또 하지 마."

암튼 이 부자는 정말이지 똑 닮았다.

나는 아빠를 서늘하게 흘겨보고는 다시 걸음을 옮겼다.

"유림아."

그런데 아빠가 화장실 문을 열고 들어가려는 나를 불러 세웠다. 내가 움직임을 멈추자 아빠의 목소리가 다시 들려왔다.

"너 정말 그놈이랑 헤어질 생각 없어?"

또다시 듣게 된 말에 울컥 화가 치밀었다. 그래서 나는 순간적으로 어깨를 홱 틀면서 화를 냈다.

"대체 왜 그래? 나 그 사람 너무 좋다니까?"

"아니, 아빠는…… 네가 좀 더 너랑 어울리는 사람을 만났으면 좋겠어서……."

"나랑 어울리는 사람이 누군데? 그냥 평범한 사람?"

"그런 뜻 아니란 거 알잖아, 유림아……."

나를 보는 아빠의 얼굴은 금방이라도 눈물을 쏟을 듯 울상이었다. 이렇게밖에 반응하지 않는 딸 때문에 가슴 아파하는 아빠의 마음도 모르는 것은 아니지만, 지금 나는 그저 내 섭섭한 마음이 먼저다.

"그런 말 좀 하지 마, 정말 나 출가하는 꼴 보고 싶지 않으면. 그 말 한 번만 더 하면 나 내일 당장 짐 싸서 이 집 나갈 거야."

그러자 아빠가 안타깝다는 표정으로 고개를 끄덕였다.

"알았어. 아빠가 미안해."

그때 뒤쪽에서 가만히 서 있던 오빠가 우리 쪽으로 다가왔다. 내게 가까이 온 오빠는 내 팔을 잡으며 나를 달래듯이 말했다.

"유림아, 너무 그렇게 화내지 마. 아버지는 다 네가 걱정돼서……."

"누가 그런 걱정 해 달래?"

나는 또다시 다소 신경질적인 반응을 보였다.

나도 그 사람을 선택할 때 쉬운 결정이었던 건 아니란 말이다.

그런 내 마음을 몰라주는 아빠와 오빠 때문에 나는 속이 상했다.

"둘 다 괜히 쓸데없는 걱정해서 나 상처 주지나 마, 제발."

이렇게 말한 후 나는 화장실로 들어가 문을 쾅 닫았다.

♥

나에게 어울리는 사람이라······. 그건 대체 누굴까?

그냥 내가 그 사람을 좋아하고, 그 사람이 날 좋아해 주는 걸로는 뭔가 부족한 걸까?

거기에 꼭 누가 누가 잘 어울리고 급이 맞으며 어느 쪽이든 아깝지 않아야 한다는 조건이 필요한 걸까?

'아빠는 네가 좀 더 너랑 어울리는 사람을 만났으면 좋겠어서······.'

아침에 아빠가 한 말을 떠올리자 또다시 기분이 나빠졌다.

결국 평범한 나는 평범한 남자를 만나야 한다 이 말인가? 유 대리님은 내게 너무 과분하다 이거야, 결국?

아빠의 말이 그런 의미가 아니란 걸 알지만 마음이 곱게 먹어지지 않았다.

"유 대리님!"

그때 사무실을 향해 멍하니 걷고 있는 내 귀로 익숙한 호칭이 들려왔다. 그 소리에 자연스럽게 고개를 들어올렸다.

목소리의 주인공은 영업 팀 효연 씨였고, 그녀의 앞에는 유 대리님이 서 있었다.

"아, 효연 씨, 좋은 아침이에요."

"네. 근데 유 대리님, 있잖아요……."

유 대리님은 무언가 말을 거는 효연 씨에게 부드러운 미소를 지어 주었다. 그 모습을 보는데 묘하게 기분이 나빴다.

전부터 수도 없이 봐 왔던 일이건만, 오늘따라 왜 이리도 기분이 나쁜 걸까?

단지 오늘 아침 내 기분이 나빠서? 아니면, 처음 입술을 맞추고 난 후라 묘한 소유욕이라도 생긴 건가?

기분이 안 좋은 상태로 걸음을 옮겨 이야기를 나누고 있는 그들을 빠르게 스쳐 지나갔다.

"유림 씨!"

뒤에서 유 대리님이 나를 부르는 소리가 들렸지만 무시했다. 그리고 그대로 탕비실로 들어와 버렸다.

기분이 영 좋지 않아 커피를 타면서 설탕을 왕창 넣어 버렸다. 그 많은 설탕들을 녹이기 위해 열심히 휘젓고 있는데 탕비실 문이 열리고 유 대리님이 들어왔다.

"내가 부르는 소리 못 들었어요? 복도에서 큰 소리로 불렀는데."

유 대리님이 탕비실 문을 닫고 나를 향해 다가왔다. 그런 그를 새치름하게 흘겨보면서 말했다.

"이제 모든 여자들에게 친절하게 구는 건 그만두세요."

"네?"

순간 유 대리님의 두 눈이 의아하다는 듯 커졌다. 그래서 다시 새치름하게 말했다.

"왜요? 싫어요?"

"아니, 싫은 게 아니라…… 유림 씨 원래 그런 질투 안 하는 쿨한 여자 아니었어요?"

전에 하 대리랑 사귀는 척을 했을 때 그의 말을 오해해서 질투 같은 건 모른다고 했었지만, 그건 하 대리에 대한 질투가 없단 말이었다.

"그때 그건, 사람에 대한 질투가 없다는 말이었어요. 사랑에 대한 질투는 많아요, 저."

내 말에 유 대리님의 입가에 미소가 피어올랐다.

"유림 씨가 그렇게 하라면 그렇게 할게요."

나는 너무도 쌈박하게 고개를 끄덕이는 유 대리님에게 의심의 눈초리를 보냈다.

"정말요? 말을 고분고분 잘 듣네요?"

"네. 내가 원래 내 여자 말은 잘 듣거든요."

유 대리님의 눈동자가 초롱초롱 맑게 빛났다. 그래서 나는 의심의 눈초리를 거두고 그를 향해 한 발짝 다가섰다.

"그러면요, 만약에 예쁜 여자가……."

내가 가까이 다가서며 건네는 말을, 그는 부드러운 미소를 지은 채 듣고 있었다.

"민석 씨, 라면 먹고 갈래요? ……이러면 어떻게 할 거예요?"

"저 라면 싫어합니다. 인스턴트 딱 싫어합니다."

조금의 지체도 없이 답을 내놓는 유 대리님 때문에 피식 웃음이 났다. 만족스러운 미소를 지으며 또다시 그에게 물었다.

"그럼 민석 씨, 오늘 우리 집 비었는데 우리 집에서 술 한잔할래요? ……이러면요?"

"저 빈집 굉장히 싫어합니다. 무서워해요."

"좋아요. 아주 좋아요."

그의 철벽과도 같은 반응이 아주 마음에 들었다.

그런데 그때 문득 오늘 아빠랑 오빠가 지방 세미나 때문에 새벽에나 돌아온다는 사실이 떠올랐다. 그래서 나는 눈빛을 수줍게 바꾸며 유 대리님에게 말했다.

"근데 유 대리님, 오늘 밤에 우리 집 비는데…… 오셔서 라면 먹고 갈래요?"

"저 빈집도 무서워하고 라면도 딱 싫어합니다."

"!"

내가 아무리 방금 교육시킨 게 있다고 해도, 난 여자 친구잖아? 나한테도 뭐 이렇게 차갑게 굴어?

"안 가겠습니다."

이 남잔 정말이지 여자 친구한테조차 철벽남이 따로 없다.

아주 멋있다, 멋있어.

나는 기가 막혀서 헛웃음이 났다.

"그래요. 앞으로도 계속 그렇게 해요. 근데 나한테까지 철벽은 좀 그렇지 않아요? 나는 그래도 여자 친군데……!"

그때 유 대리님이 갑자기 내 얼굴 앞으로 자신의 얼굴을 내리더니 입을 맞췄다.

쪽— 소리가 나게 뽀뽀를 하는 유 대리님 때문에 깜짝 놀랐다.

"왜, 왜 이래요?"

"너무 귀여워서요."

그의 천연덕스러운 대답에 얼굴이 화끈거렸다.

"그래도, 하, 하지 마요. 회사에서는."

"네."

바로 고개를 끄덕이는 유 대리님을 빤히 쳐다보자 그가 환하게 웃으며 덧붙였다.

"나는 내 여자 말 잘 듣는 남자니까."

그 말에 나는 또다시 피식 웃어 버렸고 유 대리님도 나를 따라 웃었다. 잠시 후 웃음을 멈춘 그가 나를 향해 말했다.

"이따 점심 같이 먹어요."

"네? 단둘이서 먹는 건 좀 그런데……."

요즘 단둘이 밥을 자주 먹기 때문에 오늘도 그러면 너무 친해 보일 것 같았다. 그러다 혹시 직원들의 의심이라도 사면 큰일이지 않은가. 비밀연애 중이니만큼 행동엔 특히 조심하고 싶었다.

그때 유 대리님이 묘안을 생각해 냈다.

"그럼 하 대리 껴서 셋은 어때요?"

하 대리는 나랑도 유 대리님이랑도 친하니 우리 셋이 밥을 먹는 건 그다지 어색한 그림은 아닌 것 같았다. 그래서 냉큼 고개를 끄덕였다.

"네. 그렇게 해요."

고개를 끄덕이는 나를 지그시 보던 유 대리님이 불쑥 말했다.

"뽀뽀 한 번만 더 하면 안 돼요?"

그 그윽한 눈빛에 나는 수줍은 미소를 지으며 대답했다.

"……딱 한 번만이에요."

♥

"대체 내가 왜 여기에 껴야 하는 거야?"

하 대리는 구내식당 의자를 한 자리 꿰차 앉으면서 귀엽게 신경질을 부렸다. 그래서 유 대리님과 나는 동시에 말해 주었다.

"그냥 껴."

"그냥 먹어."

연인 사이에 껴서 밥을 먹어야 하는 하 대리의 마음도 이해는 한다만, 우리가 비밀연애 중이니 어쩔 수 없다. 유 대리님과 내가 같이 있기 위해서는 하 대리가 필요하니까.

투정 부리는 옆 자리의 하 대리는 깔끔하게 무시하고 반대편에 앉은 유 대리님과 눈을 맞추면서 맛있게 밥을 먹고 있는데, 우리의 옆쪽으로 김지혜 씨를 포함한 해외 마케팅 팀 여직원 세

명이 식판을 든 채 다가왔다.

그녀들은 우리에게 가볍게 눈인사를 하고는 옆 식탁에 앉아 밥을 먹기 시작했다. 그녀들의 등장에 나는 더 이상 유 대리님과의 아이컨택을 즐기지 못하고 꾸역꾸역 밥만 먹었다.

그때 옆쪽에서 김지혜 씨의 목소리가 조금 거슬리게 들려왔다.

"그 얘기 들었어? 무역 팀 마돈나 수진 씨랑 무존재감 이 대리님이 사내 비밀연애를 하다가 들켰대, 글쎄."

"어머, 어머. 이 대리님 되게 조용하고 재미없는 성격 아닌가?"

"그러게. 흔남 중에서도 탑 오브 더 흔남 아니야? 그런 남자랑 수진 씨가 왜?"

맞장구치는 그녀들의 목소리에 갑자기 입맛이 뚝 떨어져 버렸다. 꼭 유 대리님과 나의 얘기 같아서.

바로 저게 싫었다. 남의 말 하기 좋아하는 사람들이 나에 대해, 우리에 대해 떠드는 거. 그래서 사내에선 비밀연애를 하고 싶었던 것이다.

현저히 느려진 손놀림으로 국을 떠먹고 있는데 옆에서 불쑥 말소리가 들려왔다.

"혹시 두 분도 사귀고 있는 거 아니에요?"

그 목소리에 고개를 돌리니 지혜 씨가 하 대리와 나를 번갈아 보면서 호기심 가득한 표정을 짓고 있었다.

어이가 없어서 그녀를 빤히 쳐다보고 있는데, 옆에 앉아 있던 하 대리가 내 의자 뒤에 팔을 걸치면서 말했다.

"어때? 잘 어울려?"

"!"

갑작스러운 하 대리의 행동에 나는 고개를 획 돌려 그를 노려보았다. 하지만 그는 굉장히 태연한 표정이었다. 마치 '뭐가? 왜?'라고 묻고 있는 듯했다.

"어머, 어머! 진짠가 봐."

"두 분 잘 어울려요!"

여직원들이 하 대리의 행동을 오해해서는 소란을 피우기 시작했다. 그래서 나는 재빨리 내 의자에 걸쳐 놓은 하 대리의 팔을 치워 버렸다.

"그런 거 아니에요. 친해서 그런 거니까 괜한 오해 마요."

다급하게 변명했는데도, 그녀들은 아주 재미있는 가십거리라도 접한 듯 계속 웃으면서 말했다.

"왜요? 부끄러워하지 마세요, 유림 씨."

"그래요. 두 분 너무 잘 어울려……."

탁—

그녀들의 말은 유 대리님이 플라스틱 물컵을 세게 내려놓는 소리로 인해 멈추고 말았다.

모두의 시선이 소리를 낸 유 대리님에게로 향하자 그가 눈에 힘을 주면서 말을 시작했다.

"제가 알기론 유림 씨한텐 하 대리 말고 다른 남자 친구분이 있는 것 같던데. 그쵸, 현유림 씨?"

여직원들을 스윽 훑던 유 대리님의 까만 눈동자가 마지막으로 나에게 고정되었다. 그 눈빛에 조금 당황스러워하며 입을 열었다.

"아, 그게, 그러니까……."

"어머, 유림 씨 남자 친구 있어?"

"누군데? 어디서 만났는데?"

"유림 씨 선봤니?"

쏟아지는 여직원들의 질문에 나는 패닉 상태가 되었다. 그래서 그냥 깊게 생각하지 않고 대답했다.

"아뇨. 그게, 우연히 생겼어요."

"우연히?"

이렇게 말고는 딱히 뭐라 할 말이 없었다. 그런데 그때 유 대리님이 또다시 목소리를 보내 왔다.

"제가 듣기론 남자 친구분이 유림 씰 막 쫓아다녔다고 하던데요?"

"!"

저, 저 남자가 정말 왜 저래?

그 말에 여직원들의 눈이 커지며 목소리가 높아졌다.

"어머, 정말?"

"말도 안 돼. 거짓말 아니야?"

"아니야. 유림 씨도 가만 보면 좀 귀엽게 생긴 데다 몸매도 꽤 예뻐."

나를 가지고 노는 듯한 그녀들의 말 속에서 나는 그저 어색하게 웃으며 그녀들의 눈치만 볼 뿐이었다. 그 와중에 힐끔 본 유 대리님의 표정은 무척 만족스러워 보였다.

나는 솔직히 유 대리님의 그런 행동들이 고마우면서도 난감했다.

♥

"봤지, 아까? 유 대리님이 그렇게 정색을 하면서 말하는데도 아무도 내 남자 친구가 유 대리님이라고 생각하지 않는 거?"

솔직히 나는 좀 허무했다. 속상하기도 했고 화가 나기도 했다.

"어떻게, 의심을 한 번도 안 할 수가 있지?"

울적한 마음에 나는 퇴근 후 하 대리를 데리고 근처 술집으로 왔다. 저번엔 내가 하 대리의 기분을 풀어 주었으니 이번엔 하 대리가 내 기분 좀 풀어 주라고 우기면서 말이다.

"요즘 들어 유 대리님이랑 내가 얼마나 자주 같이 점심을 먹는지, 하 대리는 알지? 게다가 전과 비교도 안 될 정도로 많은 대화를 나누는데도 아무도 의심을 안 해."

나는 눈앞의 맥주잔을 손에 쥔 채 부들부들 떨었다. 이런 상황이 조금 비참하기도 했고 우울하기도 했다.

"그야말로 절대 말도 안 되는 커플이라는 거지. 커플 가능성

제로라고 생각하나 봐."

"솔직히 뭐…… 나도 그렇게 생각해."

맞은편에 앉은 하 대리가 나직하게 중얼거리는 말에 나는 두 눈에 힘을 주고 그를 노려보았다.

하지만 생각해 보면 그가 딱히 틀린 말을 한 것도 아니다. 그 래서 나는 큰 한숨과 함께 어깨를 축 늘어뜨렸다.

아빠 말대로 나는 결국 유 대리님과는 어울리지 않는 여자구 나. 유 대리님과 어울리는 여자는 대체 어떤 여잘까? 역시 예뻐 야겠지?

"나 이제 좀 꾸미고 다닐까?"

다음 순간, 나는 멍하니 탁자 위만 보고 있던 시선을 올려 하 대리를 향해 물었다. 그러자 하 대리가 맥주를 마시면서 되물었 다.

"어떻게?"

"안경도 벗고 화장도 좀 화려하게 하고, 치마도 좀 짧은 거 입 고."

"왜 내 눈에 테러를 하려고 해?"

하 대리는 마음에 안 든다는 듯 미간을 살짝 찌푸렸다.

"나도 예뻐지고 싶단 말이야."

투정을 부리자 하 대리가 그런 나를 보며 피식 웃었다.

"무리하지 마."

"안 할 수가 없어. 애인이 너무 잘났단 말이야."

"그러게. 애인으로 너무 잘난 놈을 선택했네."

하 대리의 말에 나는 격하게 고개를 끄덕였다.

맞다. 나는 애인으로 너무 잘난 남자를 선택해 버렸다. 그래서 이렇게 괴로운 것이다.

"너한텐 나 정도가 딱 적당한데."

잠시 후 하 대리가 덧붙인 말에 나는 피식 웃음이 났다.

"그런가?"

"응. 나 정도면 너무 부담스럽지도 않고 딱 너한테 어울리는 훈남이잖아."

시선이 곧바로 하 대리의 동글동글한 귀여운 얼굴로 향했다.

"그러네."

"그렇지?"

"응."

하 대리의 말이 맞다. 어쩌면 나한테 어울리는 건 하 대리 같은 평범한 남자일지도 모른다. 거기다 하 대리는 다정하고 착하기까지 하다.

"그럼 지금이라도 늦지 않았어. 나한테 와."

갑작스러운 하 대리의 말에 나는 순간 귀를 의심했다.

"뭐?"

하지만 잘못 들은 건 절대 아니었다.

"나 너 좋아해."

잘못 들은 게 아니라면, 지금 하 대리는 분명 농담을 하는 게

틀림없다, ……라고 생각하고 싶었지만 그의 표정은 너무도 진지
했다.

"친구 말고 여자로서 좋아해."

그 순간, 나는 너무 놀라서 할 말을 잃었다.

이러지 마세요!

13

"친구 말고 여자로서 좋아해."

하 대리의 고백에 나는 어떤 말도 할 수가 없었다.

"대답은 지금 당장 안 해도 되니까."

"……."

하 대리가 나를 좋아하는 것 같다는 유 대리님의 말을 좀 더 귀담아들을 걸 그랬다. 그랬다면 이렇게까지 놀라지는 않았을 테니 말이다.

너무 놀라서 입만 벙긋거리고 있는데 그 순간 휴대폰이 울렸다. 발신자를 확인해 보니 유 대리님이었다.

"여보세요."

바로 전화를 받으니 전화기 너머로 유 대리님의 나직한 음성이 들려왔다.

—어디예요?

"회사 근처요."

—또 하대랑 있어요?

그의 질문에 나는 천천히 고개를 들어 하 대리의 얼굴을 힐끔 쳐다보았다.

"아, 네."

—그럼 내가 지금 데리러 갈게요.

"아니에요. 우리 그냥 내일 봐요."

내가 단호하게 거절하자 유 대리님의 목소리가 한층 더 낮아 졌다.

—왜요?

"아니, 그냥…… 시간이 늦었잖아요."

솔직히 하 대리의 마음이 진심이라면 지금 그와 유 대리님을 만나게 하는 건 예의가 아닌 것 같았다.

—혹시 나한테 뭐 화난 거 있어요?

내 목소리가 조금 이상했는지 유 대리님이 불안하게 들리는 음성으로 물었다.

"아뇨. 그럴 리가요. 그냥 내일 보는 게 좋을 것 같아서요."

—……유림 씨.

잠시 말없이 조용히 있던 그가 나직하게 내 이름을 불렀다.

"네."

내가 조심스럽게 대답하자 유 대리님의 목소리가 부드럽게 들려왔다.

─무슨 일이 있으면 뭐든지 솔직하게 말해 줘요. 난 이제 당신 애인이니까.

갑자기 가슴이 뭉클해졌다. 심장이 아프게 조여 왔고, 누군가 가슴을 때린 듯 아팠다.

나는 대체 무슨 생각을 하고 있었던 걸까.

뭐가 그렇게 불안했던 걸까.

그 순간 내가 너무 바보같이 느껴졌다.

단지 가족들이, 주위 사람들이 어울리지 않는다고 하니까 그것만 신경 쓰여서 정작 가장 중요한 쪽을 제대로 보지 못하고 있었던 것이다.

유 대리님은, 내 남자는 이렇게나 올곧게 나만을 바라보고 있었는데 말이다.

바보 같은 자신이 너무 한심하게 느껴졌다.

"정말 아무 일도 아니에요. 집에 가서 연락할게요. 푹 쉬어요."

전화를 끊고 나는 아랫입술을 잘근 깨물며 두 주먹을 꽉 움켜쥐었다.

역시 나는…… 유 대리님이 좋다.

하지만 지금의 나는 아빠 말대로 유 대리님과 어울리지 않는 여자일지도 모른다. 그러니까 나를 바꿀 거다. 그와 어울리는 여자로.

이유는 단 하나.

그가 좋으니까.

"나……."

갑자기 이렇게 서두를 꺼내자 하 대리의 동그란 두 눈이 나를
보았다. 그래서 나는 바로 나머지 말을 이었다.

"역시 예뻐지고 싶어!"

"뭐?"

"그러니까 이제 치마도 예쁜 거 사 입고, 파마도 하고, 안경도
벗을 거야."

"갑자기 무슨 소리야?"

나의 갑작스러운 선언에 하 대리가 영문을 모르겠다는 듯 눈
썹을 치켜 올렸다. 그리고 나는 두 주먹을 꽉 쥐며 다시 한 번
선언했다.

"무조건 예뻐질 거야!"

그래서 유 대리님과 어울리는 여자가 될 거다.

내 말에 하 대리가 헛웃음을 터뜨리며 말했다.

"무리하지 말라니깐."

맞다. 어쩌면 나는 지금 무리하는 건지도 모른다. 하지만 무리
해도 좋다. 그의 여자로 있을 수만 있다면.

"그러니까 미안해."

내가 건넨 사과에 하 대리의 미간이 찡그려졌다.

"뭐가?"

"난 역시 하 대리의 마음을 받아 줄 수가 없어."

지금 내 마음은 유 대리님으로 가득 차서 하 대리가 들어올 틈이 없다. 그건 하 대리에게 미안할 정도로 명백한 내 마음 그 자체다.

"나 너 때문에 살도 뺐는데……."

하 대리가 조용히 중얼거리는 말에 나는 그저 관자놀이를 긁적거렸다.

"그런 거라면 더 미안."

"넌 더욱더 미안해야 돼. 만약 네가 나한테 가짜 남친을 부탁하지 않았더라면, 그날 탕비실에서 내 손을 잡지만 않았더라면, 난 평생 몰랐을 감정이란 말이야."

"……미안."

어떤 말도 해 줄 수가 없었다. 이 말밖에는.

"그동안 난 그냥 네가 친구로서, 사람으로서 좋은 줄만 알았어."

"……."

"근데 너랑 손을 잡으니까 알겠더라. 난, 네가 여자로서 좋더라."

하 대리의 그런 마음이 너무 고맙고 미안해서 나는 그의 눈을 오래 마주 볼 수 없었다.

그 후 우리 사이엔 무거운 침묵이 흐르기 시작했다. 하지만 그것도 잠시. 하 대리가 먼저 한층 밝아진 목소리로 말했다.

"넌 말이야, 나 같은 괜찮은 남자가 계속 좋아한 여자니까 더 자신감을 가져도 돼. 그 잘난 유민석 대리도 네가 좋다고 그 난리를 치잖아? 그러니까 넌 더 콧대 높아도 돼."

그의 말에 피식 웃음이 났다.

줄곧 나 자신을 보잘 것 없다고만 여기고 자신감이 없었는데, 이젠 자신감을 가져도 되는 걸까.

"사내 어떤 예쁜 여직원들도 못 가진 유민석 대리를 현유림 네가 가졌잖아? 그러니까 자부심을 느끼라고."

"응. 고마워."

나는 하 대리가 정말 진심으로 고마웠다.

하 대리와 헤어지고 훨씬 가벼워진 마음으로 집으로 향했다. 그런데 집 앞 담벼락에서 익숙한 실루엣을 발견했다.

"유 대리님……?"

설마설마했다. 하지만 밝은 가로등 불빛이 비춘 그 사람은 분명 유 대리님이었다. 그때 그가 내게로 다가오며 말했다.

"연락도 없이 기다려서 미안해요. 기분 나쁜 건 아니죠?"

"아, 아뇨. 그냥 좀 놀라서요."

이 늦은 시간에 그가 나를 기다리고 있을 줄은 꿈에도 몰랐다. 그건 조금 신선한 충격이었다.

"얼굴 보고 싶어서 왔어요."

그가 이곳에 있는 이유가 너무 솔직해서 당황스럽고 부끄러웠다. 그로 인해 얼굴이 화끈거리고 심장도 쿵쾅쿵쾅 빨라졌다.

"지금 나 되게 안 멋있죠?"

그 순간 유 대리님이 쑥스럽다는 듯 웃으며 말했다. 그래서 나는 곧바로 반문했다.

"왜요?"

"내일 보자는 여자 친구의 집 앞에서 몇 시간이고 기다리는, 다소 쿨하지 못한 남자 친구잖아요?"

그의 입가에 걸린 머쓱한 미소가 내 가슴을 뭉클하게 만들었다.

나는 역시 이 남자가 좋다.

너무 좋다.

"아뇨."

역시 나는 주변 사람들보다 이 남자를 더 제대로 봐야 했다. 이 멋진 남자를.

"너무 멋있어서 눈물이 나올 것만 같아요."

나를 향한 유 대리님의 진심이 느껴져서, 나는 정말 눈물이 나올 것만 같았다. 그래서 나 역시 진심을 담아 고백했다.

"정말 고마워요, 제 남자 친구로 있어 줘서."

그러자 내 남자가 또다시 쑥스럽다는 듯이 미소를 지었다.

"나야말로 고마워요. 제멋대로인 날 받아 줘서……."

그런데 그의 말은 그 이상 이어지지 못했다. 내가 그의 입술에 내 입술을 갖다 댔기 때문이다.

"!"

갑작스러운 내 입맞춤으로 말을 멈추게 된 유 대리님의 두 눈이 커진 채 나를 보았다.

그런 그의 두 눈을 지그시 보면서 나는 천천히 눈을 감았다. 그리고 오로지 입술의 감각으로만 그를 느꼈다.

다음 순간 그의 혀가 부드럽게 내 입술을 열고 들어왔다. 그리고 그와 동시에 그의 팔이 내 허리를 감았다.

나는 나를 감싸는 그의 두 팔을 손으로 꼭 잡으며 누가 뭐래도 이 사람만은 꼭 잡고 있으리라 결심했다.

♥

"왜 이렇게 늦었어?"

집으로 들어오자마자 들려온 목소리에 나는 깜짝 놀랐다. 거실에서 아빠가 팔짱을 끼고 나를 기다리고 있었던 것이다.

"지방 세미나 간다고 하지 않았어?"

아침에 분명 오빠가 아빠랑 같이 지방 세미나에 가서 새벽에나 돌아온다고 했는데…… 아빠는 그보다 훨씬 일찍 돌아와 있었다.

"나만 먼저 돌아왔어."

대답을 하는 아빠의 얼굴은 딱딱하게 굳어 있었다. 그런 얼굴로 잠시 나를 지그시 바라보던 아빠가 다시 입을 열었다.

"또 그놈 만난 거야?"

"……."

내가 대답을 않자 아빠는 마음에 안 든다는 표정으로 미간을 찡그렸다. 그래서 나는 낮은 한숨과 함께 입을 열었다.

"아빠."

아빠의 굳은 얼굴을 마주 보면서 나는 단호하게 말했다.

"다시 한 번 말하지만 나는 그 사람 좋아. 헤어질 생각 추호도 없어."

또다시 마음에 안 든다는 듯 아빠의 미간이 찡그려지고 눈썹이 구겨졌다. 하지만 나는 꿋꿋하게 말을 이었다.

"솔직히 나도 처음엔 그 사람이 잘생겨서 부담스러웠어. 그래서 막 거짓말도 하고 밀어냈단 말이야. 그런데도 그 사람, 끝까지 날 포기 안 했어. 그냥 내가 좋대. 내가 나라서 좋대. 그래서 나도 그냥 그 사람이 좋아. 그 사람이라서 좋아."

나는 유 대리님의 진심도 알고 있고 내 진심도 알고 있다. 그러니 아빠에게도 그 진심을 전해야 한다.

"아빠 말대로 그 사람은 나랑 안 어울릴지도 몰라. 그 사람은 너무 잘났고 난 너무 평범하니까. 그런데 그런 거랑 상관없이 이젠 내가 그 사람이 아니면 안 돼. 그 사람 없으면 행복하지 못할 것 같단 말이야."

"유림아."

그때 아빠가 관자놀이를 긁적거리며 내게 가까이 다가왔다.

"너 뭔가 착각하고 있는 것 같은데……."

내 앞에 멈춰 선 아빠는 다소 곤란해 보이는 표정으로 말을 이었다.

"난 그놈이 잘생겨서, 잘나서 너랑 어울리지 않는다고 한 게 아니야. 내 눈엔 이 세상에서 네가 제일 예쁘니까. 난 그놈이 너한테 한참 부족한 놈인 것 같아서 반대하는 거야."

"!"

그 말에 가슴속 깊숙한 곳에서 감동이 밀려왔다.

나는 어쩌면 아주 우스운 착각을 했던 건지도 모른다. 아빠가 나를 얼마나 애지중지 사랑하는지 잘 알면서 말이다.

"우리 딸이라면 더 잘난 남자, 더 멋진 남자 만날 수 있지 않을까 하는 욕심에서 그런 말을 한 거라고."

"아빠……."

맞다. 우리 아빠는 원래 이런 사람이었는데, 괜한 열등감에 잠시 잊고 있었던 것이다.

"내 눈에 너한테 어울리는 남잔 단 한 명도 없어. 아무리 잘생기고 똑똑하고 다정하고 멋져도 아빠 눈엔 다 네 상대로는 부족한 놈들일 뿐이야."

그 말에 또다시 눈물이 날 것만 같았다. 눈물을 삼키며 나는 아빠를 향해 장난스럽게 말했다.

"아빠 정말 심각한 딸바보구나."

"어. 몰랐어?"

당당하게 고개를 끄덕이는 아빠를 보는데 피식 웃음이 났다. 그런데 그때 현관문이 열리는 소리가 들렸다.

"여기 동생바보도 있다."

오빠는 이렇게 말하면서 두 손 가득 짐을 든 채 집 안으로 들어왔다. 곧 서운함을 담은 오빠의 눈빛이 아빠에게로 향했다.

"아버지 왜 혼자 먼저 가셨어요? 안 그래도 저도 유림이 걱정돼서 일찍 돌아오려고 했단 말이에요."

오빠는 거실 소파에 짐을 내려놓은 다음 자신의 홀쭉해진 배를 쓰다듬었다.

"저녁도 못 먹고 날아왔더니 엄청 배고프네."

그래서 나는 큰 맘 먹고 제안했다.

"라면 끓여 줄까?"

"아니야. 내가 끓여 먹을게."

"아니야. 내가 끓여 줄게."

"아니야. 네가 끓이면 맛이 없어서 그래."

말은 저렇게 차갑게 해도 결국은 나를 귀찮게 하지 않기 위함이란 걸 아주 잘 알고 있다.

결국 오빠는 직접 라면을 끓여서 아빠랑 같이 먹기 시작했다. 그 모습을 뒤에서 지켜보는데 입가에 저절로 미소가 피어올랐다.

조건 없이 나를 애지중지 아껴 주는 아빠와 오빠, 그리고 내 본모습을 있는 그대로 좋아해 주는 유 대리님.

이 남자들에게 사랑받고 있는 나는 어쩌면 이 세상에서 제일 행복한 여자인지도 모른다.

이러지 마세요!

14

지금껏 긴 생머리를 고수해 왔던 나는 어젯밤 미용실에 가서
염색과 함께 머리카락을 동그랗게 말아 버렸다.

그렇다. 나는 펌을 한 것이다. 흔히들 말하는 그 파마.

동그랗게 말려서 귓가와 목 언저리를 간질이는 머리카락이 낯
설었다. 하지만 예뻐지기 위해서 참았다. 평소보다 힘을 줘서 그
린 아이라인도, 윤기가 흐르는 붉은 입술도, 짧은 치마도 전부
어색했지만 견뎌 냈다.

오직 오늘 데이트 때 유 대리님이 이런 나를 보고 깜짝 놀라기
만을 기대하면서 꾹 참았다.

"저기."

사람들이 많이 오고 가는 광장 분수대 옆에 서 있는데, 뒤쪽에

서 누군가 부르는 소리가 들렸다. 그 소리에 천천히 고개를 돌렸다.

나를 부른 이는 이십 대 초반으로 보이는 밝은 갈색 머리가 인상적인 젊은 남자였다.

"저 번호 좀 알려 주시면 안 돼요?"

남자가 손에 들고 있던 휴대폰을 내밀면서 하는 말에 나는 두 눈을 크게 뜨고 말았다.

"네?"

이 남자 지금 나한테 번호 알려 달라고 말한 거 맞지? 왜? 대체 왜? 나는 지금 어떤 사건 사고도 일으키지 않았단 말이다!

게다가 주위를 아무리 둘러봐도 번호라고 알려 줄 만한 건 아무것도 없었다.

"아까부터 봤는데, 그쪽이 너무 마음에 들어서요. 전화번호 좀 알려 주세요."

"!"

이런. 정말 순수하게 내 연락처를 알려 달라는 말이었구나. 그걸 깨달은 순간 묘한 기분에 사로잡혔다.

물론 오늘 나는 안경도 벗고 화장도 좀 화려하게 했다. 게다가 오랜만에 허벅지가 드러나는 짧은 치마도 입었다. 오늘의 나는 내가 봐도 솔직히 좀 괜찮았다.

하지만 그렇다고 길거리에서 이런 어린 남자가 연락처를 물어볼 정도일 줄은 정말 몰랐다.

"저 남자 친구 있어요."

일단 놀란 마음을 진정시키고 그에게 거절의 의사를 표했다. 하지만 남자는 능청스럽게 웃으며 내게 더욱 가까이 다가왔다.

"에이, 그러지 말고 번호 좀 알려 줘요."

이 남자가 정말 왜 이러지? 나 남자 친구 없게 생겼나? 아님 요즘 젊은 애들은 다 이런가?

"저 정말 남자 친구 있다니까요?"

"있어도 상관없어요. 그냥 친구로라도 지내요, 네? 저 정말 첫눈에 반했단 말이에요."

남자는 계속해서 자신의 휴대폰을 들이밀며 집요하게 굴었다. 나는 물론 단호하게 거절했다.

"안 돼요. 남자 친구가 화낼 거예요."

"남자 친구 모르게 연락하면 되잖아요?"

뭐 이런 남자가 다 있담?

예뻐지니까 이런 귀찮은 점들이 있구나.

"안 된다니까요? 제 남친 무서운 남자예요."

"지금 없잖아요?"

남자의 뻔뻔한 태도에 나는 입을 멈추고 헛웃음을 터뜨렸다. 이 남자를 어떻게 해야 할지 몰라 난감해하고 있던 그때.

"여기 있습니다, 그 남자 친구."

기다리고 있던 내 남자 친구가 나타났다. 그 익숙한 목소리에 반색하며 고개를 돌리자 청바지에 흰 셔츠를 입은 유 대리님이 시야에 들어왔다.

"민석 씨!"

다음 순간 유 대리님은 눈썹을 확 구긴 무서운 얼굴로 남자에게 다가서며 말했다.

"좋은 말로 할 때 그냥 조용히 꺼져 줬으면 좋겠는데요."

"아, 네……."

유 대리님이 남자보다 한참 큰 키로 내려다보며 정중한 듯 정중하지 않은 어조로 말하자 남자는 서둘러 자리를 떴다.

나는 그 모습을 미소를 머금은 얼굴로 지켜보고 있었다. 그런데 남자를 보낸 유 대리님의 날 선 시선이 이번엔 나에게로 향했다.

"뭐하는 짓이에요?"

버럭 화를 내는 유 대리님의 말을 이해할 수 없어서 고개를 갸웃하자 그가 다시 말을 이었다.

"치마가 그게 뭡니까? 너무 짧잖아요!"

그제야 나는 머쓱해하며 짧은 민트색 치마로 시선을 내렸다. 허벅지를 반쯤 드러낸 치마 길이는 확실히 짧긴 짧았지만 각선미를 예쁘게 드러내고 있어 나는 꽤 만족스러웠다.

하지만 유 대리님은 계속 화를 냈다.

"화장은 또 그게 뭐예요? 안경은 또 왜 벗었고요?"

화를 내는 유 대리님을 도통 이해할 수가 없었다.

지금 나는 어제보다 훨씬 예쁘다. 나는 오직 유 대리님을 위해서 귀찮고 어색한 거 참으면서 예뻐진 것이다. 여자 친구가 예뻐진 건 남자 친구에게 좋은 일이지 않은가.

"유 대리님은 제가 예뻐진 게 안 기뻐요?"

"안 기뻐요."

내 질문에 그가 딱 잘라 대답했다. 그래서 나는 조금 실망한 얼굴로 어깨를 축 늘어뜨렸다. 그런데 유 대리님의 말은 거기서 멈춘 게 아니었다.

"난 원래 유림 씨가 예쁜 걸 알고 있었는데 왜 새삼스럽게 기뻐해야 하죠?"

"네?"

그 말에 얼굴이 화끈거리는 것만 같았다.

"유림 씨가 예쁜 건 나만 알고 있으면 되는 거 아닌가요? 근데 대체 왜 이런 식으로 다른 놈들도 알아야 하는 거죠?"

유 대리님은 화를 내는데 나는 그와 반대로 아주 기분이 좋아졌다. 그의 질투에 그저 행복했다.

"솔직히 나는요, 유림 씨가 수수하게 하고 다녔을 때도 하 대리가 유림 씰 좋아하는 것 같아서 얼마나 불안에 떨었는지 알기나 해요?"

"아……."

말을 하던 도중 유 대리님의 입에서 나온 '하 대리'란 단어에 표정이 조금 굳어졌다. 그의 예측대로 나는 며칠 전 하 대리에게 고백을 받았으니까.

"전에도 말했지만 하 대린 유림 씰 좋아해요. 친구를 보는 눈빛에서 여자를 보는 눈빛으로 바뀌었더라니까요? 그러니까 조심해요."

"아, 네……."

어색하게 웃으며 맞장구를 치자 유 대리님의 눈빛이 갑자기 확 달라졌다.

"근데 전에는 내가 이런 말하면 그런 거 절대 아니라고 하더니, 이번엔 부정을 안 하네요?"

"아, 그게……."

주저주저하며 쉽게 말을 못 하는 내 얼굴을 빤히 보던 유 대리님이 눈빛을 날카롭게 빛내며 물었다.

"혹시 하 대리한테 고백 받았어요?"

"헛—"

그가 너무 정곡을 찔러 왔다. 그래서 나는 입만 동그랗게 벌릴 뿐 어떤 말도 할 수가 없었다.

"내 이 자식을……!"

표정을 무섭게 바꾼 유 대리님이 곧바로 어딘가로 뛰어가려 했기에 얼른 나서서 그를 말렸다. 아무래도 하 대리의 집으로 뛰어갈 기세였던 것이다.

"그러지 마요! 제가 바로 거절했어요!"

내가 그의 몸통을 두 팔로 안으며 말리자 그가 멈칫했다. 하지만 그것도 잠시, 그는 여전히 흥분이 가라앉지 않는다는 듯 목소리를 높였다.

"아니, 어떻게 사내자식이, 남자 친구가 있는 여자한테 고백을 합니까? 그것도 그 남자 친구가 자기 친구면서!"

그러는 유 대리님도 남자 친구 있다는 여자한테 맹렬히 대시 했던 것 같은데…… 지금은 그게 중요한 게 아니니까 그냥 넘어 가기로 했다.

"다 제 잘못이에요. 제가 괜히 가짜 남친을 부탁해 가지고……. 저도 제 매력이 그 정도인 줄은 몰랐어요."

내 말에 흥분하던 유 대리님이 헛웃음을 터뜨렸다. 그래서 나 는 얼른 그의 얼굴을 올려다보면서 진지하게 말했다.

"저 믿죠? 제대로 분명하게 거절했으니까 흥분 가라앉히고 데 이트해요, 우리."

곧 그가 어쩔 수 없다는 듯 입가에 미소를 띠었다. 그러곤 나 직하게 중얼거렸다.

"불안해서 안 되겠어요."

"알았어요. 내일부턴 바지 입을게요."

"아뇨. 그걸론 안 돼요."

"그럼 화장도 안 하고 안경도 쓸게요."

"아뇨. 그걸로도 안 돼요."

"그럼요……?"

그에게 뭘 어떻게 해야 하는지 알려 달라는 눈빛을 보내자 그 가 갑자기 허리를 꼿꼿하게 펴더니 뒷주머니에서 조그만 상자 하 나를 꺼냈다.

"이거 받아요."

그 상자에 들어 있는 건 커플링이었다. 크기가 다른 심플한 모양의 반지 두 개를 보는 순간 행복한 미소가 피어올랐다.

"이제 손에서 절대 **빼면** 안 돼요."

유 대리님이 사이즈가 조금 더 작은 반지를 꺼내 내 손에 끼워 주었다. 처음 껴 본 커플링을 물끄러미 보면서 나는 안타깝다는 어조로 중얼거렸다.

"아, 근데 회사에선 못 낄 것 같은데……."

우린 회사에서 비밀연애를 하고 있으니 말이다.

"난 회사에서도 끼고 있을 거예요."

그의 단호한 선언에 나는 조금 생각하다가 대답했다.

"그럼 전 목걸이로 만들게요."

"……."

그러자 유 대리님은 잠시 말없이 나를 지그시 바라보았다. 그런 그의 눈을 마주 보고 있는데, 그 순간 그가 진지한 얼굴로 말했다.

"이젠 회사에서도 오픈하는 게 좋지 않아요?"

"아…… 글쎄요."

사실 나는 아직도 조금 망설여졌다.

유 대리님과 내 마음에는 확신이 있었지만, 역시나 직원들의 관심과 시선이 부담스럽게 느껴졌던 것이다.

그때 유 대리님이 두 눈을 빛내며 제안했다.

"그럼 우리 운명에 맡겨 봐요."

"운명?"

"이제부터 우린 회사에서도 이 반지를 끼고 있는 거예요. 우리가 서로 같은 반지를 끼고 있다는 걸 눈치채는 직원이 있으면 연애를 공개하는 거고, 아무도 눈치 못 채면 공개 안 한 상태로 그냥 있는 거죠."

"금방 들킬 걸요?"

"그거야 모르는 거죠. 어느 누가 남의 반지 모양을 그렇게 열심히 봐요? 그냥 꼈나 보다~ 하는 거지."

하긴. 게다가 우리 커플링 모양이 꽤 심플한 편이긴 하다.

어쩌면 유 대리님의 말처럼 그냥 흐르는 대로 운명에 맡기는 것도 재미있을 것 같긴 했다. 그래서 그의 제안을 받아들이기로 했다.

"좋아요. 운명에 맡길게요."

"좋아요. 그럼 이제 갈까요?"

유 대리님이 나를 향해 손을 내밀었기에, 나는 천천히 그 손을 잡았다. 서로 같은 반지를 끼고 손을 꼭 잡은 우리는 그렇게 사람들 틈으로 걸어 들어갔다.

그런데 그때 유 대리님이 내 쪽으로 상체를 숙이며 나직하게 물었다.

"아. 혹시 내가 이 말 한 적 있던가요?"

"?"

내가 무슨 말이냔 의미로 고개를 살짝 갸웃하자 유 대리님이 입가에 미소를 띤 채 말했다.

"사랑해요."

그 말에 심장이 빨리 뛰면서 입가엔 절로 미소가 지어졌다.

"……저도요."

"뭐라고요? 안 들려요."

어쩌면 나는 꽤 오랫동안 이 사람이 나랑 어울리는 사람인가 반복해서 질문할지도 모른다.

하지만 어차피 이 세상엔 서로 어울리는 사람끼리 만나는 경우는 흔치 않다. 결국 다 자기들 좋아서 만나는 거다.

그렇게 만나 사랑을 키우고 서로에게 서로가 세상에서 둘도 없는 소중한 존재가 되는 것. 그것이 내가 생각하는 사랑이다.

"사랑해요, 민석 씨."

진심을 담아 말한 후 나는 다시 한 번 그에게 고백했다.

"이런 적 처음인데, 정말 사랑해요."

내가 사랑하는 사람이 나를 사랑해 주는 것. 이것은 기적에 가깝다. 그러니 나는 이 기적을 절대 놓지 않을 것이다. 앞으로도 영원히.

우리는 그렇게 서로의 손을 꼭 잡고 사람들이 걸어가고 있는 공원 쪽으로 걸음을 옮겼다.

이러지 마세요? (유 대리ver.)

1

나는 어려서부터 크게 무역 사업을 하고 있는 아버지 덕분에 물질적으로 부족함 없이 자랐고 사교육 덕분에 공부도 곧잘 했다.

게다가 아버지의 큰 키와 어머니의 미모를 고스란히 물려받아 외모도 출중한 편이었다.

그렇다.

나는 남들이 흔히 말하는 엄친아였다.

그런데 도련님 대접을 받으며 자란 탓에 자존심이 세고 승부욕이 강했던 나에게 부모님과 친한 친구들이 꼭 하던 말이 있었다.

"민석이 넌 성격만 좋으면 완벽할 텐데."

그 말이 묘하게 내 자존심을 긁곤 했다. 그래서 어느 날 문득 결심했다. 까짓것 완벽한 척 연기를 해 주기로.

남들 말 따위 관심도 없지만 잘 들어 주는 척, 재미 하나도 없는 말도 아주 재미있는 척, 짜증나고 싫은 일도 다 이해하는 척 넘어갔다.

그러다 보니 세상 살기가 아주 편해졌다.

주변 사람들은 모두 내게 친절했고, 내가 없는 곳에서도 내 칭찬을 했다. 그로 인해 전보다 많은 친구들이 생겼고 나 좋다는 여자애들도 아주 많이 생겨났다.

덕분에 나는 여태껏 외로워 본 적도 짝사랑을 해 본 적도 없었다.

그래서 나는 성인이 되어서도 그 가면을 그대로 쓰고 있기로 했다.

어차피 세상 사람들은, 특히나 사회생활을 하고 있는 사람들의 대부분은 자기가 만든 가면을 쓰고 있다.

싫어도 좋은 척, 좋은데도 싫은 척, 곤란해도 안 그런 척. 그렇게 해야 회사 생활이 편하고 친한 동료가 생기며 주변 사람들이 날 좋아해 주기 때문이다.

그렇게 살다 보니 그런 게 익숙해지고 당연해져서 원래 성격도 잊어버리게 되었다. 그냥 원래 상냥한 사람인 것처럼, 원래 잘 웃는 사람인 것처럼, 그게 나인 것처럼 그렇게 되어 버렸다.

그래서 나는 가면을 쓰지 않은 사람을 보면 좀 신기했다. 그러나 그런 사람은 흔치 않았다. 살면서 만나 본 적이 거의 없으니까. 나보다 더 두꺼운 가면을 쓰고 있는 사람은 간혹 발견하는데 말이다.

"유림 씨, 이거 좀 버려 줄래요?"

"네."

예를 들면 우리 회사에서 경리를 맡고 있는 현유림 씨. 동그란 안경을 쓰고 머리는 단정하게 하나로 묶는, 지극히 평범한 내 여자 동기.

나랑 입사 동기인 유림 씨는 성실하고 얌전해서 꽤 존재감이 없는 편에 속했다. 그런 그녀에게 회사 직원들은 가끔씩 심부름을 시키곤 했다. 그럴 때마다 그녀는 싫다는 말을 하는 법이 없었다.

지금도 그녀는 쓰레기를 건네는 어린 여직원의 부탁을 거리낌 없이 들어 줬다. 아무리 존재감 없는 막내 경리여도 저런 잔심부름은 싫을 텐데 말이다.

"유림 씨, 나 커피."

"네."

그녀는 김 부장님의 툭 던지는 커피 부탁도 아무렇지 않다는 듯 해냈다.

유림 씨는 일부러 상냥한 척하지도 불쾌한 티를 내지도 않았다. 그냥 무덤덤했다. 내가 생각했을 때 그녀의 가면은 내가 본 가면 중에서 가장 완벽한 가면이었다.

"그런 잔심부름 싫지 않아요?"

한번은 사내에서 오지랖이 넓기로 유명한 여자 과장이 사무실이 한산한 때 유림 씨에게 이렇게 물은 적이 있었다. 나는 그것을 탕비실로 걸어가는 길에 얼핏 들었다.

"아뇨. 안 싫어요."

역시나 유림 씨의 대답은 내가 인정한 가면녀다운 것이었다. 작게 피식 웃으며 탕비실로 들어서는데 뒤에서 그녀의 목소리가 또다시 들려왔다.

"싫으면 안 하죠."

거짓말.

저 말이 진심이라면 그동안 했던 잔심부름들이 다 좋아서 했다는 말이 된다. 그건 정말이지 말이 안 된다.

그래서 나는 그녀의 말이 거짓말이라고 확신했다. 저것도 분명 가면을 쓴 거라 그렇게 믿었다.

그렇게 현유림 씨를 나보다 완벽한 가면녀라고 생각하고 지내던 어느 날, 그녀와 대화를 나눌 일이 생겼다.

전날 입금된 상여금이 내가 알던 금액과 아주 조금 상이했던 것이다. 완벽한 나는 그것을 그냥 지나치지 못했다. 그래서 곧바로 경리인 그녀의 책상으로 다가가 정중하게 말했다.

"유림 씨, 드릴 말씀이 있습니다."

그랬더니 돌아온 그녀의 대답이 좀 의외였다.

"네, 주세요."

"네?"

"말씀 달라고요."

순간 헛웃음이 터졌다. 이런 엉뚱한 면도 있는 여자였나? 신기해하면서 그녀에게 말했다.

"상여금이 잘못 입금된 것 같아서요."

"네?"

내 말에 그녀는 많이 당황한 듯 보였다. 하긴, 원래 그녀는 실수를 잘 안 하는 스타일이긴 했다. 그래서 나는 그녀를 위로하기 위해 부드러운 어조로 덧붙였다.

"이런 실수 잘 안 하시는 분인 거 아는데, 그래도 한 번만 확인 부탁드릴게요."

다급히 컴퓨터 안의 엑셀 파일과 은행 입출금 서류를 훑어보던 그녀의 얼굴이 딱딱하게 굳어졌다.

"아…… 제가 끝 단위 430원을 340원으로 입금했네요. 죄송해요. 지금 당장 90원 입금할게요."

이렇게 말하고 바삐 손을 움직이는 그녀 때문에 나는 적잖게 당황했다. 마치 내가 90원 받아 내려고 그녀를 귀찮게 하는 것처럼 느껴졌기 때문이다.

"아니, 지금 제가 그 90원 받으려고 이러는 게 아니라, 나중에 정산하실 때 계산이 안 맞을까 봐 그래서 조금이라도 고생하실까 봐 말씀드리는 거예요."

남자가, 그것도 꽤 잘생기고 목소리도 좋고 인기도 많은 남자 동료가 이렇게 멋지게 말하는데 그녀의 표정은 어떤 동요도 없었다.

"네, 네. 그 90원 지금 당장 입금할게요. 많이 불편하셨죠? 기분도 많이 상하셨을 것 같은데, 정말 죄송해요. 앞으론 이런 일 없도록 조심할게요."

"아니, 제가 그 90원이 없으면 불편하고 기분 나쁠 정도로 어려운 상황은 아닌데요……."

"네, 네. 잠시만 기다리세요."

컴퓨터 화면에만 집중하고 있는 유림 씨에게 내 말은 전혀 들리지 않는 듯했다. 열심히 마우스를 움직이던 그녀가 잠시 후 나를 쳐다보며 말했다.

"지금 입금했습니다. 확인해 보세요."

뭐 이런 여자가 다 있지?

그냥 모른 척할 걸 그랬다는 생각이 들었다. 그깟 90원 그냥 무시할걸. 괜한 오지랖으로 90원에 몸매는 쪼잔한 남자가 되어버렸다.

기분이 상한 채로 자리로 돌아가려고 몸을 돌리는데 그런 나를 유림 씨의 목소리가 잡아챘다.

"상여금 넉넉히 받으셨더라구요."

"아, 네."

건성으로 대답하고 다시 내 갈 길 가려는데 그녀의 목소리가 또다시 들려왔다.

"고기 많이 사 드실 수 있겠네요."

갑자기 웬 고기?

"네? 네, 뭐……."

대충 대답을 하는 순간 나는 발견하고 말았다. 그녀의 발그레 붉어진 광대를.

그녀의 붉어진 얼굴을 보는 건 처음이었다. 조금 전 내가 달콤한 말을 던졌을 땐 그저 하얗기만 하던 얼굴이 고기 얘기에 붉어지다니…….

나는 무심한 눈길로 그녀의 단정하게 차려입은 흰 블라우스와 검정 치마를 스윽 훑어 내렸다.

'마른 편인 것 같은데 고기 좋아하나?'

호기심이 생겨서 나는 알고 있던 정보를 미끼 던지듯 툭 던졌다.

"오늘 회식 있대요, 고깃집에서."

"어머."

그러자 유림 씨의 볼이 더 붉어지면서 마치 '거긴 꼭 가야 돼'라는 듯한 표정이 되었다. 그런 그녀의 얼굴을 쳐다보다 피식 웃음이 터졌다.

뭐야, 이 여자.

좀…… 귀엽잖아?

그날 회식은 내가 알고 있던 대로 고깃집에서 진행되었다. 나는 언제나 그렇듯 여직원들의 애교 섞인 목소리와 몸짓에 둘러싸여 즐거운 척 술을 마셨다.

"술 한잔해, 유림 씨."

그런데 평소라면 무심히 지나쳤을 광경이 오늘따라 이상하게 눈에 거슬렸다. 그래서 나는 술을 마시면서 곁눈질로 김 과장의 행태를 주시했다.

"한잔하라니까?"

김 과장의 술잔은 얌전히 앉아 있는 유림 씨에게로 향했다. 그녀는 군말 없이 그 잔을 받아 들었다. 그래서 나는 무심히 눈길을 거두며 생각했다.

그래. 거절하지 않겠지. 그녀는 완벽한 가면을 쓰고 있으니까.

"싫습니다."

음?

그러나 곧바로 들린 그녀의 대답에 나는 깜짝 놀라고 말았다. 그녀의 입에서 처음 듣는 거절의 말이었기 때문이다.

나는 다시 고개를 돌려 유림 씨를 쳐다보았다. 그녀는 덤덤한 얼굴로 술잔을 내려놓고 있었다.

"고기만 먹을게요."

유림 씨는 단호하게 말하고는 젓가락으로 고기를 집어 먹기 시작했다. 그 순간 예전에 얼핏 들었던 대화 내용이 떠올랐다.

'그런 잔심부름 싫지 않아요?'

'아뇨. 안 싫어요. 싫으면 안 하죠.'

그럼 그 말이 진심이었단 말인가?

그렇다면 그녀는 완벽한 가면을 쓰고 있었던 게 아니라 완벽히 가면을 쓰지 않은 상태란 말이 되나?

그렇다면 그동안 잔심부름을 했던 것도 정말 싫지 않아서 한 게 맞구나……. 그걸 깨달은 순간 그녀가 신기하고 대단하게 느껴졌다.

그날 김 과장도, 그 누구도 그녀에게 뭐라고 하지 않았다. 그냥 그런 성격인가 보다 하고 가까이 하지 않았을 뿐이다.

사람들은 원래 자신과 다른 부류를 싫어한다. 특이하다며 배척한다. 그렇다 보니 마이페이스 성격인 유림 씨는 혼자 있는 일이 많았다.

하지만 그녀가 늘 혼자였던 것은 아니다. 유림 씨와 나의 입사 동기인 하상훈 대리가 3년 내내 그녀의 곁에 있었던 것이다.

내가 보기에 그는 유림 씨의 유일한 회사 친구였다.

오지랖이 넓고 유쾌한 하 대리는 분명 성격상 혼자 있는 유림 씨를 가만히 두지 못했을 것이다. 아니면…… 유림 씨가 귀여운 여자라는 걸 제일 먼저 눈치챘거나.

♥

현유림에 대한 내 관심이 구체적인 감정이 되기 시작한 건 같은 해외 마케팅 팀의 김지혜 씨의 말 덕분이었다.

몇 달 전부터 급격히 내게 관심을 보이며 접근하는 지혜 씨에게 나는 어떤 리액션도 취하지 않고 있었다. 솔직히 거절하는 게 귀찮기도 했고 거절했다가 회사 동료와 어색해지는 것도 싫었다. 그래서 그냥 묵인했더니 그녀의 유혹은 날로 심해졌다.

"유 대리님, 넥타이가 멋지시네요."

그녀가 오늘은 지독한 향수 냄새를 풍기며 노골적인 눈빛으로 유혹하듯 내 넥타이를 잡아당겼다. 순간 조금 짜증이 난 나는 단호한 손길로 그녀의 손에서 내 넥타이를 걷어 왔다. 그런 다음 그녀에게 물었다.

"혹시 지혜 씨, 저한테 관심 있으십니까?"

"어머. 지금 돌직구 날리시는 거예요?"

단도직입적인 내 질문에 지혜 씨는 양 볼을 붉혔다. 내가 그런 그녀의 얼굴을 덤덤히 바라보자 그녀는 조금 무안해졌는지 머쓱한 표정으로 말했다.

"근데 솔직히 우리 회사에서 유 대리님이 유혹하는데 안 넘어갈 여직원은 단 한 명도 없을 걸요?"

물론 나도 그렇게 생각한다. 내가 괜히 이 엄친아 캐릭터를 유지해 온 게 아니란 말이다.

그런데 그때 지혜 씨가 갑자기 생각났다는 듯 두 눈을 크게 떴다.

"아! 한 명 있구나…… 현유림 씨."

"!"

현유림.

안 그래도 내내 신경 쓰였던 여자의 이름이 나오자 나는 더 이상 덤덤히 있을 수가 없어졌다.

"왜 안 넘어올 거 같은데요?"

내가 던진 질문에 지혜 씨는 저 멀리 비어 있는 유림 씨의 자리를 힐끔 보면서 대답했다.

"순진해 보여도 은근히 고집이 센 데다가 자기 일 이외에는 무심하고 남자엔 아예 관심도 없어 보이잖아요?"

"흐음……."

확실히 그렇게 보이긴 한다.

"게다가 회사에서 이야기하는 직원이라고는 하 대리님 한 명뿐이고……. 아, 혹시 둘이 사귀고 있는 건 아닐까요?"

"……글쎄요. 그건 아닌 것 같은데요."

그건 이 여자가 남자를 잘 몰라서 하는 말이다.

나는 유림 씨와 같이 있을 때의 하 대리의 눈빛을 본 적이 있어서 단언할 수 있다. 그건 남자가 사랑하는 여자를 보는 눈빛이 아니다. 진짜 좋아하는 친구를 보는 눈빛이지.

그러고 보니 문득 궁금해졌다.

현유림이 사랑하는 남자에게 보내는 눈빛은 과연 어떨지.

……고기를 향한 눈빛보다 강렬하고 따뜻하고 달콤하겠지, 아마?

"근데 오늘 저녁에 시간 있으세요?"

그때 내 생각을 방해하는 지혜 씨의 목소리가 들려왔다. 그래서 나는 단호하게 대답했다.

"없습니다. 그리고……."

잠시 뜸을 들인 후 조금 전보다 더 차갑고 냉정한 목소리로 말했다.

"앞으로 저한테 관심 갖지 말아 주십시오. 불편합니다."

♥

그날은 딱히 특별한 날은 아니었다. 고등학교 때부터 친하게 지낸 친구의 병문안을 다녀오기 전까진 말이다.

"여긴 어쩐 일이야? 아빠 보러 왔어?"

친구의 병문안을 마치고 돌아가던 길에 소란스러운 소리가 들려서 무심히 시선을 돌렸다. 그러자 병원 로비 중앙에 흰 가운을 입은 의사들이 몇몇 서 있는 게 보였다.

그들 중 가장 중후한 느낌의 나이 지긋한 의사가 하얗고 작은 여자에게 다가서며 말했다.

"우리 딸 자다 왔어? 눈이 부었네?"

그러자 그 의사의 딸인 듯한 여자가 긴 생머리를 쓸어 넘기며 이맛살을 찌푸렸다.

"그런 말 할 거면 나 간다?"

"알았어. 아빠가 미안해. 귀여워서 그랬지. 우리 딸, 밥은 먹었어? 먹은 것 같은 얼굴이긴 한데."

"안 먹었어. 먹은 것 같은 얼굴은 또 뭐야?"

그런데 그 여자는 내가 익히 잘 알고 있는 여자였다.

'현유림.'

요즘 내가 제일 신경 쓰고 있는 여자.

나는 나도 모르게 홀린 듯 그들에게 다가섰다. 그사이 유림 씨의 아버님은 유림 씨가 귀여워 죽겠다는 표정으로 그녀를 향해 두 손을 뻗었다.

"하하, 미안, 미안. 볼이 토실토실하니 귀여워서."

그리고 그 손으로 유림 씨의 볼을 잡고는 주욱 늘어뜨렸다. 그 늘어난 하얀 얼굴을 멍하니 보고 있는데 그 순간 그녀가 신경질을 부렸다.

"아빠, 왜 이래? 창피하게! 사람들이 쳐다보잖아! 아는 사람이라도 있으면 어쩌려……!"

"유림 씨……?"

그 모습이 너무 귀여워서 그만 나도 모르게 그녀에게 말을 걸고 말았다.

"유, 유 대리님?"

그 순간 당황해하던 그녀의 얼굴이 몇 날 며칠이고 뇌리에서 떠나질 않았다. 마치 상사병에라도 걸린 사람처럼 자꾸 떠오르는 그 얼굴에 나는 깨달았다.

아무래도 나는 그녀를 좋아하는 것 같다.

그리하여 나는 난생처음 여자에게 고백을 하기로 결심했다.

"오늘 점심, 저랑 같이 먹을래요?"

갑작스러운 내 제안에 그녀는 나를 경계하는 듯한 표정을 지었다.

"저랑요?"

"네. 단둘이."

썩 내켜 하는 표정은 아니었으나 거절하는 것도 예의는 아니라고 생각했는지 그녀는 얌전히 고개를 끄덕였다.

유림 씨를 데리고 미리 예약한 레스토랑으로 들어서자 그녀는 또다시 내게 경계 어린 눈빛을 보냈다.

"여기 맞아요?"

"네."

우리 앞으로 곧 식사가 준비되었지만 그 음식들이 목구멍으로 잘 넘어갈 것 같진 않았다. 그래서 손을 멈추고 여전히 나를 경계하고 있는 유림 씨를 바라보았다.

동그란 안경 너머의 순진무구한 갈색 눈동자를 마주하는 순간 조금 전보다 더 긴장이 되었다.

나는 그녀에게 들리지 않게 아주 낮게 한숨을 내쉰 다음 최대한 덤덤히 고백했다.

"제가 유림 씨를 좋아하는 것 같은데."

이러지 마세요? (유 대리ver.)

<u>2</u>

집으로 돌아오는 내내 자꾸 피식피식 웃음이 났다.

나는 오늘 고백을 했다. 결과는 아직 모른다. 아직 대답을 듣진 못했기 때문이다. 그런데도 자꾸 웃음이 났다.

내 고백에 대한 그녀의 반응이 너무나 귀여웠던 것이다.

'제가 부잣집 딸이라서 좋아한다고 하시는 거잖아요?'

돈 많은 병원장 딸이라 좋아한다고 생각하다니, 도대체 나란 남자를 뭘로 보고 하는 말이지?

"아니면 지혜 씨랑 사내 비밀연애 하다가 헤어졌어요? 혹시 지혜 씨가 배신을 때린 건가요? 그래서 복수를 위해 저를 이용하시려는 건가요?"

게다가 또 뭐? 이용? 그 여잔 도대체 자존감이 얼마나 낮은 거람. ……뭐, 그게 또 귀엽긴 하지만.

그녀의 당황한 얼굴을 떠올리자 또 피식 웃음이 났다. 하긴, 이 잘난 나한테 고백을 받았으니 놀라긴 많이 놀랐을 거다.

나는 웃으면서 현관문을 열고 집 안으로 들어섰다.

"오셨어요, 도련님."

나를 맞이하는 메이드 아주머니에게 고개 숙여 인사한 뒤 대리석으로 된 집 안을 둘러보았다. 어째 집 안이 조용하다.

"민후는요?"

항상 소음을 몰고 다니는 인물에 대해 물었더니 메이드 아주머니의 얼굴이 미묘하게 굳어졌다.

'이 녀석이 또 사고 쳤나?'

그때 현관문이 다시 열렸다.

"아줌마, 나 왔어!"

현관문을 힘차게 열고 들어온 이는 방금까지 내가 찾던 민후였다.

이제 막 중학교 1학년이 된 민후는 또래들보다 키가 작고 여리여리한 편이었다. 게다가 늦둥이여서 부모님의 사랑을 듬뿍 받아 어리광이 심하고 애교를 잘 부렸다.

"너 어디 갔다 와?"

밤 9시가 넘은 시간을 가리키고 있는 벽시계를 힐끔 보며 녀석에게 물었다. 그러자 민후 녀석은 한쪽 입술 끝만 올리며 서늘하게 웃었다.

"학원 다녀왔거든? 나한테 관심 좀 가져 줄래, 형?"

"……너한테 줄 관심 따위 없다."

그런데 문제는 내가 녀석과 정반대라는 것이다. 나는 민후 녀석에 반해 까칠하고 무심한 편이다.

"근데 중1이 벌써 학원을 다녀?"

심드렁하게 물었더니 민후 녀석이 모르는 소리 말라는 듯 나를 흘겨보았다.

"요즘은 유치원 때부터 다니거든? 그래도 난 재작년부터 다녔어."

"난 안 다녔는데."

자신만만하게 말하는 민후를 향해 짧게 내 자랑을 했더니 녀석이 바로 입을 삐죽거렸다.

"그래, 그래. 난 형이랑 달리 공부를 못하는 편이니까."

"맞아. 넌 좀 멍청하지."

"멍청하다고 하지 마! 학교 성적으로 그렇게 판단하는 거 아니야!"

내 신랄한 평가에 녀석은 발끈했지만 사실은 사실이니까.

나는 발끈하는 민후에게 코웃음을 쳐 준 후 두 팔을 교차시켜 팔짱을 꼈다. 그런 다음 녀석을 내려다보면서 거만하게 말했다.

"학생을 정확하게 판단할 수 있는 요소가 학교 성적 말고 또 어떤 게 있지? 있다면 좀 알려 줘 봐라."

"치, 친구의 유무?"

녀석의 대답에 나는 또 코웃음을 쳤다.

"바보도 친구는 있거든?"

"우씨, 계속 그렇게 놀리면 나 어디 갈 때마다 형 보고 '아빠'라고 부른다?"

나보다 무려 열다섯 살이나 어린 민후 녀석은 가끔 저렇게 웃기지도 않는 협박을 한다. 내가 열다섯에 사고 쳐서 아길 낳았으면 가능한 얘기라면서 말이다.

그래서 나는 오늘도 재미없는 협박을 하는 녀석의 귀를 잡아당기며 말했다.

"죽여 버린다?"

그러자 민후는 아픈 귀를 움켜쥐며 울상을 지었다.

"형 성격이 이러니까 애인이 없는 거야."

"없는 게 아니라 안 만드는 거."

나는 민후의 귀를 다시 한 번 세게 잡아당기면서 녀석의 말을 정정해 주었다. 그런 다음 씨익 웃으며 덧붙였다.

"그런데 이제 만들어 보려고."

이렇게 말하면서 손에 힘을 빼고 녀석의 귀를 부드럽게 만져 주었다. 그러자 민후가 두 눈을 동그랗게 뜨며 물었다.

"근데 그게, 만들려고 하면 만들 수 있는 거야?"

"아니. 물론 아니지."

나는 단박에 고개를 좌우로 저었다. 그리고 잠시 후 미소를 띠며 덧붙였다.

"하지만 나는 가능해."

다시 한 번 말하지만 나는 이제껏 짝사랑을 해 본 적이 없다. 늘 여자 쪽에서 내가 좋다고 먼저 달려들었었고, 나는 그 장단에 맞춰 줬을 뿐이다.

비록 오늘은 내가 고백을 한 거지만, 현유림도 곧 나를 받아 줄 것이다.

그 정도로 내가 매력이 넘치니까.

♥

나는 현유림이 곧 내 애인이 될 거라는 확신에 차 있었다.

하지만 그다음 날 나를 보는 유림 씨의 눈빛으로 인해 그 확신에 미세한 금이 가기 시작했다.

그녀는 여전히 나를 경계하고 있었던 것이다.

내가 분명, 부잣집 딸이라서 좋아하는 것도 아니고 이용하는 것도 아니라고 말했는데! 내가 무려, 귀여워서 좋아한다는 닭살스러운 고백까지 했는데……!

대체 저 사기꾼 보는 듯한 눈빛은 뭐란 말인가?

마치 이브에게 금단의 사과를 먹으라고 유혹하던 뱀이라도 된 듯한 기분이었다.

게다가 그녀는 나를 피하듯 점심시간 10분 전에 하 대리의 팔을 붙잡고 사무실을 나가 버렸다. 그걸 보는데 갑자기 가슴이 갑갑해졌다.

"하아…… 미치겠네."

순간 나도 모르게 거친 혼잣말이 튀어나왔다.

가슴이 답답한 것도 모자라 이내 배 속까지 불편하게 느껴졌다. 그래서 배 부근에 손을 얹어 보았다. 턱 막힌 것 같은 느낌이 들어 역시 조금 불편하다.

그때 내 곁으로 여직원들이 우르르 다가왔다.

"점심 먹으러 가요, 유 대리님."

"유 대리님, 저희랑 같이 점심 먹어요."

나는 그녀들에게서 풍기는 향수 냄새에 낮게 한숨을 내쉬며 대답했다.

"미안한데, 오늘은 같이 밥 못 먹을 것 같아요. 속이 좀 안 좋아서."

진짜 속이 좀 뒤틀려서 밥이 안 넘어갈 것 같았다. 그랬더니 이번엔 그녀들 중에서 제일 적극적인 지혜 씨가 내 어깨에 손을 올리며 말했다.

"어머, 많이 안 좋으세요? 제가 약이라도 사 올까요?"

"그럴 필요 없어요."

나는 곧바로 그녀의 손을 피해 자리에서 일어섰다. 그리고 차가운 어조로 말을 이었다.

"제가 알아서 사 먹을게요."

결국 나는 점심을 굶고 소화제를 사 먹었다. 복통이라기엔 조금 약하고 그렇다고 그냥 넘기기엔 증상이 심했던 것이다.

소화제를 먹고 사무실로 돌아왔는데 유림 씨는 아직 자리로 돌아오지 않은 상태였다. 문득 그녀가 나를 피하고 있는 걸지도 모른다는 생각이 들었다.

……하긴, 나같이 잘난 남자가 좋아한다는데 당연히 부담스럽겠지. 그래. 그럴 거야. 그러니까 너무 조급하게 생각하지 말고 마음을 편하게 갖자.

자리에 앉아서 자기 위안을 하고 있는 사이 사무실로 유림 씨와 하 대리가 들어왔다. 그걸 보는데 또다시 속이 쓰려 왔다.

"!"

그 순간 유림 씨와 눈이 마주쳤다. 그런데 나와 눈이 마주친 그녀는 도망치듯 탕비실로 들어가 버렸다.

'역시 나를 피하는 게 맞군.'

이런 확신이 든 순간 나는 바로 자리에서 일어나 그녀를 따라 갔다.

탕비실 문을 열고 들어가자 그 안에 멍하니 서 있는 유림 씨가 보였다. 나는 일단 그녀에게 웃는 얼굴로 물었다.

"점심 맛있게 먹었어요?"

"아, 네."

어색한 듯 유림 씨는 묘하게 내 시선을 피했다. 나는 그런 그녀의 말간 이마를 물끄러미 쳐다보다가 툭 물었다.

"하 대리랑 너무 친하게 지내는 거 아니에요?"

"네? 뭐, 뭐가요?"

유림 씨가 당황한 듯 두 눈을 크게 떴다. 나도 내가 이런 유치한 질문을 하게 될 줄은 정말 몰랐다. 하지만 도저히 제어가 안된다.

"나 생각보다 되게 쪼잔한 성격인데."

유림 씨는 놀란 얼굴로 나를 응시했다. 그러고는 천천히 뒷걸음질을 쳤다. 나는 그런 그녀의 얼굴을 지그시 바라보면서 말을 이었다.

"질투도 되게 많고요."

"그래서요?"

그때 그녀의 움직임이 벽에 부딪혀 멈추고 말았다. 그래서 나는 그녀를 벽과 나 사이에 가두듯 서며 낮게 속삭였다.

"나 지금 질투하는 중이라고요."

순간 유림 씨의 얼굴이 긴장한 듯 굳어졌다. 잠시 조용히 있던 그녀가 다부진 표정으로 말했다.

"오늘 저녁에 잠깐 시간 좀 내줄래요?"

오호.

이 소심한 여자가 먼저 저녁 식사를 제안했다.

그러니 이제 게임은 끝난 것이다.

그녀가 나에게로 넘어온 것이다.

나는 그렇게 확신했었다.

"제가 그 고백에 대한 답을 드릴게요."

나는 분명히 확신했었다. 그러나 지금 내가 마주하고 있는 유림 씨의 얼굴에선 어떤 설렘도 수줍음도 느껴지지 않았다. 그래서 덜컥 겁이 났다.

"네? 지금요? 이 자리에서?"

"네. 지금요. 이 자리에서."

"너무 빠르지 않아요?"

겁이 나서 어울리지도 않게 나약한 소리를 해 버렸다.

"아뇨."

하지만 유림 씨는 다부지게 고개를 저은 후 나머지 말을 이었다.

"저는 유 대리님에게 마음이 전혀 없어요."

"!"

이런.

정말 게임이 끝나긴 끝난 것이다. 나의 완패로.

그녀의 말을 듣는 순간 점심 때 느꼈던 속이 뒤틀리는 것 같은 증상이 다시 느껴지기 시작했다.

"그러니까, 결론이 너무 빠르다니까요. 나 아직 잘 모르잖아요? 좀 더 겪어 보고 결정하는 게 어때요?"

내심 크게 당황했지만 애써 차분하게 말했다.

"아뇨. 전 유 대리님이랑 잘될 생각 개미 똥만큼도 없습니다. 그러니 그만하시죠."

……그냥 똥도 기분 나쁜데 개미 똥이란다, 이 여자.

"허—"

기가 막힌다, 진짜.

"나 지금 차인 거예요?"

여자에게 차인 게 처음이라 정말인지 확인이 필요했다.

"네. 제가 유 대리님 찬 겁니다."

"……."

괜히 물어봤다.

당장에라도 자리를 박차고 일어나고 싶었지만 그렇게 하지 않았다. 아니, 못 했다. 자존심이 많이 상했지만 그녀를 혼자 두고 일어나고 싶진 않았던 것이다.

나는 어쩌면 생각보다 유림 씨를 더 많이 좋아하고 있는 건지도 모르겠다.

"일단 드시던 건 마저 드시죠."

충동적인 마음을 억누르고 최대한 덤덤하게 말했다. 그랬더니 유림 씨의 두 눈이 동그래졌다.

"네?"

"아깝잖아요."

그러고 나서 나는 먼저 식사를 시작했다. 스테이크 고기를 큼직하게 썰어서 입안에 넣고 꼭꼭 씹어 먹었다. 체하지 않도록 말이다. 하지만 반대편에 있는 유림 씨는 도통 먹지를 않았다.

"왜 안 드세요? 맛이 없어요?"

고기를 그렇게 좋아하는 여자가 스테이크를 먹지 않고 깨작거리고 있는 게 이상해서 물었다.

"아, 아뇨. 입맛이 없어서요……."

그건 마치 자신이 찬 나를 신경 쓰고 있는 것만 같아서 조금 위안이 되었다. 만약 그녀가 지금 이 순간에도 고기를 엄청 맛있게 먹었다면 나는 아마 실망감에 정말 체했을지도 모른다.

잠시 후 식사를 마치고 그녀가 미안했던지 식사비를 계산하려고 했다. 하지만 그런 그녀를 막고 내가 계산까지 마쳤다. 그러고 나자 속이 조금 풀리는 기분이었다.

그렇지만 내 기분은 더 풀려야 한다. 그래서 나는 그녀가 불편할 정도로 친절을 베풀기로 했다. 내 기분이 풀릴 때까지.

"집까지 데려다 드릴게요."

"네? 아뇨. 됐어요."

내 제안에 유림 씨가 황급히 두 손을 저었다. 그러나 물러설 내가 아니다.

"타세요."

"괜찮습니다. 택시가 편해요."

"타세요."

"진짜 괜찮다니까요. 요 앞에서 택시 잡으면 금방……."

"타. 세. 요."

자꾸 거부하니까 내 본래 성격이 나오려고 하잖아, 고집 세고 까칠한 성격이.

"저한테 왜 이러세요? 이러지 마세요."

잠시 후 유림 씨가 조금 떨리는 음성으로 이렇게 말했다.

"왜요? 나랑 잘될 생각이 개미 똥만큼도 없다는 여자한테 내가 너무 잘하는 것 같나요?"

개미 똥은 정말 생각하면 할수록 열 받는다.

그래서 아까 유림 씨가 했던 말을 그대로 인용했더니 그녀는 얼굴을 붉히며 부끄러워했다. 미안해하는 그녀에게 다시 한 번 차에 타라고 말하자 그제야 그녀가 차에 올라탔다.

후우……. 하여튼 뭐 하나 쉬운 게 없는 여자다.

"조심히 들어가요."

그녀의 집 앞에 차를 세우고 나도 그녀를 따라 차에서 내렸다. 그리고 그녀를 향해 부드럽게 웃으며 손을 흔들었다.

"내일 회사에서 봐요."

상냥하게 마지막 인사까지 건네고 다시 차에 타려고 했는데, 그 순간 시야로 추리닝 차림에 검정 비닐봉지를 든 남자가 들어왔다. 그는 분명 어디선가 한번 본 적이 있는 남자였다.

"유림아."

남자가 유림 씨의 이름을 부르는 순간, 그제야 그가 누군지 생각났다.

"오빠?"

그는 전에 병원에서 한번 본 유림 씨의 오빠였다. 그걸 깨달은 순간 그가 나를 발견하고는 슬리퍼를 질질 끌며 다가왔다.

"어? 저번에 병원에서 본 그 친구네?"

나는 반갑다는 표정으로 악수를 청하는 그에게 손을 내밀며 허리를 꾸벅 숙였다.

"네. 맞습니다. 유민석입니다."

"내가 그때 인사를 제대로 안 했지? 난 유림이 오빠, 현유현. 거꾸로 해도 현유현, 바로 해도 현유현."

그의 말에 나는 아주 재미있다는 듯 호탕하게 웃었다. 왠지 그에게 잘 보이고 싶었던 것이다. 그사이 그는 나와 유림 씨를 번갈아 쳐다보며 예리하게 두 눈을 빛냈다.

"근데 둘이 아무 사이 아니라더니 집까지 데려다줘?"

그 말을 듣는 순간 어쩌면 그가 나를 도와줄 수도 있겠단 생각이 퍼뜩 들었다. 그래서 조금 씁쓸한 미소를 지으며 말했다.

"아무 사이 아닌 거 맞습니다. 제가 오늘 유림 씨한테 고백했다가 차였거든요."

"!"

그러자 유림 씨의 얼굴에 당혹감이 서렸다. 다음 순간 그녀는 황급히 내게로 다가와 내 팔을 잡아채며 말했다.

"미쳤어요? 그런 말을 왜 해요?"

발끈하는 그녀의 모습이 왠지 귀여웠다. 전에도 병원에서 이렇게 신경질 부리는 모습을 보고 귀엽다고 생각했었는데……. 어쩌면 나는 그때 그녀에게 반한 건지도 모른다.

"너야말로 미쳤어? 이런 근사한 남자를 대체 왜 차?"

그때 나를 대신해서 현유현 씨 쪽에서 그녀를 말리고 나섰다. 그 말이 반가워서 얼른 그를 향해 말했다.

"그죠? 형님이 유림 씨 좀 설득해 주세요."

그러자 참 재미있는 상황이 벌어졌다.

"유 대리님, 이러실 거면 그만 가 주세요."

"왜 그렇게 차갑게 굴어, 유림아? 유 군 무안하겠다."

"저는 괜찮습니다, 형님."

유림 씨는 나를 말리고, 형님은 그런 유림 씨를 말리고, 나는 그런 형님을 말리는 상황이 된 것이다.

이 재미있는 상황을 은근히 즐기고 있는데, 순간 유림 씨가 내 팔을 잡더니 나를 차 쪽으로 끌고 갔다.

"시간이 많이 늦었어요. 피곤하지 않으세요? 얼른 돌아가세요."

나는 내 팔을 잡고 있는 그녀의 작고 하얀 손을 물끄러미 내려다보았다. 이 작고 여린 손으로 부탁하는데 안 들어줄 이유가 없다.

돌아가기로 결심한 나는 발을 떼기 직전 그녀의 굳은 얼굴 앞으로 얼굴을 들이밀면서 물었다.

"혹시 화났어요?"

"네? 아, 아뇨."

서로의 얼굴이 가까워지자 그녀는 황급히 시선을 바닥으로 내렸다. 그래서 나는 그녀의 정수리를 보면서 이어 말했다.

"그럼 됐어요. 나 갈게요. 잘 자요."

말을 마치자마자 손을 뻗어 그녀의 작은 머리를 부드럽게 쓰다듬어 주었다. 그러자 그녀의 얼굴이 더욱 푹 숙여졌다.

'부끄러워하는 건가? 귀엽게.'

무의식중에 한 행동이었는데 그녀는 꽤 부끄러웠던 모양이다. 그 모습에 절로 미소가 지어졌다.

나는 마지막으로 형님에게 정중하게 인사를 건네는 것도 잊지 않았다.

"형님도 안녕히 주무십시오."

형님의 저 밝은 표정으로 짐작건대 그는 내가 꽤 마음에 든 것 같았다. 이렇게 그녀의 주변 사람부터 천천히 포섭해 나가면 된다.

서두르진 않겠다.

나는 이제 막 제대로 시작했을 뿐이니까.

이러지 마세요? (유 대리ver.)

<u>3</u>

　나는 유림 씨를 내 여자로 만들 자신이 있었다. 비록 차여서 자신감과 자존감이 아주 조금 떨어질 뻔했지만, 나를 보는 그녀의 얼굴을 보고 극복했다.

　그도 그럴 것이 내가 가까이 다가갈 때마다 유림 씨는 꽤 부끄럽다는 듯 얼굴을 붉힌단 말이다. 그 얼굴은 분명 나를 남자로 보고 있는 여자의 얼굴이었다.

　그러니 가망성이 아예 없는 건 아니다. 아니, 오히려 꽤 높은 편이라 할 수 있겠다.

　그 가망성을 더 높이기 위해 나는 오늘도 남들보다 30분 정도 일찍 출근했다. 아침밥도 굶고서 말이다. 이유는 단 하나. 유림 씨가 그렇게 일찍 출근을 하니까.

"잘 잤어요?"

역시 유림 씨는 나보다 일찍 와서 사무실 창틀을 닦고 있었다. 그래서 나는 곧바로 그녀의 뒤로 가서 친근하게 인사를 건넸다.

"그런 거 물어보지 마세요. 우리가 그렇게 친근한 사이도 아니잖아요?"

그런데 돌아오는 답변은 퉁명스럽기 그지없었다. 게다가 그녀는 나를 힐끔 돌아보는 액션조차 취하지 않았다. 하지만 이 정도는 참을 만하다. 괜찮다.

다음 순간 그녀가 걸레를 들고 화장실로 향했기에 나는 그녀의 뒤를 따라가며 말했다.

"뭐 어때요? 이제부터 친근해지면 되지."

"전 그럴 생각 없습니다."

"왜요? 그냥 친해지자는 건데."

"……"

그녀는 내 말을 무시했다. 하지만 나는 지치지 않고 계속 말을 걸었다. 이 유민석을 호락호락하게 보지 말란 말이다.

"아침마다 이렇게 1등으로 출근해요?"

"……"

그녀는 대답 없이 화장실로 들어가서 걸레를 빨았고 나는 화장실 밖에서 얌전히 그녀를 기다렸다. 그리고 그녀가 나오자마자 그녀의 뒤를 따라 걸었다.

하지만 그녀는 다시 사무실 안으로 들어올 때까지 나를 한 번도 돌아보지 않았다. 그녀의 의지가 정 그렇다면 내가 돌아보게 하면 된다.

결심한 나는 다른 직원들에게 인사를 건네고 있는 유림 씨의 뒤에서 물었다.

"어젯밤에 나 간 뒤에 형님이 별말씀 안 하셨어요?"

"!"

내가 갑자기 던진 질문에 유림 씨는 화들짝 놀라더니 빠르게 획획 주위를 둘러보았다. 직원들이 우리 쪽을 보고 있지 않다는 걸 확인한 그녀가 미간을 찡그리면서 작은 목소리로 말했다.

"그런 사적인 말은 하지 마요. 누가 들으면 오해하겠어요."

"오해할 게 뭐 있어요? 사실인데."

그 순간 유림 씨는 곤란하다는 듯 아랫입술을 깨물었다.

"저한테 정말 왜 이러세요? 이러지 마세요."

또 그 소리.

처음 듣는 말도 아닌데 오늘은 조금 서글펐다. 내가 대체 뭘 어쨌다고 저런 말을 계속하는 걸까.

"유림 씨야말로 나한테 왜 이래요? 나랑은 친해지기도 싫어요?"

"……."

역시 그녀는 아무 대답이 없었다. 그녀는 그렇게 계속 나를 무시하고 나를 피했다. 그녀의 그런 행동들은 자신만만했던 나를 무너뜨리기에 충분했다.

그로 인해 드높던 자신감과 자존감이 다소 떨어졌다. 이쯤 되면 포기할 만도 한데 내 심장은 꿈쩍도 안 했다. 계속 그녀를 찾았고 그녀만 보면 뛰었다.

집으로 돌아와서도 내내 현유림 생각뿐이었다. 그녀를 계속 생각하니까 또다시 속이 아파 왔다. 며칠 전부터 느껴 왔던 소화불량 증상이 또 시작된 것이다.

똑똑─

방문을 두드리는 노크 소리에 나는 책상에 앉아 있는 상태로 고개만 돌렸다. 그러자 이내 방문이 열리고 어머니가 안으로 들어왔다.

"저녁 먹어야지."

"오늘은 안 먹을래요. 사실 며칠 전부터 속이 좀 안 좋거든요."

손으로 배를 만지면서 대답하는 나를 어머니는 걱정스러운 얼굴로 쳐다보았다.

"어떻게 안 좋은데?"

"그냥, 속이 턱 막힌 것 같아요."

대답을 들은 어머니의 눈빛이 조금 변했다. 잠시 조용히 나를 관찰하듯 바라보던 어머니가 두 눈을 예리하게 빛내며 물었다.

"너 혹시…… 요즘에 마음대로 안 되는 일 있니?"

"네?"

정곡을 찌르는 어머니의 질문에 깜짝 놀랐다. 내 놀란 표정을 본 어머니가 알 만하다는 얼굴로 말했다.

"맞구나? 너 어렸을 때 자주 그랬잖아. 네 맘대로 안 되는 일 있으면 계속 배 아프다 그러고 속이 막힌 것 같다 그러고."

"제가요?"

전혀 기억나지 않는 사실이었다. 당황해하는 내 얼굴을 보며 어머니는 옅은 미소를 지었다.

"그래. 우리 아들 이제 다 커서 그것도 고쳐진 줄 알았더니, 그대로네."

나는 내가 완벽한 가면을 쓰고 있다고 생각했다. 그래서 내가 완벽하다고 착각하고 있었다. 하지만 내 실체는 아직도 그냥 고집 센 어린애에 불과했던 것이었다.

허무한 웃음이 입 밖으로 피식 새어 나왔다. 다음 순간 나는 천천히 휴대폰으로 손을 뻗었다. 그리고 고집스럽게 현유림에게 전화를 걸었다.

예상대로 그녀는 전화를 받지 않았다. 그래서 이번엔 문자를 보냈다.

[잘 자요. 예쁜 꿈 꾸고]

여전히 속은 편치 않았다. 하지만 보내지 않는 편이 더 불편할 것 같았다.

♥

"커피 한 잔 하실래요?"

갑작스러운 그녀의 제안에 나는 정말 깜짝 놀랐다. 그녀가 내게 말을 건 것은 처음이었던 것이다. 나는 두 눈을 크게 뜨고 아직 직원들이 출근하기 전이라 조용하기만 한 사무실 안을 둘러보았다.

"저, 저요?"

"그럼 여기에 유 대리님 말고 누가 있어요?"

유림 씨는 이렇게 새치름하게 말한 후 먼저 걸음을 뗐다. 그래서 나도 얼른 그녀를 따라서 휴게실로 걸음을 옮겼다.

그녀는 커피 자판기에서 밀크 커피를 한 잔 뽑아 내게 건넨 후 자신도 하나 뽑아 들었다. 할 말이 있어서 나를 부른 것 같았지만 그녀는 쉬이 입을 떼지 못했다.

"……."

"……."

침묵이 길어지는 것 같아서 나는 그녀의 옆얼굴을 쳐다보았다. 잠시 그 까만 뿔테 안경과 대조되는 하얀 얼굴을 물끄러미 보다가 불쑥 물었다.

"이상형이 어떻게 돼요?"

그러자 그녀가 나를 돌아보며 고개를 저었다.

"그런 거 없어요."

"에이, 그런 거 없는 사람이 어디 있어요? 키가 큰 남자가 좋다거나 중저음의 목소리가 좋다거나, 뭐 그런 거 있잖아요. 특별히 좋아하는 배우도 없어요?"

"으음. 제가 여자치곤 큰 편이라 키는 좀 큰 남자가 좋고요, 으음…… 제가 여자치곤 목소리가 낮은 편이라 저보다 훨씬 낮은 목소리가 듣기 좋고 끌리더라고요. 성격은 제가 활발한 편이 아니라서 조금은 적극적이고 활발한 사람이 좋아요."

고민하는 얼굴로 천천히 말을 내뱉는 그녀를 보면서 나는 하나 하나 맞춰 나갔다.

음…… 그러니까 군대에서 쟀을 때 키는 183이었고, 목소리는 중저음이란 소릴 많이 들을 정도로 낮은 편이고, 성격도 기본적으로 꽤 활발하고 적극적인 성격이다. 바로 내가 말이다.

나야말로 이보다 완벽할 순 없는 그녀의 이상형 그 자체 아닌가.

"저, 그거 세 개 다 해당돼요."

내 말에 유림 씨의 하얀 볼이 발그레 붉어졌다. 당황한 듯 시선을 피하며 헛기침을 하던 그녀가 갑자기 버럭 소리쳤다.

"저요! 하 대리랑 사귀어요!"

"네?"

순간 뒤통수를 세게 얻어맞은 듯한 느낌이 들었다. 나는 그 충격에 그만 모든 행동을 멈추고 눈만 깜박거렸다.

"사, 사실은 비밀이었는데, 저 사내 비밀연애 하고 있어요, 하 대리랑."

"아아……. 그렇군요."

가까스로 정신을 차리고 천천히 고개를 끄덕였다. 유난히 하대리랑만 사이가 좋다 했더니 둘이 사귀는 사이였을 줄이야.

"잘 어울려요, 두 분."

남자답게 멋지게 말했지만 사실은 자존심 때문이었다. 지독하게 자존심만 센 놈이라 지금 이 순간에도 나는 내 자존심을 먼저 챙겼다.

"비밀, 지켜 주세요."

유림 씨가 걱정스러운 얼굴로 말했기에 나는 일부러 환한 미소를 지어 보였다.

"네, 물론이죠. 그런 줄도 모르고 귀찮게 해서 죄송해요. 전이제 두 분의 앞날을 축복해 드릴게요."

자존심에 이렇게 말했지만, 말하자마자 또 속이 쓰려 왔다. 그리고 이어지는 그녀의 마지막 인사에 속이 쓰리다 못해 아파 왔다.

"그럼 이제 우리 따로 만나는 일은 없었으면 좋겠어요. 각자의 자리에서 잘 살아 봐요. 안녕!"

나는 오늘 하루 유림 씨에게 관심을 두지 않아 보려고 노력했다. 아주 열심히 노력했다. 그런데 자꾸만 시선이 느껴졌다. 그것도 아주 강렬한 시선이.

그래서 고개를 돌려보면 번번이 유림 씨의 날카로운 눈과 마주쳤다.

'날 노려보는 건가? ……대체 왜?'

분명 자기는 하 대리와 사귀고 있으니 서로 상관 말고 각자 잘 살자고 말한 건 유림 씨 쪽이었는데?

뜨겁게 느껴지는 그녀의 시선을 애써 무시하고 점심 식사를 위해 구내식당으로 내려왔다. 식당 안에서 무심코 고개를 돌리다가 하 대리를 발견했다.

"하 대……!"

그를 부르려다가 입을 멈췄다. 그는 혼자가 아니었기 때문이다.

하 대리는 같은 영업 팀의 효연 씨와 단둘이 밥을 먹고 있었다.

아까 보니까 유림 씨는 혼자 있는 것 같던데…… 그런 유림 씨를 두고 다른 여자와 밥을 먹다니. 아무리 비밀연애라지만 너무 매정하단 생각이 들었다.

'나라면 유림 씨를 절대 외롭게 하지 않을 텐데…….'

하지만 이런 생각이 다 무슨 소용이겠는가. 사귀고 있는 건 그 두 사람인데.

점심 식사를 마치고 다시 사무실로 돌아와 자리에 앉으려는데 또다시 유림 씨와 눈이 마주쳤다. 이쯤 되면 일부러란 생각이 들기도 했다. 그래서 나는 용기를 내서 그녀의 자리로 걸어갔다.

"저기……."

그녀의 책상 앞에서 어색한 어조로 그녀를 불렀다. 그러자 곧 그녀의 도도한 목소리가 들려왔다.

"왜 그러시죠?"

유림 씨의 동그란 안경만큼이나 동그란 두 눈이 나를 올곧게 쳐다보았다. 그래서 잠시 주저하다가 다시 입을 열었다.

"내 착각일 수도 있지만, 아까부터 나 노려보는 거 같아서요. 아니죠?"

"제가요? 설마요."

유림 씨의 대답은 단호하기 그지없었다.

정말 아닌가? 분명 몇 번이나 눈이 마주쳤고 그 눈길이 곱지만은 않았었는데……?

"그럼 됐어요."

하지만 그녀가 아니라고 하니까 그냥 넘어가기로 했다. 그런데 그때 그냥 넘어가고 싶지 않은 일이 퍼뜩 떠올랐다.

"근데 이걸 또 얘기해야 되나 말아야 되나."

일부러 유림 씨에게 들리게끔 중얼거렸더니 그녀가 궁금해하는 얼굴로 물었다.

"또 무슨 얘기요?"

남들이 들으면 안 되는 이야기이기에 나는 허리를 숙여 그녀의 얼굴 가까이에서 속삭였다.

"사실은 내가 아까 봤는데, 하 대리가 영업 팀 효연 씨랑 단둘이 밥을 먹더라고요."

좀 치사한 것 같긴 하지만 그래도 이런 건 모르는 것보다 아는
게 낫다. 알아야 대처할 수 있고 모르면 나중에 배신감만 더욱
클 뿐이니까.

"아, 그래요?"

그런데 유림 씨의 반응은 굉장히 심드렁했다. 나는 그게 좀 의
아했다.

"그게 끝이에요?"

신경질을 내거나 조금은 화를 낼 줄 알았는데 전혀 아니었다.
그래서 조금 허무했다.

"그럼 뭐가 더 필요해요?"

그녀가 정말 궁금하다는 듯이 물었기에 나는 너무도 당연한
그 단어를 던졌다.

"질투, 안 해요?"

"질투요? 그런 걸 왜 하죠? 저는 질투란 감정을 모르는 여자
입니다."

"아니, 아무리 그래도, 자기 남친이 딴 여자랑 단둘이 밥 먹었
다 그러면 화나지 않나?"

"!"

그 순간 유림 씨의 두 눈이 커졌다. 그건 마치 지금까지 몰랐
던 사실을 깨달은 눈빛 같았다. 그래서 나는 유림 씨의 굳은 얼
굴을 주시하면서 말했다.

"유림 씨, 되게 쿨하시구나."

그러자 유림 씨는 당황한 표정으로 헛기침을 했다.

이상했다. 지금 그녀의 태도는 마치 거짓말을 들킨 사람 같았던 것이다.

아무래도 그녀를 조금 더 지켜봐야겠다. 뭔가 아주 수상하다.

"오늘 회식 있던데, 유림 씨 갈 거죠?"

자리로 돌아가기 전에 유림 씨에게 물었더니 그녀는 잠시 망설이는 표정을 지었다. 그래서 나는 그녀가 더는 망설이지 못하도록 덧붙였다.

"부장님이 오랜만에 고기 사신대요."

"갈 거예요."

역시. 고기라고 하면 꼭 간다고 할 줄 알았다.

나는 물론 유림 씨와 하 대리가 연인 사이라면, 그게 정말 사실이라면, 유림 씨를 깔끔하게 포기하고 유림 씨와 하 대리를 축복해 줄 것이다.

다시 한 번 말하지만, 그게 정말 사실이라면 말이다.

♥

너도나도 술을 퍼마시는 소란스러운 분위기 속에서도 유림 씨만은 혼자 고고하게 고기를 집어 먹고 있었다. 그런 그녀를 뒤에서 물끄러미 지켜보다가 피식 웃음이 터졌다.

'암튼 재미있는 여자야. ……그런데 정말 하 대리랑 사귀는 건가? 아니었음 좋겠는데.'

기분이 복잡해서 술을 조금 많이 마셔 버렸다. 그런데 다행히도 오늘 회식은 1차에서 마무리되는 분위기였다.

집으로 돌아가려고 직원들에게 인사를 건네다가 고깃집 안에 혼자 남겨진 하 대리를 발견하고 말았다. 회식 초반부터 심하게 마셔 댄다 했더니 결국 제대로 취한 모양이다.

택시라도 태워 보내야겠다 싶어 발을 떼는 순간 문득 그의 여자 친구라는 여자가 떠올랐다.

현유림.

……이건 당연히 그의 여자 친구가 해결해야 할 문제 아닌가?

나는 씨익 웃으며 발길을 돌렸다. 그리고 두 눈으로 빠르게 유림 씨를 찾기 시작했다. 저 멀리서 직원들과 인사 중인 그녀를 발견한 나는 재빨리 그녀에게 달려갔다.

"어떡할 거예요?"

그녀의 앞에 멈춰 서서 물었더니 유림 씨가 두 눈을 동그랗게 뜨며 되물었다.

"뭘요?"

되묻는 그녀에게 나는 고깃집을 가리키면서 낮은 목소리로 대답했다.

"지금 저 가게 안에 하 대리만 남아 있어요. 인사불성으로 취해서……."

이번에도 유림 씨는 영문을 모르겠다는 표정을 지었다. 아무래도 또 잊은 모양이다. 자기가 하 대리의 여자 친구라는 사실을.

"남친 챙겨야죠."

내가 친절하게 덧붙여 주자 유림 씨는 또다시 두 눈을 크게 뜨고는 황급히 말했다.

"아, 물론 제가 데리고 가야죠."

그러고는 씩씩하게 고깃집 안으로 다시 들어갔다. 나는 그녀의 모습을 유리창을 통해서 지켜보았다.

유림 씨는 취한 하 대리에게 뭐라고 소리치더니 그의 양 겨드랑이에 손을 넣고 그를 일으켜 세우려고 했다.

하지만 그게 될 턱이 있나. 하 대리 같은 장정을 저렇게 작은 여자가 어떻게 들 수 있단 말인가.

그래서 결국 나는 다시 고깃집 안으로 들어갔다. 그런데 그때 유림 씨의 목소리가 크게 들렸다.

"업혀, 인마!"

유림 씨는 아무래도 안 되겠는지 하 대리에게 등을 보이며 업히라고 한 것이다. 순간 쿡 하고 웃음이 터졌다.

사랑하는 남자 친구한테 '인마' 라니…… 아무래도 이거 너무 수상한데?

나는 곧바로 유림 씨 앞으로 성큼성큼 걸어갔다. 그러자 곧 유림 씨가 고개를 들어 나를 쳐다보았다. 나는 그런 그녀의 얼굴을 내려다보며 물었다.

"설마 지금 남친한테 '인마' 라고 하신 거예요?"

"아, 아니, 저, 저희가 워낙 친해서요. 절친에서 연인으로 바뀐 지 얼마 안 돼서⋯⋯."

당황한 얼굴로 변명을 하는 유림 씨에게 씨익 웃어 보인 후, 나는 그녀의 팔을 잡고 그녀를 일으켜 세웠다.

"내가 업을게요."

나는 결국 내 몸무게보다 10kg 이상은 더 나갈 것 같은 하 대리를 등에 업고 고깃집을 나왔다.

"하 대리 집이 어딘진 아시죠?"

고깃집을 나오자마자 유림 씨를 향해 이렇게 물었다. 그런데 그녀는 두 눈만 크게 뜰 뿐 아무 대답도 하지 못했다.

"모르세요?"

"네. 아직, 그렇게 친하지가 않아서⋯⋯."

"아깐 절친이라고 하시더니."

"그, 그게, 오피스텔에 사는 건 아는데⋯⋯."

아까 술을 많이 마셔서 조금 어지럽기도 하고, 업고 있는 하 대리가 무겁기도 한 굉장히 힘든 상황임에도 불구하고 자꾸 웃음 이 났다.

당황하는 그녀가 너무 귀여워서.

잠시 후 그녀는 손을 올려 하 대리의 등짝을 철썩철썩 때리면 서 물었다.

"말해. 집이 어디야?"

친구 대하듯 거칠게 행동하는 그녀를 나는 물끄러미 쳐다보았다. 내 시선에 유림 씨가 어색하게 웃으며 말했다.

"절친 때의 습관이 남아서 그만. ……집이 어디야, 하 대리?"

조금 전과 달리 유림 씨는 하 대리의 어깨를 잡고 부드럽게 흔들었다. 그러자 하 대리가 도로변 근처의 한 오피스텔을 가리켰다. 그의 집을 알아낸 우리는 다시 그쪽으로 열심히 걸음을 옮겼다.

"하 대리 무겁죠? 저기 전봇대에서 교대해요, 우리."

유림 씨의 말에 나는 무거운 것도 잠시 잊고 헛웃음을 터뜨렸다.

"날 그런 얼간이로 만들지 마요."

이 무거운 하 대리를 저 여리여리한 유림 씨한테 넘긴다? 그건 내 자존심이 도저히 용납 못 할 일이었다.

그런데도 유림 씨는 자꾸 하 대리를 업겠다고 우겼다. 물론 나는 그녀의 제안을 가볍게 무시했다.

하여튼 참 재미있는 여자다.

"비번이 뭐야?"

하 대리의 오피스텔 문 앞에 도착하자마자 유림 씨가 취한 하 대리를 향해 물었다.

"내 생일이다, 인마."

이젠 하 대리까지 유림 씨에게 '인마'라는 표현을 쓴다. 아무래도 이 커플은 서로의 애칭이 '인마'인 모양이다. 아님 커플로 위장한 정말 절친한 친구 사이이거나.

하 대리가 비밀번호를 알려 줬는데도 유림 씨는 도어록 앞에서 쭈뼛거리기만 했다.

'설마 이 여자, 남자 친구 생일도 모르는 건가?'

그런데 그 순간 그녀가 손을 움직였다.

생일이 생각난 건가 싶어서 뒤에서 지켜보니 0701을 누르고 있었다. 그런데 그게 틀리자 0702를 눌렀다. 그리고 그다음은 0703, 0704……. 순간 헛웃음이 터졌다.

"설마 7월 31일까지 다 눌러 볼 생각은 아니죠?"

내 질문에 그녀가 당황한 표정으로 손을 멈췄다. 그래서 나는 결국 등에 업힌 하 대리를 툭툭 쳐서 그의 생일을 알아냈다.

"하 대리, 생일이 언제야?"

"7월 30일."

0730을 눌러 오피스텔 안으로 들어온 나는 하 대리를 침대 위에 눕힌 후 유림 씨를 빤히 쳐다보았다.

남자 친구가 다른 여자랑 단둘이 밥을 먹었다는데도 화를 안 내고, 남자 친구가 회식자리에서 취한 채 혼자 남겨졌는데도 모르고 있고, 남자 친구를 '인마'라고 부르고, 남자 친구의 집도 생일도 모르는 여자 친구라……

아무래도 너무 수상해서 도저히 참을 수가 없었다.

"정말 하 대리랑 사귀는 거 맞아요?"

내가 갑자기 이런 질문을 던지자 유림 씨의 두 눈이 커졌다.

"맞는데요?"

부정하는 목소리가 커도 너무 컸다. 그래서 분명 맞다고 소리치는 것임에도 내 귀엔 절대 아니라는 소리로 들렸다.

그녀는 나에게서 도망치듯 곧바로 오피스텔을 빠져나갔다. 나는 그런 그녀의 뒤를 조용히 따라갔다.

오피스텔의 엘리베이터에 올라탄 우리는 서로 아무 말도 하지 않았다. 하지만 그 침묵은 길지 않았다.

"있잖아요. 아무래도……."

내가 이렇게 서두를 꺼내자 그녀는 버럭 소리쳤다.

"저 하 대리랑 사귀는 거 맞다니까요?"

또 목소리가 크다. 아무래도 이 여잔 거짓말을 잘 못 하는 타입인 것 같다. 그녀의 눈망울이 그 사실을 입증하는 듯 심하게 흔들렸다.

그래서 지금 이 순간 나는 확신했다. 유림 씨와 하 대린 절대 연인 사이가 아님을. 그녀가 어설프게 거짓말을 하고 있는 것임을.

그렇다면 그녀는 왜 그런 거짓말을 한 걸까? 내가 너무 싫어서? 아님 부담스러워서?

"아무래도, 유림 씨는 정말 귀여운 것 같다고요. 이 말 하려고 했어요."

내 말이 부끄러운 듯 유림 씨는 시선을 바닥으로 내렸다. 나는 그런 그녀의 앞으로 가까이 다가서며 다시 입을 열었다.

"정말 나 별로예요?"

"말했잖아요. 전 하 대리랑 사귀는 사이……."

"하 대리 모르게 만나면 되잖아요?"

"네?"

깜짝 놀란 듯 그녀의 동그란 눈이 나를 올려다보았다. 나는 발그레 붉어진 그녀의 두 볼을 지그시 보다가 시선을 올리며 말했다.

"유림 씨만 괜찮다면 난 하 대리 몰래 사귀자고 해도 좋아요."

"무슨 그런 말씀을……."

나는 그녀의 속마음이 알고 싶었다.

왜 그런 거짓말을 한 건지, 그렇게도 내가 싫은 건지, 싫다기보단 그냥 부담스러운 건지, 양다리 제안이라면 나랑 사귀어 줄 건지, 대체 어떻게 해야 나를 좋아해 줄 건지…….

"나 지금 유림 씨한테 양다리 걸치라고 제안하는 거예요."

나는 솔직히 양다리여도 좋을 정도로 당신을 좋아하고 있다고 말하면 그녀가 조금은 흔들릴 줄 알았다.

그런데 그녀의 반응은 무섭도록 차가웠다.

"정말 왜 이러세요?"

그녀는 어이없다는 듯한 표정으로 두 손을 척하니 허리에 올리고 나를 노려보았다.

"이십 대의 그 똘기 충만한 객기는 인정할게요."

그 말에 나는 하마터면 웃음이 터질 뻔했다. 하지만 가까스로 웃음을 참고 물었다.

"그러는 유림 씨도 이십 대잖아요?"

"저는 그런 똘기 없습니다."

때마침 엘리베이터의 문이 열리자 그녀는 도도하게 고개를 돌리며 밖으로 나갔다. 그래서 나는 빠른 걸음으로 그녀의 뒤를 따라가며 물었다.

"그래서 지금 거절하는 거예요?"

"당연한 소리 하지 마요."

이렇게 말하며 그녀는 나를 향해 몸을 홱 돌렸다. 그리고 이내 진지한 표정으로 말을 이었다.

"당신을 좀 더 소중하게 여기라고요."

그녀의 말에 나는 모든 행동을 멈추고 멍하니 그녀의 얼굴을 쳐다보았다.

"겨우 저의 세컨드 따위 되지 말란 말입니다!"

그녀는 진심으로 화를 내고 있었다. 이상하게도 나는 그게 조금 기뻤다.

"유 대리님은 그런 저급이 되실 분이 아닌, 고급인력의 대단한 분이시잖습니까?"

"쿡―"

감동적이기까지 한 그녀의 발언에 순간 웃음이 터지고 말았다. 그런 나를 보는 유림 씨의 눈빛이 곱지 않았기에 나는 얼른 손으로 입가를 가렸다.

하지만 그런다고 웃음이 멈춘 건 아니었다. 이건 꽤 기분 좋은 웃음이었으니까.

"농담이었어요."

잠시 후 나는 웃음을 멈추고 그녀를 보면서 차분한 어조로 말했다. 그러자 그녀의 얼굴이 당황한 듯 굳어졌다. 그 얼굴을 빤히 보면서 말을 이었다.

"날 찬 분 치고는 나를 굉장히 높게 평가해 주시네요?"

"……제가 원래 자신은 낮추고 남은 치켜세우는 그런 여자라서요."

"네. 그렇군요."

자꾸만 웃음이 났다.

다행히 그녀는 나를 싫어하는 게 아닌 모양이다. 아니, 오히려 좋아하는 쪽에 가까운 듯 보였다.

기분 좋게 유림 씨와 함께 차를 세워 둔 회사로 돌아가면서 주머니에서 휴대폰을 꺼냈다. 대리 기사를 부르기 위해서였다.

바로 전화를 걸어 안내원에게 동네 이름을 말하자 30분 정도 소요될 것 같다는 답변이 들려왔다. 그래서 난감해하면서 전화를 끊었다.

"큰일 났네."

내가 중얼거리는 말을 들은 유림 씨가 조심스럽게 물었다.

"왜요?"

"대리기사가 한 30분 후에나 올 수 있다네요."

솔직히 유림 씨에게 뭔가를 기대한 건 절대 아니었다. 그런데 그녀는 잠시 고민하는 듯하더니 내게 손을 내밀었다.

"키 주세요. 제가 운전할게요. 술 안 마셨거든요."

미안한 마음이 들어서 주저했지만, 조금이라도 더 같이 있을 수 있다는 생각에 그녀의 제안을 받아들이고 말았다.

"아, 그럼, 부탁 좀 할게요."

차 안 내비게이션에 우리 집을 목적지로 지정해 놓고 유림 씨를 힐끔 쳐다보았다. 그녀는 생각보다 운전을 정말 잘했다.

베스트 드라이버인 유림 씨 덕분에 나는 자꾸 눈이 감겼다. 아까 마신 술기운으로 인해 슬금슬금 졸음이 밀려왔던 것이다.

참아 보려고 했지만, 천하장사도 들기 어려운 게 졸린 눈꺼풀 아니던가.

졸리다. 너무 졸리다…….

그렇게 나는 까무룩 잠이 들고 말았다.

잠시 후 두 다리가 바닥에 질질 끌리는 느낌에 나는 잠에서 깨어났다. 눈썹을 찡그리며 안 떠지려는 눈을 억지로 떴는데도 도저히 상황 파악이 안 됐다.

나 지금 누구한테 끌려가는 거지? 아니 끌려가는 게 아니라 업혀 가는 건가, 설마?

"형이, 형이 집에 여자를 데려왔어!"

이 목소리는 분명히 민후 목소리 같은데…… 내가 집에 뭘 데려와? 여자?

그때 누군가 커다란 손으로 내 몸통을 잡은 후 내 팔을 자신의 어깨에 두르며 나를 부축했다.

"이 녀석은 그냥 차에 두고 초인종을 누르지 그랬어요? 그럼 내가 나갔을 텐데."

이 목소리는 분명 아버지였다.

"그런 말 마세요, 도와주신 분한테. 우리 민석이 많이 무거웠을 텐데, 괜찮아요?"

이어 어머니의 목소리도 들렸다. 그리고 이어…… 유림 씨의 목소리도 들렸다.

"네. 제가 워낙 통뼈라서 괜찮습니다."

그 순간 나는 내가 좋아하는 여자의 등에 업혀 왔단 사실을 깨달았다. 갑자기 깊이를 알 수 없는 엄청난 자괴감이 밀려왔다.

"잠깐 안으로 들어가서 차라도 한잔하며 쉬었다 가요."

"아닙니다. 시간이 많이 늦어서 저도 집에 가 봐야 합니다. 그럼, 안녕히 주무십시오."

유림 씨가 가는 듯해서 나는 눈을 살짝 뜨고 그녀의 뒷모습을 지켜보았다. 그때 곁으로 다가온 어머니가 내 등을 쓸어내리며 말했다.

"민석아, 정신 좀 차려 봐."

나는 어찌 해야 할지 몰라 다시 눈을 꾹 감았다. 그런데 그 순간 어머니의 목소리가 다시 들려왔다.

"너 실눈 뜬 거 봤다. 일어나서 똑바로 걸어."

"!"

나는 곧바로 두 눈을 뜨고 몸을 꼿꼿이 세우며 어머니를 돌아보았다. 나를 보고 있던 어머니의 서슬 퍼런 눈빛과 마주한 순간 어머니가 물었다.

"너 이게 무슨 짓이야? 저 작은 아가씨한테 업혀 오기나 하고."

"아, 그게, 그러니까…… 제가 술을 좀 많이 마셔서 차 안에서 깜박 잠이 들었어요. 깨어나 보니까 유림 씨 등이더라고요."

말을 하면서도 굉장히 부끄러웠다.

"네가 남자 망신은 다 시키는구나."

"죄송해요."

머리를 숙여 어머니와 아버지께 죄송하다고 말했지만, 두 분은 여전히 나를 노려보고 있었다. 그래서 두 분께 다부지게 말했다.

"유림 씨에겐 내일 제대로 사과할 겁니다."

그러자 아버지가 두 눈을 빛내며 가까이 다가왔다.

"싹싹하니 예쁜 아가씨던데, 너랑 무슨 사이냐? 혹시 사귀는 사이?"

"아뇨. 아직은요."

"아직은?"

조금 전보다 더 눈을 빛내는 아버지에게 나는 의미심장하게 씨익 웃어 보였다.

나는 이때까지만 해도 꽤 자신이 있었다. 지금이야 다소 그녀가 나를 밀어내는 느낌이지만, 곧 나를 완전하게 받아들일 거라 철석같이 믿고 있었다.

나처럼 큰 남자를 둘러업고 온 저 귀여운 여자를 꼭 내 여자로 만들고 싶었고 그럴 자신도 있었다, 나는.

……이때까지는 말이다.

이러지 마세요? (유 대리ver.)
4

내 드높던 자신감이 무너진 건 한순간이었다.

나른한 오후, 무심코 탕비실 문을 열었는데 그 순간 손을 잡고 있는 유림 씨와 하 대리가 보였다.

"!"

나는 그 순간, 이루 말할 수 없는 큰 충격에 빠졌다.

"……아."

아무 말도 나오지 않았다. 눈앞의 광경을 꿈이라고 치부하고만 싶었다. 절대 믿고 싶지 않았다.

나를 발견한 하 대리가 급하게 유림 씨의 손에서 자신의 손을 뗐다. 마치 못 볼 꼴을 보였다는 듯이 말이다.

"죄송해요."

나는 가까스로 정신을 차리고 급하게 탕비실 문을 닫았다. 그러자 100미터 달리기라도 한 듯 숨이 가빠오기 시작했다.

나는 분명 저 둘이 사귀는 사이가 아니라고 확신하고 있었다. 그런데 왜 둘이 손을 잡고 있었을까?

그들의 모습이 줄곧 뇌리에서 떠나질 않았다.

'친구끼리 손을 잡을 수도 있나? 아님 정말 둘이 사귀는 사이인가? 정말 이제 시작하는 단계인 건가?'

머릿속이 혼란스러웠다.

그 후로 나는 식욕이 아예 사라져 밥을 먹지 못했고, 일에 집중을 하지도 못했다. 생각보다 그 후유증이 거셌던 것이다.

유림 씨의 얼굴을 보는 것도 괴로워서 노골적으로 그녀를 피했다.

이젠 정말 그녀를 포기해야 할지도 모른다. 이런 생각이 들자 삶의 모든 의욕이 사라졌다.

그럴수록 일은 산더미처럼 쌓여 갔다. 그래서 어쩔 수 없이 일에 매달렸다. 그랬더니 좀 살 것 같았다. 마침 중요한 바이어 미팅과 신제품 계약 건 등등 할 일이 많았던 것이다.

그렇게 정신없이 일하고 오후 늦게 회사로 돌아가는 길이었다. 횡단보도 앞에 서 있는데 저 멀리 유림 씨처럼 보이는 여자가 눈에 들어왔다.

단정하게 하나로 묶은 머리와 무릎을 가린 정장 치마가 딱 그녀처럼 보였다. 하지만 그녀는 아니었다. 그녀였다면 내 심장이 제일 먼저 알아차리고 뛰었을 테니까.

'현유림. 넌 정말 내가 그렇게 싫으냐? 왜? 도대체 왜?'

그녀 생각을 하다가 퍼뜩 정신을 차리니 눈앞의 신호등 색이 이미 바뀌어 있었다. 나는 그런 줄도 모르고 서 있다가 깜박거리는 초록색 불을 보고서야 급히 달리기 시작했다.

끼익——

그때 출발하려던 차가 급정거를 하면서 나를 들이받았고, 나는 그대로 넘어졌다. 큰 충격은 아니었지만 꽤 놀랐다.

"괜찮으세요?"

운전자가 당황한 얼굴로 내게 달려왔다. 괜찮다고 말하고 싶었지만, 다리가 상당히 아팠다.

"괜찮……지가 않네요."

결국 그대로 병원으로 실려 왔다. 다리에 깁스를 하고 쉬고 있는데 회사에서 연락이 왔다. 자초지종을 설명하고 전화를 끊자 또다시 할 일이 없어졌다. 쉬는 것밖에는.

솔직히 쉬는 건 달갑지 않은 일이었다. 자꾸 누가 생각나니까. 어쩔 수 없이 멍하니 창밖만 보면서 쉬고 있는데 갑자기 병실 문이 거칠게 열렸다.

"유 대리님……!"

문을 거칠게 열고 들어온 이는 자꾸 생각나던 유림 씨였다. 그녀가 이곳까지 올 줄은 정말 몰랐다. 그래서 조금 어안이 벙벙했다.

"유 대리님! 어쩌다 이런 거예요?"

"아아, 별거 아니에요. 차에 살짝 치였는데……."

일부러 대수롭지 않다는 어투로 말했는데도 유림 씨의 표정은 조금 전보다 더 일그러졌다.

"미안해요!"

다음 순간 유림 씨가 갑자기 이불을 부여잡고 사과를 했다.

"네? 뭐가요?"

갑작스러운 그녀의 사과에 나는 의아했다. 그때 그녀가 울먹거리면서 말을 이었다.

"저 때문에, 저랑 하 대리 생각하느라 교통사고 당하신 거잖아요?"

나는 초록불이 깜박이는 동안 건너려고 급히 달리다가 사고를 당했다. 그러니 내 실수라기보다 운전자 실수가 90퍼센트 이상인 사고였다. 하지만 지금 그 사실을 굳이 밝힐 필요는 없을 것 같았다.

"아아, 그게……. 영향이 없었던 건 아니지만……."

내가 씁쓸한 어조로 말을 잇자 그녀가 울 것 같은 얼굴로 소리쳤다.

"사실은 저 하 대리랑 안 사귀어요!"

"!"

유림 씨는 내가 아프다니까 그제야 솔직해질 마음이 든 모양이다. 하지만 이렇게까지 사실대로 말해 줄 줄은 몰랐다.

"솔직히 당신이 부담스러워서 그랬어요."

그녀의 말에 눈물이 날 정도로 기뻤다. 그녀가 부담스럽다고 말하는데도 나는 너무 기뻤다.

"큰 키랑 예쁜 눈웃음도 부담스럽고, 여자들한테 인기가 너무 많은 것도 부담스럽고, 그런데 그런 사람이 자꾸 나 좋다고 하니까 더 부담스럽고…… 그래서 하 대리랑 사귀는 척 거짓말을 했어요. 거짓말해서 정말 미안……!"

"나 다 알고 있었어요."

나는 그녀의 말을 자르며 부드럽게 말했다. 그러자 유림 씨의 입이 벌어진 상태로 굳어졌다. 그 모습마저도 그저 사랑스러웠다.

"나도 사랑에 빠진 남잔데, 내가 설마 하 대리가 유림 씨를 보는 눈빛이 사랑인지 우정인지조차 구분 못 했을까 봐요?"

모든 걸 솔직하게 말해 준 그녀가 너무 고맙고 사랑스러웠다. 그래서 나는 그녀를 지그시 쳐다보면서 말했다.

"남자는 사랑하는 여자를 그렇게 쳐다보지 않아요."

그러고는 자연스럽게 그녀와 눈을 마주보면서 말을 이었다.

"이렇게 쳐다보지."

유림 씨의 두 볼이 붉어졌다. 이제껏 본 적 없을 정도로 그녀는 수줍어했다. 나는 그런 그녀의 얼굴에서 시선을 떼지 않고 계속 바라보았다.

♥

늦은 밤 화장실에 가기 위해 병실 문을 열고 나왔다. 터벅터벅 걸어 화장실 앞에 도착을 했는데 그 순간 안에서 소란스러운 소리가 들려왔다.

잘 들어 보니 우리나라 말이 아니었다.

'중국어?'

화장실 안에서는 중국인인 듯한 남자가 뭐라 뭐라 떠들고 있었다. 자세히 들어 보니 누군가를 칭찬하는 내용이었다. 순간 호기심이 생긴 나는 재빨리 안으로 들어갔다.

화장실 안에는 환자복을 입고 있는 중국인 남자 한 명과 아주 반가운 의사가 한 명 서 있었다.

"아, 뭐래는 거야. 한국 병원에 입원을 했으면 한국말을 써야지 말이야. 이봐요. 대체 저한테 왜 화를 내는 거예요?"

중국인 남자에게 불만 어린 얼굴로 꿍얼거리고 있는 의사는 유림 씨의 오빠 현유현이었다.

"형님!"

내가 그를 부르자 유현 형님은 고개를 돌려 나를 쳐다보았다. 나를 본 그의 얼굴에 곧 미소가 피어올랐다.

"어? 유 군!"

입원한 지 이제 삼 일째라 유현 형님과 만난 건 이번이 처음이었다. 반갑게 인사를 건네던 그가 내 깁스한 다리를 보며 물었다.

"다쳤어?"

"아, 살짝요. 근데 무슨 일 있으십니까?"

내가 중국인 환자와 유현 형님을 번갈아 쳐다보며 묻자 형님이 말했다.

"혹시 자네 중국어 좀 할 줄 아나? 내가 유일하게 못 하는 게 중국어라서 말이야."

"네. 할 줄 압니다."

"그래? 그럼 이 환자한테 말 좀 전해 줘. 왜 갑자기 나한테 화를 내는 거냐고."

유현 형님의 말에 나는 중국인 환자를 쳐다보았다. 그리고 능숙한 중국어로 말했다.

『무슨 일이시죠?』

갑자기 익숙한 말이 들려서인지 중국인 환자의 얼굴이 환해졌다. 밝아진 얼굴로 그가 말했다.

『이 의사선생님이 너무 잘생기셔서 결혼했는지 물었습니다만, 안타깝게도 중국어를 못 하시더군요. 만약 이 잘생긴 의사 선생님이 아직 미혼이시면 저한테 장성한 딸이 있는데, 그 딸을 소개해 드리고 싶습니다.』

중국인 환자의 말을 그대로 통역해 주자 유현 형님은 머쓱한 듯 큰 소리로 웃었다.

"하하하하하, 아임 쏠로, 쏠로. 원 헌드레드 퍼센트 쏠로. 암 쏘 쏘리 벗 아임 낫 인터레스티드 인 결혼."

……이 형님, 중국어만 못 하시는 거 아니었나? 근데 영어 발

음은 왜 저러지? 그리고 마지막에 '결혼'은 왜 또 한국어로 한 거지? 게다가 그걸 자각하지도 못한 것 같다……!

나는 유현 형님의 저급한 단어 선택과 발음에 의문을 가졌지만, 그걸 굳이 입에 담지는 않았다.

"하하하, 그런 거였구먼. 난 또 억양 때문에 화내는 줄 알았네."

그 중국인 환자를 보낸 후 유현 형님은 내 어깨에 팔을 두르며 어깨동무를 했다. 그는 아주 기분이 좋아 보였다.

"민석 동생, 내가 자네한테 큰 신세를 졌네."

"아닙니다. 신세는 무슨."

내가 겸손하게 대답하자 유현 형님의 미소가 더욱 짙어졌다.

"전부터 느낀 건데, 나 자네 상당히 마음에 들어. 자네, 내 엑스동생 할 텐가?"

엑스동생이라는 단어 선택이 굉장히 올드해서 마음에 걸렸지만, 이 역시 입에 담지는 않았다. 그는 유림 씨의 오빠니까.

"아, 네. 좋습니다. 저야 감사하죠. 형님 같은 좋은 분이 엑스형님이면."

"좋아. 이제 우린 의형제야, 의형제."

"네."

유림 씨는 나에게 하 대리와 사귀지 않는다고 솔직하게 고백을 했고, 이제 유림 씨의 오빠까지 완전한 내 편이 되었다.

모든 게 너무 순조롭게 흘러가서 나는 기분이 무척 좋았다.

♥

어쩐지 너무 순조롭게 흘러간다 했다.

"장난이라면 그만해."

병문안을 온 하 대리의 눈빛은 전과 달라져 있었다. 못 본 사이 그가 변한 것이다. 나는 그게 조금 불안하고 무서웠다.

"유림이 착하고 순진한 애야."

하 대리가 타이르듯 말했지만 나 역시 꽤 진지했다.

"알아. 그래서 나 꽤 진지해."

"내가 유대 좋아하는 스타일을 몰라? 여태까지 만났던 여자도 다 쭉쭉빵빵에 기가 센 여자들뿐이면서, 이번엔 왜 순진한 유림이야?"

하 대리는 전에 본 적 없는 무서운 얼굴로 나를 다그쳤다. 하지만 내가 할 수 있는 대답은 딱 하나였다.

"나도 몰라."

"몰라? 그런 무책임한 말이 어디 있어?"

하지만 나도 정말 그 이유를 모른단 말이다. 그냥 현유림이 좋은 걸 뭐 어쩌란 말인가.

그런데 그때 문득 하 대리의 이런 행동들이 기분 나빠졌다.

"하 대리야말로 너무 지나치게 반응하는 거 아니야? 둘이 친구 사이인 줄 알았는데, 아닌 거야?"

아무리 유림 씨와 절친한 친구라 해도 도가 지나친 반응이지 않은가. 그래서 목소리가 절로 날카로워졌다.

"아니라면 어쩔 건데?"

"!"

확실히 하 대리는 달라졌다. 그렇다면 나도 달라질 수밖에 없다.

"그럼 나도 더 이상 하 대릴 이렇게 신사적으론 못 대하지."

"신사적? 이게 신사적인 거면 신사적이지 않은 건 뭘까 아주 궁금한데?"

유림 씨의 등장으로 우리의 대화는 거기서 멈출 수밖에 없었지만, 그로 인해 나는 아주 불안해졌다. 하 대리는 아무래도…….

"아무래도 하 대리가 유림 씰 좋아하는 것 같아요."

하 대리가 돌아간 후 나는 유림 씨에게 이렇게 말했다. 하지만 그녀는 믿지 않았다.

"그런 거 아니에요. 그냥 친하니까, 워낙 친하니까 걱정하는 거예요."

"아니요."

나는 단호하게 고개를 저었다.

"눈빛이 변했어요, 하 대리."

나는 그게 너무 불안했다. 그래서 빠른 시일 내에 유림 씨와의 관계를 확실하게 해 두고 싶었다.

♥

"축하해요."

병실로 들어온 유림 씨의 분위기가 심상치 않다는 건 느끼고 있었다. 하지만 이런 말을 할 줄은 정말 몰랐다.

"제가 당신의 유혹에 홀라당 넘어가 버렸거든요."

"네?"

그 순간 심장이 뛰는 속도가 빨라졌다. 드디어 그녀에게 고백을 받은 것이다. 나에게 넘어왔다는 고백.

"이걸로 우리 회사에서 당신 유혹에 안 넘어갈 여직원은 단한 명도 없게 됐네요. 그러니까 이제 승부욕 그만 불태우셔도 됩니다."

그런데 그녀의 고백이 조금 이상했다.

우리 회사? 유혹? 승부욕?

"네? 그게 대체 무슨……."

"저까지 당신을 좋아하니까 이제 우리 회사 모든 여직원들이 당신을 좋아하는 겁니다. 이제 만족하십니까?"

"아니, 만족은 하는데, 그런 만족이 아니라……."

"됐습니다. 그러니까 이제 그만하시죠."

나는 물론 유림 씨가 날 좋아한다니까 아주 만족스럽다. 사내모든 여직원들이 날 좋아한다 해도 그건 나하고는 아무 상관없는일이다. 난 오로지 현유림이 날 좋아한다니까 그걸로 좋다.

"그러니까 유림 씨도 날 좋아한단 거죠?"

내 질문에 유림 씨는 고개를 끄덕였다.

"네. 이제 만족하십니까?"

만족한다. 아주 만족한다.

"네. 물론 만족하죠. 내가 이 순간을 얼마나 고대해 왔는데요."

얼굴 가득 행복한 미소가 지어졌다. 하지만 그 미소는 오래 지속되지 못했다.

"암튼 축하해요. 그럼 저 이제 가 볼게요."

우리가 사귀게 된 이 감격스러운 순간에 그녀는 집으로 돌아가겠다고 말했다. 그게 나는 너무 이상했다.

"네? 이게 끝이에요?"

"네. 이제 이렇게 단둘이 만나는 일도 없을 겁니다."

그 순간 눈썹이 살짝 구겨지고 입술 끝이 떨려 왔다. 왠지 이 상황, 전에도 겪었던 것 같다.

"유림 씨 설마……."

"네, 맞습니다."

날 보는 유림 씨의 차가운 눈빛을 마주하는데 순간 정신이 확 들었다.

'난 아까부터 대체 무슨 착각을 하고 있는 거지?'

좋아한다고 말하는 여자가 어떻게 저렇게 차가운 얼굴을 할 수 있단 말인가. 이건 뭔가 잘못돼도 한참 잘못된 것이다.

"제가 또 유 대리님 차는 거예요."

하지만 나는 도저히 이해할 수가 없었다.

'도대체 왜? 날 또 왜?'

그녀가 돌아가고 난 후 나는 계속 그녀의 말을 곱씹고 또 곱씹었다.

'이걸로 우리 회사에서 당신 유혹에 안 넘어갈 여직원은 단 한 명도 없게 됐네요. 그러니까 이제 승부욕 그만 불태우셔도 됩니다. ……저까지 당신을 좋아하니까 이제 우리 회사 모든 여직원들이 당신을 좋아하는 겁니다. 이제 만족하십니까?'

그 순간, 몇 달 전에 김지혜 씨가 비슷한 말을 했다는 사실이 떠올랐다.

'혹시?'

나는 당장 지혜 씨에게 전화를 걸었다. 통화 연결음인 노래 소리가 짧게 들린 후 그녀의 목소리가 들려왔다.

―어머, 유 대리님이 웬일이세요?

매우 반가워하는 지혜 씨의 목소리와는 대조적으로 내 목소리는 아주 침울했다.

"김지혜 씨."

―네.

"혹시 현유림 씨한테 무슨 말 했습니까?"

―네? 아, 아뇨. 아무 말도 안 했는데요?

그녀는 딱 잡아뗐지만 나는 그렇게 호락호락한 남자가 아니다.

"솔직하게 말씀해 주십시오. 그럼 화를 내지는 않겠습니다. 대신, 말씀을 안 해 주신다면 화를 내겠습니다."

그러자 잠시 후 지혜 씨가 말을 시작했다.

―아, 저, 그게 실은…….

이러지 마세요? (유 대리ver.)
5

퇴원 날이 되었지만 나는 전혀 기쁘지 않았다. 오히려 가슴이 갑갑해서 한숨만 새어 나왔다.

도대체 어떻게 유림 씨와 오해를 풀어야 좋을지 모르겠다.

'그냥 무작정 찾아가서 오해라고 말하면 되려나?'

고민을 하면서 퇴원을 위해 짐을 싸고 있던 그때였다.

"엑스동생!"

유현 형님이 창피한 호칭을 부르며 병실 안으로 들어왔다.

"퇴원 기념으로 우리 집에서 한잔하자. 어때? 콜?"

유쾌한 유현 형님의 제안에 나는 기다렸다는 듯이 달려들었다.

"네. 좋습니다."

일단 그녀를 만나는 것이 좋겠단 생각이 들었기 때문이다.

우리는 곧바로 유현 형님의 집이자 유림 씨의 집으로 와서 술 잔을 기울이기 시작했다.

술을 마시면서도 이제 곧 유림 씨가 퇴근해서 올 거란 사실을 염두에 두고 있었다. 그렇다 보니 나는 형용할 수 없는 긴장감 속에서 술을 마셔야 했다. 그래서인지 술에 취하지도 않는 것 같았다.

하지만 그건 착각이었다. 계속 그렇게 긴장한 채 술을 홀짝홀짝 마셨더니 결국엔 꽤 취해 버리고 말았던 것이다. 아직 유림 씨가 오기 전인데 말이다.

……정확하게 기억나는 건 거기까지였다.

'여기가 어디지?'

아침에 눈을 떠 보니 낯선 천장이 나를 반기고 있었다. 멍하니 그 천장을 올려다보다가 고개를 슥 돌렸다.

"!"

하마터면 입에서 헉— 소리가 튀어나올 뻔했다. 바로 옆에서 유림 씨가 잠을 자고 있었던 것이다. 잠든 그녀의 말간 얼굴을 보는데 그 순간 어제의 일들이 파노라마처럼 스쳐 지나갔다.

제일 먼저 기억나는 건,

'유림 씨 내가 왜 싫어요? 나 솔직히 어디 가서 잘생겼다는 소리 많이 듣고, 돈도 잘 벌어요. 그리고 전에도 말했지만 우리 집도 좀 살고요. 평화무역이라고 들어 봤죠? 거기 사장이 우리 아빠예요!'

아. 이런.

아무리 취했기로서니 유림 씨한테 저런 이상한 소리까지 하다니. 취한 게 아니라 미친 거였냐, 유민석! 하지만 기억나는 것은 그뿐만이 아니었다.

'나 자존심 되게 세서 여태껏 여자한테 먼저 대시해 본 적 한 번도 없어요. 남자가 없어 보이게 왜 먼저 좋다고 쫓아다녀야 하는지 그 이유를 몰랐던 사람이라고, 난. 근데 그런 내가 먼저 너 좋아한다고 고백하고 계속 쫓아다니고, 남친 있다는 거 짓말까지 하는데도 네가 좋으니까…… 네가 좋아서 양다리 걸치라는 웃기는 제안까지 했어요. 미치지 않고서야, 고작 여자 꼬시는 능력 한번 시험해 보겠다고 그렇게까지 하는 놈이 어디 있어요?'

해명을 하긴 한 모양인데…… 왜 저딴 식으로 반말이랑 존댓말을 섞어서 했지? 난 어제 대체 무슨 짓을 한 거지?

그 순간 다른 말을 한 것도 떠올랐다.

'지금도 네 입술에 키스하고 싶어 미치겠어요. 그거면 됐지, 이유가 꼭 필요해요?'

오 마이 갓.

술기운에 낯간지러운 소릴 참 잘도 했구나.

어쨌든 오해도 풀고 고백까지 한 것 같아서 다행이긴 했다. 그 과정이 조금 창피해서 그렇지. 그때 내 뇌리를 스치는 한 조각의 기억이 있었다.

'우리 한번 만나 볼래요?'

그래. 맞다. 나는 어제 유림 씨와 정식으로 사귀는 사이가 되었다. 갑자기 심장이 두근두근 기분 좋게 뛰면서 입가엔 절로 미소가 지어졌다. 웃음 띤 얼굴로 유림 씨의 잠든 얼굴을 물끄러미 쳐다보았다.

그런데 그 순간,

'말도 안 돼. 좋아하는 여자를 바닥이나 소파에서 재우는 남자는 이 세상에 단 한 명도 없을 겁니다! 차라리 내가 베란다에서 자겠소.'

'아니, 얘기가 왜 그렇게까지 극단적으로 가요?'

'나 혼자 이곳에서 편히 잘 순 없습니다요.'

'그냥 좀 자요.'

'안 됩니다요.'

'아 그냥 좀 자라고요.'

뭐, 뭐지, 이 살벌한 촌극은?

설마 어제 내가 저 말을 정말 저대로 내뱉은 건 아니겠지? 분명 내 기억이 조작된 거겠지?

현실을 부정하고 싶었지만, 그 기억은 점점 뚜렷해졌다.

창피하다. 너무 창피하다. 아무래도 일부는 기억이 안 나는 척 연기를 해야겠다.

그동안 술을 이렇게 많이 마셔 본 적이 없어서 몰랐는데, 내 주사는 정말이지 심하게 진상이구나.

그런데 유림 씨의 주사는 뭘까?

문득 궁금해졌다.

♥

나는 질투가 심한 남자다. 좋아하는 여자한테도 그렇지만, 사랑하는 여자한테는 더 심한 그런 남자다.

―저 오늘 밤요, 하&#*$%@랑 술 한잔 마시고 들어갈 거예요.

그런 남자에게 이건 정말 아닌 것 같다.

"뭐라고요?"

분명 유림 씨와 나는 오늘 저녁 데이트 약속을 했다. 즉 내 약속이 선약이라는 말이다. 그런데 이건 또 무슨 일이란 말인가?

―그러니까 오늘 저녁은 같이 못 먹어요.

"아뇨. 그 전에 말 좀 분명하게 해 줄래요? 오늘 밤 다음부터요."

―그러니까, 오늘 밤 하#$%!^@랑 술 한잔 마시고…….

"그러니까, 그 '하' 뒷부분을 자세히 좀 들려줄래요?"

하 대리. 유림 씨가 '하 대리'를 말하기 어려워한다는 걸 잘 알고 있다. 내가 그와 같이 있다고 하면 화낼 게 분명하니까.

그런데 그때 갑자기 전화기 너머로 하 대리의 목소리가 들려왔다.

─유림이 나랑 술 한잔 마시고 들어갈 거야. 그렇게 알아.

그 목소리에 갑자기 울컥 화가 치밀었다.

'이 자식, 안 그래도 요즘 유림 씨 보는 눈빛이 변해서 거슬렸는데, 대체 무슨 꿍꿍이지?'

하 대리는 분명 유림 씨를 좋아하는 게 틀림없다. 그걸 알기에 화가 나고 불안했다.

하지만 인질을 잡고 있는 범인을 일부러 자극할 필요는 없는 법. 끓어오르는 화를 억누르고 나는 최대한 여유로운 척 말했다.

"그럼 이따 내가 데리러 갈게. 우리 유림이 술 약하거든."

─걱정 마. 택시 많은데, 뭐. 아님 우리 집에서 재워도 되고.

"뭐? 야!"

버럭 소리를 질렀지만 범인 아니, 하 대리는 그대로 전화를 끊어 버렸다.

'이 자식이 지금 나를 자극해?'

한참 씩씩거리며 화를 삭인 나는 평정심을 되찾은 후 다시 유림 씨에게 전화를 걸었다. 제법 긴 통화 연결음 끝에 유림 씨의 목소리를 들을 수 있었다. 하지만 뭔가 이상했다.

─어머. 목소리가 멋지시네요.

지나치게 밝으면서도 어딘가 요염하게 들리는 목소리에 조금 의아함을 느꼈다.

"저기, 그거 현유림 씨 휴대폰 아닌가요?"

─맞아용. 저 현유림 맞습니당.

이런. 정말 그녀였다.

"유림 씨, 혹시 취했어요?"

ㅡ딩동댕!

입에서 절로 한숨이 새어 나왔다. 대체 시간이 얼마나 지났다고 이렇게 취했단 말인가?

"후우…… 그래서 어디십니까, 유림 씨?"

ㅡ알아맞혀 봐요. 알아맞히면 뽀뽀해 줄게요. 이렇게. 쪽쪽쪽ㅡ

휴대폰 너머에서 입술을 모아 뽀뽀하는 소리가 들려오는데 너무 기가 막혔다.

이런 모습은 내가 바로 곁에 있을 때만 보여 달란 말이다.

평소와 달리 묘하게 섹시하게 풀어진 그녀의 모습을 하 대리가 다 지켜보고 있다고 생각하니 또다시 화가 치밀었다.

아무래도 안 되겠다. 그녀를 데리러 가야겠다.

"현유림."

내가 낮고 무거운 음성으로 그녀의 풀네임을 부르자 그제야 그녀가 얌전해졌다. 그래서 이번엔 목소리를 조금 크게 내 보았다.

"어디야? 너 지금 어딘데?"

ㅡ…….

잠시 침묵이 흐른 후 그녀가 드디어 입을 열었다.

ㅡ어머. 소리 지르지 마요. 유림이 놀라잖아용.

소용이 없었다. 화를 내는 것 따위는.

그래서 나는 그녀를 어르고 달래서 겨우 힌트를 얻어 냈다.

—자세히는 좀 그렇고, 힌트만 드릴게요. 회사. 치맥.

결국 나는 회사 앞 호프집을 다섯 군데 넘게 뒤지고 나서야 유림 씨와 하 대리가 있는 곳을 찾아낼 수 있었다.

가쁜 숨을 몰아쉬며 그들에게 다가서는데, 그 순간 믿을 수 없게도 유림 씨가 하 대리에게 뽀뽀를 하려고 했다.

"에이, 나 술 먹였다고 유 대리가 하 대릴 왜 때리겠어? 내 남친도 아니고. 아휴, 암튼 귀여워 죽겠어, 우리 상훈이, 하상훈."

"하지 말라니까, 이 키스마……!"

그녀를 말리며 하 대리가 외치는 말에 나는 순간 열이 확 뻗쳐서 냅다 하 대리의 멱살을 잡아챘다.

"보아하니 술 마시면 기억이 리셋되는 것도 모자라 키스마까지 되는 것 같은데, 그런 여자한테 술을 먹여? 하 대리 너 지금 나한테 싸움 거는 거지?"

"내가 먹인 거 아니라고! 그리고 쟨 기억이 리셋되는 게 아니라 생각 정리가 늦는 거야. 시간 좀 흐르면 네가 지 남친인 것도 기억해 낼걸?"

"우리 유림이에 대해 아는 게 참 많네."

"너무 많아서 탈이지. 암튼 '회사'랑 '치맥' 두 단어만 듣고 여기까지 찾아오느라 고생이 많았다, 친구."

전부터 묘하게 거슬린다, 하 대리. 살까지 빠져서 나름 훈남

된 하 대리, 이 자식!

"그거 놓으시면 제가 왜 여태 모태솔로였는지 알려 드릴게요!"

결국 유림 씨의 어설픈 중재로 우리의 싸움은 거기서 멈췄지만, 나는 영 찜찜했다. 아무래도 하 대릴 한 대 쳐 버렸어야 속이 시원했을 것 같다.

나는 이날 한 대 치지 못한 걸 얼마 지나지 않아 바로 후회했다.

♥

"혹시 두 분도 사귀고 있는 거 아니에요?"

지혜 씨의 목소리에 나는 국을 뜨고 있던 숟가락을 멈췄다. 그녀는 나와 유림 씨가 아닌 하 대리와 유림 씨를 보고 있었던 것이다.

농담이 좀 지나친데, 김지혜 씨?

"어때? 잘 어울려?"

그런데 그때 하 대리가 유림 씨의 의자 뒤에 팔을 올리며 말했다. 그 모습을 보자마자 이성에 금이 쩍 갔다. 저건 분명 나에게 또 시비를 거는 거다.

역시 그날 한 대 패 줬어야 하는 건데, 무지 후회된다.

"어머, 어머! 진짠가 봐."

"두 분 잘 어울려요!"

여직원들이 소란을 피우기 시작했다. 그 때문에 나는 더욱 화가 났다.

"그런 거 아니에요. 친해서 그런 거니까 괜한 오해 마요."

유림 씨가 적극적으로 부인을 했는데도 여직원들은 들은 척도 안 했다.

"왜요? 부끄러워하지 마세요, 유림 씨."

"그래요. 두 분 너무 잘 어울려……."

탁—

그래서 나는 물컵을 소리가 나도록 세게 내려놓았다. 그러고는 여직원들과 하 대리를 차례로 주욱 훑어보면서 입을 열었다.

"제가 알기론 유림 씨한텐 하 대리 말고 다른 남자 친구 분이 있는 것 같던데. 그쵸, 현유림 씨?"

그러자 여직원들이 또 소란을 피웠다.

"어머, 유림 씨 남자 친구 있어?"

"누군데? 어디서 만났는데?"

"유림 씨 선봤니?"

그렇게 그 사건은 일단락되는 느낌이었지만, 내 기분은 무척 나빴다.

그 기분 나쁜 일이 있었던 바로 다음 날 나는 하 대리를 옥상으로 불러냈다.

"하 대리님."

옥상으로 올라온 하 대리를 정중하게 불렀다. 그러자 그가 두 눈을 휘둥그레 떴다.

"어우야, 정 없이 왜 그렇게 딱딱하게 불러?"

평소와 똑같은 하 대리에게 나는 싸늘한 어조로 물었다.

"너 우리 유림이 좋아하지?"

"뭐래."

"솔직하게 말해 봐. 나한텐 다 들켰으니까."

"……."

하 대리는 아무 말도 하지 않았지만 나는 그 대답을 들은 것만 같았다.

"고백하지 마."

다음 순간 나는 하 대리에게 낮은 목소리로 경고했다.

"하면 죽는다."

"헐. 너 이렇게 무서운 놈이었냐?"

내 말에 하 대리는 여전히 장난스럽게 웃었다. 하지만 나는 웃음기 없는 딱딱한 표정으로 그를 응시했다. 그러자 잠시 후 그가 웃음을 멈추고 입을 열었다.

"그런데 말이야."

나는 여전히 표정 없는 얼굴로 그를 바라보았다. 그런 나를 보며 그가 나머지 말을 이었다.

"넌 유림이를 그렇게 못 믿냐?"

"믿는데?"

"그럼 나한테 고백받아도 널 선택할 거라 믿어야지."

생각지도 못한 하 대리의 말에 납득한다는 듯 고개를 끄덕였다.

맞는 말이다. 하지만 나는 그걸 걱정하는 게 아니다.

"설마 나한테 뺏길 것 같냐?"

생글거리며 묻는 하 대리에게 나는 진지하게 말했다.

"나는 단지 네가 친구 여자한테 집적거리는 쓰레기는 되지 않았으면 해서 하는 말이야."

나는 솔직히 하 대리가 좋다. 친구로서 그를 잃고 싶지 않다. 그러니 그가 조용히 포기해 주길 바랄 뿐이다.

"너, 만약에 내가 이미 고백했으면 어쩔래?"

그때 하 대리가 불쑥 내게 물었다. 그래서 나는 즉답했다.

"죽일 거야."

"고백한 정도로 사람 죽이지 마. 내가 뭐 빼앗은 것도 아니고."

또다시 하 대리는 장난스럽게 웃었다. 그 얼굴에 나도 웃음이 났다. 나는 역시 저런 하 대리가 좋다.

"내 말 잘 들어, 너."

나는 이렇게 말하면서 하 대리를 향해 걸어갔다. 그리고 그의 앞에 멈춰 서서 말을 이었다.

"내 여자 몸에 손대지 마. 건드리지 마. 좋아하지도 마."

다음 순간 나는 하 대리의 어깨로 손을 올려 그 어깨를 툭툭 쳐 주었다.

"앞으로도 나랑 이렇게 웃으면서 대화하고 싶으면."

마지막으로 그를 향해 씨익 웃었다.

"경고했다, 하상훈."

그러자 하 대리는 이번엔 조금 씁쓸해 보이는 얼굴로 웃었다.

♥

나는 솔직히 유림 씨가 어떤 모습이어도 좋다. 어떤 모습이어도 사랑에 빠질 자신이 있으니까.

"유 대리님은 제가 예뻐진 게 안 기뻐요?"

"안 기뻐요. 난 원래 유림 씨가 예쁜 걸 알고 있었는데 왜 새삼스럽게 기뻐해야 하죠?"

안경 끼고 단정한 옷차림의 그녀도, 지금처럼 예쁘게 화장하고 치마 입은 그녀도, 다 현유림이니까 나는 좋다.

"아. 혹시 내가 이 말 한 적 있던가요?"

내 질문을 들은 그녀의 얼굴에 물음표가 떴다. 그런 그녀에게 미소를 지으며 달콤하게 속삭였다.

"사랑해요."

이런 적 처음일 정도로.

"……저도요."

"뭐라고요? 안 들려요."

내 진심을 몇 번이나 의심한 그녀지만, 그래서 더더욱 우리의 관계는 깊어졌다. 그로 인해 우린 서로를 더 잘 알 수 있었고, 사랑할 수 있었다.

"사랑해요, 민석 씨."

그녀의 고백에 마치 세상을 다 가진 듯한 기분이 되었다.

"이런 적 처음인데, 정말 사랑해요."

하지만 장담컨대 아마도 내 쪽이 그녀를 더 많이 사랑하고 있을 것이다. 그건 하늘이 정해 놓은 우리의 운명이다.

—fin

에필로그
上

회사에서 당당하게 커플링을 끼고 다닌 지 자그마치 3개월이
지났다. 하지만 우린 아직도 비밀연애 중이다.

그도 그럴 것이 같은 반지를 끼고 있는데도 아무도 유 대리님
과 내가 커플인 걸 의심하지 않는단 말이다!

그건 정말이지 꽤 열 받는 일이었다.

다들 유 대리님이 반지를 끼고 있으니 애인이 있겠구나 하고,
나도 반지를 끼고 있으니 애인이 있겠구나 하면서도 우리 두 사
람을 연결시키지는 않는다.

아니, 아무리 반지 모양이 심플하기로서니 이렇게 노골적으로
같이 끼고 있는데도 눈치를 못 채는 게 말이나 되느냔 말이다.

아님 다들 알고는 있는데 인정하기가 싫은 건가? 그런 건가?

그렇게 나는 반강제적인 비밀연애를 유지하고 있었다.

"어이, 현뉴림! 뉴리마!"

사무실을 향해 가고 있는데 복도에서 누군가 나를 불렀다. 굳이 돌아보지 않아도 그가 누군지 알 것 같았다.

'무슨 사람 이름을 저렇게 느끼하게 불러? 아침부터.'

잠시 후 하 대리가 내 어깨에 자신의 팔을 두르며 어깨동무를 해 왔다. 그런 그를 향해 나는 서늘하게 말했다.

"그렇게 부르지 마."

"내가 새로 개발한 네 별명인데, 귀엽지 않냐?"

하 대리가 생글거리는 얼굴로 몸을 기대 왔기에 나는 부드럽게 그를 밀쳐 냈다. 하지만 그는 전혀 밀리지 않았다.

"무거우니까 내 가냘픈 어깨에서 팔 좀 치워 줄래?"

"어우야, 무겁다니? 내가 다이어트해서 얼마나 날씬해졌는데?"

웃기지도 않는 하 대리의 농담에 나는 그의 배를 향해 팔꿈치를 날렸다.

"배가 다시 돌아오셨거든요?"

"하하, 맞아. 나 요즘 요요 왔잖아."

지난 3개월 동안 하 대리는 다시 통통해졌다. 아무래도 하 대리의 원래 체형은 곰같이 동글동글한 체형인 모양이다.

그런데 나는 이쪽이 더 좋다. 통통한 하 대리가 더 하 대리 같아서 나는 좋다.

"난 좋아, 통통한 하 대리."

"어라? 뉴림이 너 지금 고백한 거야, 이 쌍후니한테?"

말을 하면서 하 대리는 장난스럽게 팔로 내 어깨를 누르기 시작했다.

그에게 뉴림이란 별명 드럽게 마음에 안 든다고 따지고 있는데, 누군가가 하 대리의 팔을 잡고는 빠르고 세게 탁탁탁 때렸다.

놀란 하 대리가 고개를 돌린 순간 그 사람이 내 어깨에서 하대리의 팔을 휙 걷어 냈다.

"팔 좀 내려, 인마."

살벌한 목소리의 주인공은 나의 사랑 유 대리님이었다.

"어이구, 무서워라."

팔을 잡고 아픈 시늉을 하며 하 대리가 어깨를 움츠렸다. 그 사이 유 대리님은 나와 하 대리를 갈라놓으며 가운데에 자리를 잡았다.

"좋은 아침, 유림 씨."

유 대리님은 나에게 찡긋 윙크를 날리고는 하 대리를 돌아보며 싸늘하게 말했다.

"유림 씨 어깨에 팔 좀 작작 올려, 하 대리."

그 말을 듣자마자 하 대리는 우리 둘을 흘겨보며 입을 삐죽거렸다.

"왜? 둘이 무슨 사이라도 돼?"

하 대리의 말에 유 대리님은 자신의 오른손을 들어 반지를 척 보여 주었다. 그러자 하 대리는 그의 손과 내 손을 번갈아 보면서 떨떠름한 표정을 지었다. 곧 그가 안타깝다는 듯이 혀를 찼다.

"쯧쯧쯧, 그렇게 노골적으로 커플링을 끼고 있는데도 커플로 인정 못 받는 커플은 아마 너네밖에 없을 거다."

맞는 말이다.

3개월 전 우리는 비밀연애를 공개하는 일을 운명에 맡겼었다. 커플링을 끼고 있다가 들키면 밝히는 걸로. 하지만 커플링을 끼고 있는데도 들키지 않았다.

회의 시간에 프린트 물 나눠 줄 때에도 반지 낀 오른손으로 나눠 주고, 기침을 하거나 이마를 짚을 때도 꼭 반지 낀 손을 움직이는데, 그럼에도 들키지 않았다. 그래서 이젠 오기로라도 내 입으론 말을 못 하겠다.

그때 먹구름이 드리워진 내 어두운 얼굴을 발견한 하 대리가 사무실 복도를 휙휙 둘러보며 말했다.

"내가 여기서 소리 질러 줄까? 얘네 둘이 사귄대요! 이렇게?"

그 말에 유 대리님과 나는 동시에 대답했다.

"좋은데?"

"하지 마."

극명하게 갈리는 의견에 하 대리는 웃음을 터뜨렸다. 큭큭거리며 웃던 그가 우리 둘을 향해 다시 물었다.

"너희 의견이 확 갈렸는데? 대체 누구 의견을 따라야 돼?"

그래서 유 대리님과 나는 또다시 동시에 입을 열었다.

"당연히 유림 씨지."

"당연히 나지."

우리를 보고 있던 하 대리가 또 웃음을 터뜨렸다.

"우리 민석이, 뉴림이한테 꽉 붙잡혀 사는구나? 그럼 나 여기서 발표 못 하는 거야, 둘이 사귀는 거? 큰 소리로 떠들어 줄 자신 있는데."

눈을 초롱초롱하게 빛내는 하 대리에게 나는 조금 침울해진 목소리로 말했다.

"그렇게 굴욕적으로 밝히고 싶지 않아."

"그러다 이대로 헤어지면? 너희 연애한 거 나밖에 모르는 거…… 컥!"

그 순간 나는 하 대리의 배를 팔꿈치로 찔렀고, 그와 동시에 유 대리님은 하 대리의 목덜미를 손날로 쳐 버렸다.

"아파, 이 자식들아……!"

동시에 앞뒤 공격을 당한 하 대리가 우리 둘을 아니꼽다는 듯이 째려보았다.

"완전 천생연분이 따로 없네."

하 대리는 공격당한 배와 목덜미를 손으로 감싸며 빠르게 앞으로 걸어 나갔다. 그대로 사무실로 들어가려던 그가 갑자기 생각났다는 듯 다시 우리에게 돌아왔다.

"그나저나 다음 주 워크숍 말이야, 유 대리 갈 거지?"

하 대리의 말에 갑자기 두 눈이 번쩍 떠졌다.

'워크숍? 그럼 유 대리님과 여행을 가게 되는 건가?'

갑자기 심장이 두근두근 빨라지면서 설레기 시작했다.

그리고 보통 워크숍은 1박 2일이니까 그 1박 2일 동안 유 대리님과 나의 관계가 자연스럽게 밝혀질 만한 사건이 일어날 수도 있지 않은가!

"유림 씨한테 물어봐. 유림 씨가 가면 나도 가는 거니까."

옆에서 유 대리님이 하 대리를 향해 대답하자 하 대리는 미간을 찡그리며 짜증을 부렸다.

"으이구, 내가 미쳤나? 왜 아직도 이 커플 사이에 껴 있는 거지? 나 진짜 갈란다."

그가 짜증을 내면서 앞으로 걸어 나갔다. 그래서 나는 재빨리 하 대리의 팔을 덥석 잡아채며 물었다.

"워크숍, 어디로 간대?"

두 눈을 반짝반짝 빛내는 나를 하 대리는 이상하다는 듯이 쳐다보았다.

"또 가평 가겠지, 뭐."

"재미있겠다."

기대에 가득 차서 중얼거렸더니 하 대리의 얼굴이 더 일그러졌다.

"언제부터 뉴림이에게 워크숍이 재미있는 일이 됐지? 작년만

해도 거의 끌려가듯이 간 주제에!"

"올해는 다르잖아."

우리 서기가 있잖아.

나는 수줍은 눈빛으로 유 대리님을 쳐다보았다. 그러자 유 대리님도 미소 띤 얼굴로 나를 보았다.

아무리 일의 일환으로 가는 거라지만, 그래도 유 대리님과의 첫 여행이다.

두근두근. 무지 설렌다.

♥

확실히 작년과는 다른 느낌이었다. 작년엔 워크숍이란 세 글자가 그렇게 싫었었는데, 올해는 굉장히 설레는 세 글자가 되었다.

그래서인지 워크숍 짐을 싸는 손길이 그렇게 발랄할 수가 없었다.

똑똑―

그때 방문을 두드리는 노크 소리가 들렸다. 내가 짧게 대답하자 곧 방문이 열리고 접시를 손에 든 오빠가 들어왔다. 접시 위엔 예쁘게 깎인 사과가 놓여 있었다.

"과일 먹어. 내가 깎았어."

오빠는 생글생글 웃으며 책상 위에 사과 접시를 올려놓았다.

하여튼 이 동생바보.

"손은 씻고 깎은 거지?"

내가 괜히 장난스럽게 묻자 오빠는 아직 물기가 채 마르지도 않은 자신의 손을 보여 주었다.

그걸 보는 순간 과일을 깎기 전에 손을 씻은 게 아니라 깎은 후에 씻은 게 아닐까 하는 의혹이 일었지만, 그래도 깎아서 가져다 준 성의를 생각해서 맛있게 먹어 주었다.

"근데 오빠 왜 결혼 안 해? 결혼하면 부인한테 잘할 것 같은데."

아삭거리는 사과를 입에 넣은 채 나는 오빠를 향해 물었다. 그러자 오빠가 쑥스럽다는 듯이 웃으며 말했다.

"아직 너만큼 예쁜 여자를 못 찾았어."

"후후, 참나. 진짜 오빠 동생바보구나."

오빠의 말에 입술을 비집고 웃음이 새어 나왔다. 그사이 방 안을 둘러보던 오빠가 고개를 갸웃하며 말했다.

"아, 근데 방구석이 왜 이래? 쓰레기 처리장 같은 느낌이 살짝 나는데……. 냄새도 나는 것 같고."

"그 정도는 아니잖아, 이 바보야."

동생바보는 무슨. 이 오빠 그냥 바보다, 바보.

물론 지금 내 방이 워크숍을 위한 짐 정리로 조금, 아주 조금 더럽긴 하지만 쓰레기 처리장 같은 느낌까진 아니란 말이다.

"너 어디 가?"

오빠가 내 쓰레기 처리장 아니, 내 방 한구석에 놓인 여행용 캐리어를 발견하고는 두 눈을 빛냈다. 그래서 순간 심장이 덜컥했다.

"어? 어. 워크숍."

나는 분명 워크숍을 가는 게 맞다. 그런데 왜 꼭 거짓말을 하는 것처럼 입술이 바짝 마르고 오빠의 눈을 못 마주치겠는 걸까?

나는 슬며시 눈을 피하며 침대 위에 빼놓은 옷들을 가지런히 정리하기 시작했다.

내일 아침 일찍 출발이라 서둘러 짐을 정리하지 않으면 마스크 팩을 할 시간이 부족하다. 게다가 내일 입을 옷도 아직 못 정한 상태라 마음이 급했다.

"아닌데?"

그때 오빠가 갑자기 내 얼굴 앞으로 자신의 얼굴을 들이밀면서 알 수 없는 말을 했다.

"뭐가?"

"얼굴이 워크숍 가는 얼굴이 아닌데?"

옷을 보고 있던 내 시선이 천천히 오빠에게로 돌아갔다. 내 눈이 오빠의 눈과 마주치는 순간, 오빠가 마치 탐정 같은 얼굴로 말했다.

"너 지금 그 얼굴, 스무 살 때 꿈에 그리던 유럽 간다고 설레어하던 그 얼굴인데?"

하여튼 쓸데없이 예리하기는.

나는 별말 없이 다시 시선을 내려 옷을 정리했다. 그러자 옆에서 오빠가 혼자 막 혼란스러워하기 시작했다.

"아, 잠깐만. 너 혹시…… 남자랑 여행 가는 거야?"

순간 뜨끔했지만 애써 정색하며 말했다.

"왜 이래. 워크숍이라니까."

하지만 나는 거짓말이 서툰 여자라 입술 끝이 살짝 떨리는 것까진 막지 못했다. 그걸 발견한 듯, 오빠가 갑자기 문 쪽으로 몸을 홱 돌렸다.

"아버지!"

아빠를 부르며 달려가려는 오빠의 뒷덜미를 덥석 잡아챘다. 그리고 오빠의 뒤에서 서늘하게 말했다.

"아빠한테 말하면 죽는다?"

"왜? 너 워크숍 간다며? 진짜 워크숍 가는 거면 말해도 되는 거 아니야?"

오빠는 뒷덜미가 잡힌 채로 의심의 눈초리를 보냈다.

"진짜 워크숍이야. 내가 이 나이에 오빠한테 워크숍 안내문까지 보여 줘야 돼?"

"근데 왜 아버지한테 말을 못 하게 해?"

"그야 아빠가……!"

나는 잠시 말을 멈추고 오빠의 뒷덜미를 놓아주었다. 자유의 몸이 된 오빠가 나를 돌아보는 순간 나는 나머지 말을 던졌다.

"못 가게 하니까 그렇지."

아빠는 아직도 나와 유 대리님이 사귀는 걸 그다지 탐탁지 않게 생각한다. 그런 아빠에게 회사 워크숍을 간다고 말하면 분명 유 대리님과 같이 가는 거라 생각해서 무조건 못 가게 할 것 같았다.

그래서 아빠에겐 내일 워크숍 장소에 도착해서 전화로 그 사실을 알리려고 했다.

"민석 동생도 가는 거구나?"

오빠의 물음에 나는 천천히 고개를 끄덕였다. 그런 내 힘없는 얼굴을 물끄러미 보던 오빠가 쿨하게 말했다.

"좋아. 다녀와. 오빠가 허락한다."

내가 두 손을 모으고 존경한다는 눈빛으로 바라보자 오빠가 호쾌하게 말을 이었다.

"아버진 걱정 마. 이 오빠가 대신 말해 줄 테니까."

나는 쾌남인 오빠에게 손가락 하트를 만들어 보여 주었다.

"고마워, 오빠."

♥

회사 워크숍에 왔다. 작년만 해도 그렇게 가기 싫어서 밤잠 설쳤던 그 워크숍에.

올해는 너무나 가고 싶어서 밤잠을 설쳤다. 그도 그럴 것이 올해는 나의 사랑 유 대리님과 함께가 아니던가.

그런데, 그런데 말이다.

유 대리님과 처음 함께하는 여행이 될 이 워크숍을 내가 얼마나 기대했는데…… 유 대리님과 같이 있을 시간이 없다!

우리는 버스 자리도 제일 앞과 제일 뒤였고, 부서도 달라서 무언가를 같이 할 기회조차 없었다.

그리고 꼭 누가 일부러 그러는 것처럼 내가 유 대리님의 근처에 있기만 하면 누군가 내게 심부름을 시켰고, 유 대리님이 내 근처에 있기만 하면 누군가 유 대리님을 불렀다.

이러면 워크숍에 온 의미가 없다.

야속하게도 시간은 흘러 흘러 어느덧 해가 뉘엿뉘엿 저물어 가고 있었다.

같은 공간에 있지만 같이 할 수 없었던 우리는 서로를 애타게 쳐다보다 결국 펜션 복도로 몰래 빠져나와 밀회를 즐겨야 했다.

"우리 이대로 몰래 빠져나가요."

더 이상은 참을 수 없다는 듯 유 대리님이 내 손을 덥석 잡으며 말했다.

"네?"

"싫어요?"

내가 깜짝 놀라자 그가 애처로운 눈빛으로 되물었다. 그래서 나는 재빨리 그의 손을 잡아끌었다.

"당장 가요."

유 대리님은 앞장 서는 나를 얌전히 따라왔다. 그런데 그 순간 우리의 앞으로 부장님과 사장님이 나타났다.

"둘이 어디 가?"

헛—

나는 화들짝 놀라 얼른 유 대리님의 손을 놓고 허리를 숙였다.

"오셨습니까, 사장님, 부장님."

"어디 가던 중이었나?"

사장님의 질문에 나는 씩씩하게 대답했다.

"아닙니다. 복도에서 잠깐 수다를 떨던 중이었습니다."

"그래? 그럼 같이 들어가서 술 한잔하지."

솔직히 이대로 유 대리님과 도망가고 싶었다. 유 대리님도 나랑 같은 마음인 듯 불편한 얼굴로 나를 쳐다보았다.

하지만 사장님이다. 차마 거절을 할 수가 없었다. 그래서 나는 유 대리님에게서 시선을 거두고 다시 펜션 안으로 들어왔다.

결국 다시 펜션 안으로 들어온 우리는 서로 제일 먼 자리에서 술을 마셔야 했다. 그도 그럴 것이 유 대리님은 회사 최고 인기남이란 말이다.

"유 대리님, 한잔해요. 호호~"

에잇, 화가 난다.

나도 유 대리님 옆에 앉고 싶단 말이다.

유 대리님의 테이블에는 부장님과 사장님 그리고 여직원들로 가득 했다. 마음 같아서는 당장 저기로 가서 유 대리님의 옆자리를 꿰차 앉고 싶었지만, 용기가 안 났다.

결국 구석에서 쭈구리 신세가 된 나는 홧김에 술을 벌컥벌컥 마셨다. 화가 나서 그런지 술도 안 취한다.

"뉴리마, 그만 마셔."

그때 다른 테이블에 있던 하 대리가 내게로 다가왔다. 그래서 나는 두 팔 벌려 그를 환영했다.

"어서 와, 하쌍후니!"

"왜, 왜 이래?"

내가 두 팔 벌려 자신을 껴안으려고 하자 하 대리는 기겁을 하며 자리에서 일어났다. 그래서 나도 자리에서 벌떡 일어나 하 대리를 향해 입술을 쭉 내밀었다.

"이리 와, 귀염둥이!"

"하지 마, 이 키스마야!"

오늘도 하 대리는 내 키스를 거부했다.

흥. 도도하기는.

"어머, 유림 씨 취하면 키스마 되는구나?"

우리가 꽤 소란스러웠는지 모든 직원들이 흥미롭다는 표정을 지으며 나를 쳐다보았다. 그중에서도 나는 나의 사랑 유 대리님이 있는 테이블에 제일 먼저 시선이 갔다.

역시나 유 대리님은 언짢다는 표정으로 나를 쳐다보고 있었다. 그 모습이 묘하게 섹시해 보였다. 그래서 나는 그 섹시한 남자에게 한걸음에 달려갔다.

"민석 씨!"

그리고 누가 말릴 새도 없이 그의 앞으로 앉으며 그의 입술에 쪽 소리가 나게 뽀뽀를 했다. 그러자 주변이 난리가 났다.

"어머! 유림 씨! 이게 뭐하는 짓이야?"

"유림 씨, 그만둬! 유 대리님께 이 무슨 추태야?"

하지만 나는 그들을 무시하고 또다시 유 대리님에게 뽀뽀를 했다. 유 대리님도 나를 거부하지 않았다. 오히려 그는 입가에 미소까지 띠고 있었다.

"하지 마, 유림 씨!"

"유림 씨, 그만해!"

결국 주변 여직원들이 내 팔을 잡으며 나를 그에게서 떼어 내기 시작했다.

"놔두십시오."

슥—

팔을 들어 그녀들의 움직임을 막은 유 대리님이 점잖게 말했다.

"저는 괜찮습니다."

"유 대리님, 그렇게 좋게 좋게 넘어가면 안 돼요. 유림 씨 버릇 나빠진다고요."

"암튼 어서어서 취한 유림 씨를 떼어 냅시다, 우리."

이젠 남직원들까지 나서서 유 대리님에게서 나를 떼어 내려고 했다. 그러자 그 순간 유 대리님이 목소리를 높였다.

"제가 괜찮다는데 다들 왜 이러십니까?"

그럼에도 그들은 그대로 나를 떼어 냈다. 그걸 본 유 대리님이 갑자기 눈썹을 구기며 무섭게 말했다.

"건드리지 마십시오, 제 여자."

나는 솔직히 우리가 연애 중인 걸 이제는 밝히고 싶었다. 하지만 이런 식은 아니다. 이렇게 취한 상태로…… 이렇게 키스마인 상태로는 아니란 말이다.

"그, 그게 무슨 소리예요, 유 대리님?"

"어머, 어머. 유 대리님 지금 잘못 말씀하신 거죠?"

유 대리님의 말에 모든 직원들이 단체로 카오스 상태에 빠진 듯 웅성거렸다. 유 대리님은 그런 직원들을 태연하게 바라보면서 뒷머리를 긁적거렸다.

"어라. 이런. 제가 술에 취해서 비밀을 말해 버렸네요."

처음이었다. 발연기 하는 유 대리님의 모습을 보는 건.

"설마 둘이 사귀는 거예요?"

한 여직원이 확인 차 던진 질문에 그가 강하게 쐐기를 박았다.

"네. 저 유림 씨랑 사귑니다."

말을 마친 유 대리님이 자신과 내 오른손을 들어 우리의 커플 링을 직원들에게 보여 주었다.

"어머, 정말이야, 유림 씨?"

어디선가 들려온 질문에 나는 배시시 웃으며 말했다.

"네. 우리 사귀는 사이랍니당."

오기로라도 내 입으로는 말할 수 없다 했는데, 결국 제 입으로 말해 버렸다.

하여튼 술이 웬수다.

그렇게 우리는 취중 커밍아웃을 하고 말았다.

에필로그
中

공개연애가 되니 많은 것들이 달라졌다.

갑작스러운 분위기 변화에 상당히 혼란스러웠지만, 즐거운 일도 조금은 있었다. 예를 들면, 나를 부러워하는 많은 여직원들이라든가.

"유림 씨, 너무 부러워요."

"완전. 우리 회사 프린스를 독점한 거잖아요? 부럽다!"

"유 대리님을 대체 어떻게 꼬셨어요, 유림 씨?"

그건 은근히 내 기분을 우쭐하게 만들었다. 구름 위를 걷는 것처럼 들뜨는 이런 기분, 솔직히 난생처음 느껴보는 것이었다.

공개연애 후 제일 달라진 점이라면, 직원들이 유 대리님의 위치를 꼭 나한테 묻는다는 점이다.

"유 대리 어디 갔어?"

그들은 유 대리님이 안 보이면 그의 주변 직원들에게 묻는 게 아니라 멀리 떨어져 있는 나에게 물었다.

"모르겠는데요."

내가 이렇게 대답하면 꼭 이런 답변이 돌아왔다.

"여자 친구가 그것도 몰라?"

그럼 나는 그냥 하하하— 어색하게 웃을 뿐이다. 이게 사내에서 공개연애를 한다는 거구나. 부끄러우면서도 묘하게 기분이 좋았다.

"유림 씨, 유 대리님 어디 간 줄 알아?"

"아뇨. 잘 모르겠는데요."

하지만 하루에도 몇 번씩 나를 놀리는 것처럼 이렇게 묻는 여직원들이 있어서 난감할 때도 있었다.

그뿐만 아니라 직원들은 유 대리님과 관련된 일은 전부 나한테 말했다.

"아까 보니까 유 대리님, 사장님이랑 밥 먹더라?"

"아, 네."

그래서 뭘 어쩌라는 건지 모르겠다.

"유 대리님 넥타이 예쁘다. 자기가 골라 준 거야?"

"아뇨."

"어쩐지. 센스 있더라."

저런 식으로 은근히 나를 까도 별로 기분이 나쁘지 않았다. 유 대리님이 센스 있고 내가 센스 없는 건 사실이니까.

그러다 가끔 유 대리님에 관한 이상한 소문도 들려주었다.

"유 대리 회사 그만둔다는 소문 돌던데, 사실 아니지, 유림 씨?"

"그럼요. 아니에요."

내가 이곳에 있는데 대체 그가 왜 회사를 그만둔단 말인가? 유 대리님이 워낙 인기가 많고 일도 잘하니 견제가 심하구먼.

이런 것들은 그냥 한 귀로 흘려버린다.

그렇게 익숙지 않은 시간들이 흘러갔다. 나는 새로운 분위기에 적응하느라 바쁜데 유 대리님만은 그대로였다. 전과 똑같이 나를 대했고 아껴 주었다.

"오늘 저녁 같이 먹을래요?"

직원들의 눈치를 안 봐도 되기 때문에 우리의 대화는 훨씬 편해졌다. 자연스럽게 책상 앞으로 온 유 대리님이 웃는 얼굴로 제 안했기에 나는 냉큼 고개를 끄덕였다.

"네, 좋아요. 그럼 하 대리도……."

"아뇨. 우리 둘만요."

내 말을 자르며 단호하게 말하는 유 대리님 때문에 두 눈이 동그래졌다.

"아, 데이트예요?"

"네. 그리고 나 오늘 유림 씨한테 중요하게 할 말이 있거든요. 그러니까 꼭 단둘이어야 해요."

중요하게 할 말?

뭐지? 뭘까?

나를 바라보는 유 대리님의 달콤한 표정 때문에 생각나는 건 딱 하나뿐이었다.

설마…… 프러포즈?

이 단어가 머릿속에 떠올라 버리자, 이제 그가 중요하게 할 말은 프러포즈라고만 여겨졌다. 다른 건 아예 떠오르지 않았다.

물론 우리는 아직 사귄 지 반년밖에 되지 않았지만, 알고 지낸 진 3년이 넘었고 서로에 대한 마음도 확고하다. 그러니 결혼을 해도 괜찮다고 생각한다. 그리고 나는 유 대리님이라면 평생을 함께해도 좋다.

두근두근 설레는 마음으로 일을 하고 있는데 하 대리가 커피 한 잔 하자며 나를 불러냈다.

그래서 그와 함께 휴게실로 가서 자판기 커피를 한 잔씩 뽑아 들었다. 커피를 마시면서도 자꾸만 웃음이 새어 나왔다.

"왜 웃어?"

내 웃는 얼굴을 발견한 하 대리가 의아하다는 표정으로 물었다. 그런 그에게 나는 툭 던지듯 가볍게 말했다.

"나 시집갈지도 몰라."

"뭐?"

룰루랄라.

순간 콧노래가 나오려고 했지만 꾹 참고 이어 말했다.

"오늘 유 대리님이 나한테 진지하게 할 말이 있다고 했거든."

그러자 하 대리가 미간을 좁히며 입술을 꾹 다물었다. 그리고 그런 상태로 나를 물끄러미 쳐다보았다.

"왜?"

내가 그 이유를 묻자 하 대리가 입을 열었다.

"그게 꼭…… 프러포즈라고 생각해?"

"어."

나는 곧바로 고개를 끄덕였다. 그러자 하 대리가 다시 물었다.

"그 반대일 수도 있잖아?"

"반대?"

"헤어지자거나……."

"야!"

순간적으로 욱해서 소리를 버럭 지르고 말았다. 그랬더니 하 대리가 어깨를 움츠리며 말했다.

"아무리 그래도 나한테 '야!'는 좀 너무하지 않냐? 이래 봬도 너보다 한 살 많은데."

"어쩌라고! 열 받으면 다 '야!'지. 야, 너 내 좋은 기분 망치지 마라."

"네. 미안합니다."

하 대리의 사과에 너그럽게 그를 용서했다. 나는 이제 곧 순백의 신부가 될 여자니까 마음을 곱게 써야 한다.

♥

유 대리님은 분위기가 럭셔리해 보이는 이탈리안 레스토랑으로 나를 데려갔다. 그리고 웨이터를 대신해서 내 의자를 빼 주었다.

이런 친절까지 베푸는 걸 보니 유 대리님은 오늘 정말 중대한 일을 말할 모양이다. 바로 '그거' 말이다.

"유림 씨."

식사를 마친 후 그가 진지한 표정과 목소리로 나를 불렀다.

"네. 말씀하세요."

그때부터 심장이 두근두근 떨리기 시작했다.

"지금부터 유림 씨에게 굉장히 중요한 말을 할 거예요. 내 인생이 걸린 중대한 일에 관한."

"!"

인생이 걸린 중대한 일은, '그거' 딱 하나지 않은가.

'결혼!'

물론 지금 유 대리님의 손에는 그 흔한 꽃다발 하나 없지만, 나는 유 대리님이라면 꽃다발 없이도 결혼할 수 있다.

비록 우리의 교제 기간은 짧은 편이지만 우리에겐 서로를 향한 굳건한 믿음이 있지 않은가.

"이렇게 말하기까지 고민 많이 했는데요."

그렇지. 고민이 많았겠지. 자고로 결혼이란 것은 인륜지대사가 아니던가.

"하지만 결국 결정했습니다."

그래. 남자답다, 우리 유 대리님. 그러니 어서 말해요.

그 순간, 유 대리님이 내 얼굴을 바라보면서 단호한 표정으로 말했다.

"나, 회사 그만둬요."

"!"

갑작스러운 유 대리님의 선언에 나는 조금 많이 혼란스러웠다. 회사를 그만둔다고? 결혼이 아니라?

나 지금까지 대체 무슨 김칫국을 혼자 마신 거니?

"회사를 그만둔다고요?"

"네. 다음 달부터 아버지 회사로 출근하게 됐거든요."

그가 회사를 그만두면 이제는 그를 매일매일 볼 수 없게 되는 것이다. 그건 내게 결혼 실패보다 커다란 시련이었다.

"그럼 이제 매일매일 볼 수는 없겠네요."

"그러게요."

유 대리님의 담백한 대답에 울컥 서운한 마음이 들었다.

'그러게요? 고작 그게 다야? 나는 이렇게 눈물이 날 정도로 섭섭한데?'

나는 솔직히 요즘 너무 행복했다. 공개연애의 재미를 알아 가고 있었고, 그 때문에 회사 생활이 즐겁기도 했다.

그런데 이제 그 즐거움을 느낄 수 없게 된다니 섭섭했다. 이제 더는 유 대리님과 매일 만날 수 없게 된다니…… 너무 섭섭했다.

"저 먼저 갈게요."

잠시 후 나는 자리에서 일어나 레스토랑을 나왔다.

"데려다줄게요."

유 대리님이 그런 내 뒤를 따라 나왔지만, 나는 지금 좀 혼자 있고 싶었다.

"괜찮아요. 혼자 가고 싶어요."

생각이 많아져서 혼자 걷고 싶었다. 그런 마음을 이해한다는 듯 유 대리님은 말없이 나를 보내 주었다.

하지만 그 행동 역시 서운했다. 혼자 있게 해 달라고 했으면서 막상 혼자 두면 서운해하는, 나는 그런 제멋대로인 여자인 모양이다.

그날 밤 내내 유 대리님을 생각했다. 하지만 어차피 결론은 다 나와 있는 것이나 다름없었다. 답이 정해져 있다는 것 정도는 나도 잘 알고 있었다.

나는 오늘 아침 눈을 뜨자마자 사내연애의 불편한 점을 깨달았다.

그건 바로, 싸워도 얼굴을 봐야 한다는 점!

하지만 계속 피할 수는 없는 일. 나는 평소처럼 씩씩하게 회사로 향했다.

오늘도 어김없이 1등으로 출근을 했다고 확신했는데, 유 대리님이 그런 나보다 일찍 와 있었다.

"아직도 화났어요?"

"······."

아무 말 없이 서 있는 내게 유 대리님은 잠을 못 잔 듯 잠긴 목소리로 말했다.

"내가 예전에 한 번 말했었잖아요. 우리 아버지 회사를 내가 물려받게 될 것 같다고. 그래서 이 회사에서 일 배우는 중이라고."

맞다. 그랬었다.

그러니 이런 이별도 나는 준비했었어야 한다.

"아버지가 이제 회사로 들어오라고 하셨거든요. 그러니까 이제 또 거기 가서 열심히 일 배워야죠."

솔직히 말해 그의 바짓가랑이라도 붙들고 매달리고 싶었다. 하지만 님이 가시는 길을 어찌 막을 수 있으랴.

나는 눈물을 머금고 그를 보내기로 했다.

"가서도 열심히 해요. 응원할게요."

"고마워요. 이해해 줘서."

"매일 못 봐서 아쉽지만, 그래도 보내 드릴게요."

유 대리님은 아쉬워하는 나를 두 팔 가득 꽉 안아 주었다.

"그래도 우리 이틀에 한 번은 꼭 만나요. 보고 싶으니까."

얼마 지나지 않아 그는 정말 회사를 그만뒀다.

♥

　"흥."

　이틀에 한 번 좋아하네.

　나는 지금 상당히 뿔이 나 있는 상태다.

　이틀에 한 번 만나자던 유 대리님이 이틀에 한 번 통화하는 것
도 힘들 정도로 바쁘게 지냈던 것이다.

　나는 그가 매일매일 보고 싶었지만, 그의 사정이 여의치 않았
다. 그는 아버님 회사에 적응하느라 전화 통화도 힘들 정도로 바
빴다. 게다가 내 쪽에서 전화를 하면 무척 피곤한 목소리로 받았
기에 통화 자체도 길게 하지 못했고, 보고 싶다는 소리도 감히
하지 못했다.

　그래서 나는 점점 지쳐 갔다. 지치고 싶지 않았지만 그런 날들
이 한 달 가까이 지속되었기 때문이다.

　오늘도 그는 전화를 받지 않았다. 그래서 포기하고 잠에 들려
고 누웠는데 그 순간 그에게서 전화가 걸려 왔다. 그 벨소리에
나는 서운한 것도 잊고 기쁘게 전화를 받았다.

　—전화했었네요? 미안해요. 자느라 못 받았어요.

　"아, 그래요? 요즘 많이 바쁜가 봐요."

　—네. 회사에 적응하느라…… 으하암……. 아, 미안해요.

　그가 하품을 했다. 사랑하는 그가 나랑 오랜만에 통화를 하면
서 크게 하품을 해 버렸다. 그건 꽤 충격이었다.

"피곤할 텐데 더 자요. 저도 마침 자려고 했어요."

─아, 그럼 전 이만 잘게요. 다음에 통화해요.

"네."

그 '다음'이 언제가 될지는 모르겠지만.

그와의 통화를 끝내고도 쉽게 잠이 들지 못했다. 침대 위에서 이리 뒹굴 저리 뒹굴거리던 나는 결국 다시 휴대폰을 손에 들었다. 그리고 제일 만만한 사람에게 전화를 걸었다.

"하 대리! 나와!"

─뭐?

"술 한잔하자!"

나는 다짜고짜 하 대리를 우리 집 근처 포장마차로 불러냈다. 역시 착한 우리 하 대리는 투덜거리면서도 결국은 나를 위해 와 주었다.

"이 야밤에 날 왜 불러내? 남친도 있는 여자가."

하 대리가 내 반대편 플라스틱 의자에 앉는 순간 갑자기 눈물이 나기 시작했다.

"흐윽……."

그의 말이 맞다. 나는 남친 있는 여자다. 그런데 왜 이렇게 외로운 걸까?

"너 우냐?"

내가 울자 하 대리는 굉장히 당황스러워했다.

"믿어져? 자느라 여자 친구 전화를 못 받았대! 그리고 나랑 통화하면서 하품까지 했어! 그래서 전화 통화 3분도 못 했어!"

"유 대리가 너무했네."

"그치? 그치?"

"애정이 식었나 봐, 유 대리."

하 대리가 툭 던진 말에 눈물이 더 솟구치는 걸 느꼈다.

"그런 말 하지 마, 흐으윽……."

"알았어. 미안."

나는 그렇게 한참을 울다가 힘이 빠져서 어깨를 축 늘어뜨렸다. 그리고 그런 상태로 나직하게 중얼거렸다.

"난 아직도 유 대리님이 너무 좋은데, 어쩌지?"

"넌 너 좋다고 고백한 남자 앞에서 이러고 싶냐? 잔인하게."

하지만 지금은 하 대리의 말이 귀에 잘 들어오지 않았다. 내 머릿속엔 오직 유 대리님뿐이었다.

"나 유 대리님 사랑한단 말이야."

"……그 말을 유 대리한테 하면 되잖아, 바보야."

"몰라. 무서워."

나는 무서웠다.

"뭐가?"

"정말 유 대리님의 사랑이 식은 걸까 봐."

나는 아직 유 대리님이 너무 좋은데, 그는 아닐까 봐 무서웠다.

♥

한 달 넘게 집순이 노릇을 하고 있는 내가 이상했는지 오빠는 저녁을 먹는 내내 내 눈치를 보았다.

"너 어째 요즘 집에만 있네? 데이트 안 해?"

"……."

"설마 헤어졌어?"

결국 오빠가 특유의 그 성격을 못 참고 잔인하게 물었다. 그래서 버럭 소리쳐 주었다.

"안 헤어졌어, 이 바보야!"

하지만 곧 헤어질지도 모른다. 왠지 그런 예감이 든다. 그래서 오는 전화도 못 받겠다.

어젯밤 오랜만에 유 대리님에게서 전화가 걸려 왔지만, 나는 그저 휴대폰을 멍하니 보기만 했을 뿐 받지는 않았다.

그냥 무서웠다. 진실과 마주하게 되는 게.

그래서 나는 오늘도 현실도피를 위해 하 대리에게 전화를 걸었다.

"나와."

—왜?

"술 한잔해."

—술도 못하는 게.

"그럼 술 한 모금 해."

─알았어.

통화를 마친 나는 파자마 차림에 지갑만 든 채 느릿느릿 현관으로 향했다.

"데이트 가는 거야?"

마침 거실 소파에 누워 있던 오빠가 나를 보고는 반색하며 물었다. 그래서 나는 삼선 슬리퍼를 꿰차 신으면서 서늘하게 말했다.

"이런 차림으로 데이트 가는 거 봤어?"

그러자 오빠는 안타깝다는 표정으로 무겁게 고개를 끄덕였다.

"응. 편의점 잘 갔다 와."

하 대리와 만나면 항상 편하고 즐겁다. 그는 이제 나에게 제일 편한 친구가 되었다.

"조금만 마셔, 너."

하 대리가 술이 약한 나를 걱정했다. 하지만 나는 요즘 유 대리님 때문에 술이 많이 늘었다. 그래서 요즘엔 맥주보단 소주를 즐겨 마신다.

"캬─ 소주 맛 죽인다."

안주로 나온 골뱅이무침을 입안에 넣고 우물거리고 있는데 그 순간 휴대폰이 울렸다.

[우리 서기♡]

발신자는 유 대리님이었다. 그걸 확인한 순간 심장이 쿵쾅쿵쾅

빨리 뛰기 시작했다.

받을까, 말까.

"유 대리야?"

하 대리의 물음에 무겁게 고개를 끄덕였다. 그러자 그가 낮은 한숨과 함께 말했다.

"또 피하지 말고 전화 받아."

그의 말에 나는 한참을 주저하다가 결국 전화를 받았다. 전화를 받자마자 진지한 유 대리님의 목소리가 들려왔다.

─우리 만날래요? 할 말이 있는데.

할 말? 설마…… 헤어지잔 소린가? 그러면 어쩌지? 무섭다.

"아뇨. 제가 오늘은 일이 있어서 안 될 것 같아요."

그래서 나는 일단 도망을 쳤다.

─그럼 내일은 어때요?

"내일도 안 돼요. 이번 주는 내내 안 돼요."

─아…… 그래요. 그럼, 유림 씨 안 바쁠 때 시간 내줘요.

유 대리님의 낮은 음성은 거기서 멈췄다. 내가 먼저 전화를 끊어 버렸기 때문이다.

잠시 후 나는 휴대폰을 손에 쥔 채 불안한 목소리로 중얼거렸다.

"며칠 동안 연락도 없더니 갑자기 만나자고 하네."

그러자 하 대리가 대수롭지 않다는 듯 말했다.

"보고 싶은가 보지."

"아니야. 그런 목소리가 아니었단 말이야."

"목소리가 어땠는데?"

"심각했어."

며칠 만에 들은 유 대리님의 목소리는 조금 무겁고 진지했다. 그래서 나는 덜컥 겁이 났다.

"헤어지자고 하면 어쩌지?"

"그냥 만나. 피한다고 해결될 일이 아니야, 현유림."

"알아. 그래도 무서워."

난 아직 유 대리님을 보낼 준비가 안 되어 있단 말이다. 나는 아직도 그가 너무 좋단 말이다. 복잡한 마음에 술을 몇 잔 더 마셨다.

"으허허엉……!"

술 때문인지 갑자기 감정이 격해져서 눈물이 나왔다. 내가 또다시 울기 시작하자 하 대리는 짜증을 냈다.

"왜 또 울어, 인마? 차라리 유 대리한테 가서 그냥 따져! 바빠지니까 마음이 식은 거냐고!"

"안 돼. 못 따져. 무섭단 말이야. 얼굴 보고는 진짜 못 따지겠어."

"그럼 전화를 하든가. 아님 문자를 보내든가."

"아! 그래! 문자를 보내는 거야. 나 버리고 네가 잘 살 것 같냐? 이렇게!"

"아직 버려진 건 아니잖아. 그냥 단도직입적으로 너 버릴 거냐

355

고 물어봐."

"아냐. 그렇게 보냈다가 '네.' 이렇게 답장이 오면 나 심장마비 걸려 죽을지도 몰라."

"아, 몰라, 몰라. 그냥 알아서 해. 난 몰라."

결국 나는 소주를 한 모금 더 마시고 유 대리님에게 문자를 보냈다. 그리고 홀가분한 마음으로 골뱅이무침을 집어 먹었다. 그 사이 하 대리는 문자를 어떻게 보냈는지 궁금하단 얼굴로 내 휴대폰을 만지작거렸다.

"너 정말 이렇게 보냈어?"

잠시 후 하 대리가 믿을 수 없다는 표정으로 내게 물었다. 그래서 나는 되물었다.

"내가 어떻게 보냈는데?"

그러자 하 대리가 자신이 보고 있던 화면을 천천히 내게 보여 주었다.

[너 버리고 내가 잘 살 것 같냐?]

오 마이 갓.

에필로그
下

난 진짜 바보인가?

[너 버리고 내가 잘 살 것 같냐?]

이렇게 문자를 보내고 1분도 지나지 않아 유 대리님에게서 전화가 걸려 왔다. 하지만 나는 받지 않았다.

대신 그의 전화가 끊기자마자 다급히 문자를 보냈다.

[문자를 잘못 보냈어요. 미안해요.]

'나'를 '너'로, '네'를 '내'로 써 보낸 끔찍한 문자 사건 이후 나는 유 대리님의 전화를 더욱더 피하게 되었다.

그냥 술기운에 저지른 실수라 치부하고 잊고 살고 싶었고 그 또한 잊어 주기를 바랐다.

유 대리님과 연락을 하지 않고 지내는 동안 나는 회사 일을 더 열심히 했다. 그랬더니 드물게도 부장님께 칭찬까지 들었다. 그렇게 나는 점점 유 대리님 없는 생활에 적응해 가고 있었다.

오늘도 나는 일부러 야근까지 자청해서 일을 하고 늦은 귀가를 했다. 지친 걸음으로 집을 향해 걸어가고 있는데 집 앞에 익숙한 남자의 실루엣이 보였다.

그 실루엣을 본 순간 나는 데자뷔를 느꼈다.

'이 장면, 전에 본 적이 있는 거 같은데……?'

그때 실루엣이 움직이며 내게 다가왔다.

"요즘 왜 이렇게 통화가 안 돼요?"

역시. 유 대리님이었다.

갑작스러운 유 대리님의 등장에 나는 정말 깜짝 놀랐다. 그래서 조금 차갑게 말해 버렸다.

"그렇다고 집까지 찾아오면 어떻게 해요?"

"유림 씨……."

나를 보는 유 대리님의 눈빛은 슬퍼 보였다. 그 눈빛에 당황해서 잠시 멍하니 그를 쳐다보고 있는데, 그 순간 그가 애절해 보이는 얼굴로 물었다.

"혹시 화났어요? 그래서 마음이 식은 거예요?"

"!"

이게 무슨 소리지?

"마음이 식은 건 제 쪽이 아니라 유 대리님 쪽이잖아요?"

내가 황당하다는 뉘앙스로 받아치자 그의 두 눈이 커졌다. 곧 그가 어이없다는 표정을 지으며 말했다.

"마음이 식다뇨? 전 얼마 전에 유림 씨가 다른 남자한테 보낼 문자를 나한테 잘못 보냈을 때도 마음만 아팠을 뿐, 바람피운 유림 씰 원망하지 않았다고요."

이건 또 무슨 소리란 말인가?

"바, 바람요?"

아무래도 유 대리님은 내가 잘못 보낸 문자를 다른 남자한테 보낼 문자였다고 오해한 모양이다. 역시 전화를 피하는 게 아니었다. 괜히 오해만 커졌다.

"아니에요. 그건 유 대리님한테 보낸 게 맞아요. 유 대리님이 요즘 나한테 너무 무심하니까, 나를 버릴 것 같으니까…… 그래서 홧김에 그리고 술김에 그렇게 보낸 거였어요. 나 버리고 네가 잘 살 것 같냐고. 주어가 앞뒤로 바뀌어서 그렇지."

"정말 그렇게 생각했어요? 내가 유림 씰 버릴 거라고?"

"네. 유 대리님이 헤어지자고 할까 봐 만나는 것도 피하고 얼마나 마음을 졸였는……."

털썩—

내 말이 다 끝나기도 전에 유 대리님은 다리에 힘이 풀린 듯 털썩 주저앉아 버렸다. 깜짝 놀라 그를 내려다보는 순간 그가 중얼거리는 말이 들려왔다.

"하아……. 난 또 그 반대인 줄 알았다고요……."

"네?"

"유림 씨가 나에 대한 마음이 식어서 만나기 싫어하는 줄 알았어요. 그사이 다른 남자가 생긴 줄 알았다고요. 유림 씬 너무 매력적이니까……."

그의 말에 나는 어떤 말도 해 줄 수가 없었다. 그렇게 우리는 한참을 서로 말없이 조용히 있었다.

"……우리 참 바보 같네요."

잠시 후 내가 나직하게 중얼거리자 유 대리님은 자리에서 일어나 나에게 다가왔다. 그리고 나를 뚫어지게 쳐다보며 진지한 목소리로 말했다.

"이래서 대화가 필요한 거예요. 그러니까 앞으로 절대 내 전화 피하지 말아요. 알았죠?"

"네, 유 대리님."

"근데 나 아직도 유 대리님이에요?"

입가에 살짝 미소를 띤 그의 지적에 나는 얼른 말을 바꾸었다.

"아, 네, 민석 씨."

나는 대체 얼마나 어리석은 여자인 걸까. 민석 씨와 사귀면서 자신감이 많이 붙었다고는 해도 역시 아직 멀었다.

좀 더 자신을 믿고 민석 씨를 믿어 보자. 제발.

"내가 유림 씨를 못 보는 한 달 동안 무슨 생각을 제일 많이 했는지 알아요?"

그때 민석 씨가 내 어깨를 양손으로 잡으며 이렇게 물었다.

"무슨 생각요?"

다음 순간 민석 씨는 말없이 나를 깊은 눈빛으로 응시했다. 그 눈빛에 빨려 들어갈 것처럼 빠져 있던 그때 그가 말을 이었다.

"결혼해요, 우리."

"!"

전혀 생각지도 못한 제안에 나는 혼이 나가 버렸다.

"아무리 생각해도 나는 유림 씨를 매일매일 보고 싶어요. 이렇게 몇 주 만에 보는 거, 나 너무 힘들어요. 앞으로도 계속 이런다면 솔직히 지금까지처럼 잘 버틸 자신이 없어요. 결국은 무너질 거예요."

"그럼 안 되죠."

당황한 내가 황급히 대꾸하자 유 대리님이 입가에 미소를 띠었다.

"그렇죠? 그러니까 우리 결혼해요."

오 마이 갓.

사랑하는 그에게 프러포즈를 받아 버렸다.

그 흔한 꽃다발 하나 없는 프러포즈였지만, 나는 가슴이 벅차서 말을 잇지 못했다. 지금의 나는 아마 이 세상에서 제일 행복한 여자일 것이다.

"사실은 아버지가 회사에 적응만 잘하면 올해 안에 결혼해도 좋다고 하셨거든요. 그것 때문에 제가 얼마나 열심히 일했는데요."

아, 그래서 그렇게 열심히 일했던 거구나.

나는 그것도 모르고 마음이 식었다고 불안해하기나 했으니…… 정말 부끄럽다. 반성해야겠다. 하지만 반성과 프러포즈 승낙은 별개다.

잠시 후 나는 나를 빤히 쳐다보며 대답을 기다리고 있는 민석 씨에게 말했다.

"나한테 새, 생각할 시간을 좀 줘요."

나름 멋있게 도도하게 말해 보려고 했는데, 이렇게 말을 더듬어 버리면 의미가 없지 않은가!

"아…… 네."

민석 씨는 꽤 불안해 보이는 표정으로 고개를 끄덕였다.

그에게 시간을 달라고 한 이유는 딱 하나.

그가 지난 한 달간 나를 조금 불안하게 만들었기 때문이다. 그러니까 나도 그를 조금 불안하게 만들 생각이다. 아주 조금만.

♥

요즘 우리 아빠는 굉장히 기분이 좋아 보인다.

"어서 와, 우리 딸. 고기 먹자."

오늘도 아빠는 신나 보이는 얼굴로 내게 한우를 구워 주었다. 맛있으니까 일단 먹기는 하겠지만, 아빠가 요즘 기분이 좋은 이유가 아무래도 마음에 걸렸다.

"유 군한텐 아직까지 연락 없어?"

오빠의 질문에 나는 확신했다. 역시 아빠는 내가 유 대리님이랑 헤어진 줄 알고 기분이 좋은 게 틀림없다.

"……."

내가 대답 없이 그들을 빤히 쳐다보자 아빠와 오빠는 나를 안쓰럽다는 듯이 바라보았다.

"괜찮아. 세상은 넓고 남자는 많아."

"맞아. 그리고 아빠는 원래 그놈 마음에 안 들었어."

오빠와 아빠는 서로 앞다투어 나를 위로했다. 나는 딱히 대꾸할 말이 없어서 그냥 말없이 옅은 미소만 지어 주었다.

"소개팅 할래? 내 후배 중에 배우 뺨치게 잘생긴 녀석 있어."

잠시 후 오빠가 고기를 한 점 집어서 내 밥 위에 올려놓으며 제안했다.

"나중에."

내 대답이 반갑다는 듯 오빠의 표정이 밝아졌다.

"나중에?"

"응."

혹시 민석 씨와의 결혼이 틀어지게 된다면 말이다. 아마 그럴일은 없을 테지만.

그때 오빠가 바닥을 드러내고 있는 고기를 발견하고는 내게 말했다.

"우리 유림이 고기 더 먹을래? 오빠가 금방 가서 사 올게."

그러자 옆에서 아빠도 거들었다.

"그래. 요즘 우리 유림이 말랐더라. 빨리 가서 더 사 와."

나는 그들에게 프러포즈를 받았다는 이야기를 끝내 하지 않았다. 그들의 즐거운 착각을 아직 깨고 싶진 않았던 것이다.

"앞으로 나한테 잘해, 둘 다."

"응."

"안 그래도 잘하잖아, 우리."

앞으로 볼 시간이 얼마 남지 않았으니까.

♥

열흘 만에 다시 만난 민석 씨는 많이 말라 있었다.

"밥은 먹고 다니는 거예요?"

걱정 가득한 목소리로 묻자 민석 씨는 머쓱한 표정으로 웃었다.

"아뇨. 요즘 통 입맛이 없어서요."

"왜요? 바빠서?"

"바쁜 것도 있고, 제가 아직 유림 씨 대답을 기다리고 있잖아요. 그래서 긴장한 탓도 있고요."

후우, 한숨이 절로 새어 나왔다. 아무래도 안 되겠다. 내가 이 사람 옆에 바짝 붙어서 살찌게 해 줘야지. 고기 많이 먹여서.

"아무래도 안 되겠어요. 우리 밥 먹으러 가요."

나는 일단 유 대리님의 팔을 붙잡고 앞장섰다. 하지만 그는 나를 따라오지 않았다.

"아뇨. 그보다 유림 씨 대답을 먼저 듣고 싶은데요."

"아뇨. 일단 밥 먼저 먹어요."

"아뇨. 일단 예스인지 노인지 듣고 갈게요."

고집 있네, 이 남자.

"알았어요."

어쩔 수 없어서 나는 그에게 선언했다.

"결혼해요, 우리."

"정말이죠?"

입가에 미소를 띠는 그를 향해 상큼하게 고개를 끄덕여 주었다.

"네. 그러니까 이제 밥 먹으러 가요."

이 남잔 참 밥 한번 먹이기도 힘들다.

민석 씨의 입에 고기를 몇 점 넣어 주고 나서야 조금 안심이 되었다. 아무리 봐도 그는 너무 말랐다. 그의 마른 얼굴을 보면서 나는 결심했다.

이젠 내가 옆에 꼭 붙어서 그를 퉁퉁하게 만들어 줘야지.

자신의 여자의 손에 의해 변하는 남자는 이 세상에서 제일 멋지다고 생각하니까.

식사를 마치자마자 민석 씨가 갑자기 다부진 얼굴로 말했다.

"쇠뿔도 단김에 빼랬다고 지금 당장 아버님한테 가죠. 결혼 허락받으러."

"네? 벌써요?"

아빠가 많이 놀랄 텐데…….

하지만 어차피 언젠가는 알려야 되는 일이다. 그래서 나는 결국 민석 씨를 데리고 우리 집으로 향했다.

"안녕하십니까, 아버님, 형님."

갑작스러운 민석 씨의 등장에 아빠와 오빠는 아연실색한 모습이었다. 집 안으로 들어서자마자 민석 씨는 아빠의 앞에 무릎을 꿇었다.

"아버님, 따님을 저에게 주십시오."

"뭐?"

아빠의 입이 벌어진 채 다물어질 생각을 안 했다. 그 사이 오빠는 놀란 얼굴로 민석 씨에게 물었다.

"너, 너희 헤어진 거 아니었어?"

"헤어지다니요? 저 얼마 전에 유림 씨에게 프러포즈했습니다만?"

"뭐? 정말이야?"

두 눈을 휘둥그레 뜬 아빠와 오빠가 나를 쳐다보았다. 그래서 나는 쌈박하게 고개를 끄덕여 주었다.

"응. 나 이 사람이랑 결혼할 거야, 아빠 그리고 오빠."

내 선언에 집안이 발칵 뒤집어졌다. 패닉 상태가 된 아빠와 오빠가 민석 씨를 향해 소리쳤다.

"말도 안 돼. 우리 유림인 아직 안 되네. 아직 어리단 말이야!"

"무슨 소리야, 아빠? 나 내일모레면 서른이야!"

"유림인 안 돼! 자네, 유림이가 고기를 얼마나 많이 먹는 줄 아나? 자네 월급으론 감당을 못 할 걸세."

"무슨 헛소리야, 오빠? 내 월급으로도 충분히 감당할 수 있는 정도거든?"

그때 민석 씨가 점잖게 손을 올려 나를 말리고는 진지한 얼굴로 아빠와 오빠를 올려다보았다.

"아버님과 형님께서 유림 씨를 애지중지하시는 거 잘 알고 있습니다. 저도 그만큼 아니, 그보다 더 유림 씨를 아끼고 사랑하겠습니다. 그러니 저희 결혼 허락해 주십시오, 아버님 그리고 형님."

말을 마친 민석 씨는 무릎을 꿇은 상태로 상체를 앞으로 숙였다.

역시 이 남자의 직구는 보통이 아니다. 언제나 사람을 강하게 흔든다. 그래서 나도 흔들렸고…… 이젠 우리 가족들이 흔들릴 차례다.

그 후 아빠는 눈물을 보이긴 했지만 결국 우리의 결혼을 허락해 주었다.

하지만 올해 안에 결혼하겠다는 민석 씨와 내년 봄에 하라는 아빠의 의견 대립이 생기면서 한참 갈등이 있었다. 오빠의 중재로 그 갈등은 해결되었고, 나는 결국 흔치 않은 1월의 신부가 되어야 했다.

에필로그
完

결혼식이 일주일 앞으로 다가왔다.

고로 나는 아주 행복하다. 정말이다.

지금도 내 남편이 될 남자는 내 손을 더럽히고 싶지 않다며 나를 소파에 앉히고 혼자 열심히 신혼집 청소를 하고 있단 말이다.

이 얼마나 행복한 예비 신부란 말인가.

게다가 우리 아빠와 오빠는 내가 배고플까 봐 족발을 사 들고 우리 신혼집에 찾아왔다. 이 얼마나 복에 겨운 여자란 말인가.

"근데 유림 씨, 아까부터 얼굴이 왜 그래요?"

그런데 나는 요즘 전혀 웃을 수가 없었다.

"그러게. 유림이 너 결혼 앞둔 신부 얼굴이 그게 뭐야?"

"메리지 블루인지 뭔지 그건가? 결혼하기 싫어, 우리 딸?"

나는 나만을 쳐다보고 있는 세 남자에게 힘없이 고개를 좌우로 저어 보였다.

"아무것도 아니야."

요즘 나는 그저 내 이중성에 내가 놀라고 있을 뿐이다.

나는 정말 민석 씨와는 꽃다발 없이도 결혼할 수 있다고 생각했다. 그리고 그렇게 정말 꽃다발 없이 결혼이 진행되었다.

하지만 결혼이 점점 가까워지자 문득 불안해졌다.

'정말 이대로 결혼하는 거야? 제대로 된 프러포즈도 없이?'

뭐 대단한 이벤트를 바란 것도 아니다. 그냥 꽃다발 하나 바랐다. 백 송이 아니, 열 송이여도 좋았다.

그런데 구두 계약도 아니고 구두 프러포즈 이후로 유 대리님은 나에게 그 어떤 프러포즈 이벤트도 하지 않았다.

연애 초기엔 그렇게도 달콤했던 남자가 말이다.

"지금이라도 결혼하기 싫으면 아빠한테 말해. 당장 엎을 수 있으니까."

아빠가 내 침울한 얼굴 표정을 보고 이렇게 말하자 민석 씨의 얼굴이 딱딱하게 굳어졌다.

"아버님, 그건 안 됩니다."

"왜 안 돼? 내 딸이 싫다면 안 하는 거지."

"어렵게 결혼 승낙하셔 놓고 왜 또 이러시는 겁니까?"

"내 승낙이 무슨 상관? 내 딸이 싫다 하면 자넨 그냥 아웃인 거야."

안 그래도 마음 복잡한데 아빠와 민석 씨가 다투기까지 해서 조금 신경질이 났다.

"다들 시끄러워."

내가 카리스마 있게 말하자 민석 씨와 아빠는 입을 딱 멈췄다.

"네."

"어."

"응. 난 안 그래도 조용히 있었어."

마지막으로 오빠까지 내 눈치를 보며 이렇게 말하고 나자 집 안이 조용해졌다.

잠시 후 내 근처로 다가온 민석 씨가 고민하는 얼굴로 입을 열었다.

"유림 씨, 지금 기분 안 좋은 이유 말이에요. 나 왠지 알 것 같아요."

민석 씨의 말에 나는 순간 반색했다.

"알 것 같다고요?"

"네. 아무래도 내가 생각하는 게 맞는 것 같아요. 내 느낌에 뭔가 빠진 것 같았거든요."

그치? 당신도 그렇게 생각하지?

나는 순간 눈을 빛내며 민석 씨의 다음 말을 기다렸다. 곧 그의 입에서 말이 흘러나왔다.

"고기!"

"!"

고기? 내가 지금 기분 안 좋은 이유가 고기라고?

나는 굉장히 허탈해졌다.

"고기 때문이라고?"

그때 아빠와 오빠가 민석 씨를 향해 물었다.

"네. 요즘 유림 씨가 웨딩드레스 예쁘게 입어야 한다면서 고기를 많이 안 먹었거든요. 그래서 기분이 별로 안 좋은 거예요."

나는 그런 단순한 돼지가 아니야.

좀 더 섬세한 돼지라고! 아니, 섬세한 여자라고!

"그래서 우리가 족발 사 왔어, 유림아!"

그럴 줄 알았다는 듯 아빠가 식탁 위에 올려 둔 족발 봉지를 들어올렸다.

"유림 씬 한우 좋아합니다, 아버님."

"아니거든? 우리 유림인 고기라면 다 좋아하거든?"

또다시 시끄럽게 구는 남자들 때문에 머리가 아파 왔다. 그래서 그들을 향해 서늘하게 말했다.

"조용히 좀 해."

그러자 민석 씨와 아빠는 다시 조용해졌다.

"네."

"알았어."

"난 아까부터 가만히 있었어."

괜히 가만있던 오빠까지 더 조용해졌다.

결국 그날 민석 씨는 끝내 그 빠진 것이 프러포즈라는 사실을 떠올리지 못했다.

♥

"현 대리님."

신입 여직원이 나를 보며 이렇게 말했다.

현 대리. 현유림 대리. 즉, 나다.

"네."

난 얼마 전에 대리로 승진했다.

"점심 먹으러 가요."

신입인 예나 씨는 나를 좀 따르는 편이었다.

그녀가 애교스럽게 내 팔을 붙잡았기에 나는 그녀를 따라 사무실을 나섰다.

"현 대리님, 내일모레면 결혼이네요?"

"아, 네."

"프러포즈는 받았어요?"

"아…… 네."

예나 씨의 말에 대충 대답을 해 주고 있는데 뒤쪽에서 여직원들의 목소리가 소란스럽게 들려왔다.

고개를 돌려보니 해외 마케팅 팀 여직원들이었다. 그녀들은 내 프러포즈 얘기를 엿들은 듯 완전 흥분한 상태였다.

"어떤 프러포즈? 유 대리님 정도면 완전 근사하게 해 줬을 것 같은데!"

근사? 근사는커녕 그냥도 안 해 줬다.

"유림 씨 감동받아서 막 운 거 아니야?"

정말 울고 싶다. 지금.

나는 그저 하하하 웃었다. 할 말이 없어서. 프러포즈를 받은 적이 없어서.

점심을 먹고 돌아와 다시 일에 집중하고 있는데 사무실 안으로 부장님이 급하게 들어왔다.

"이거 큰일이네."

부장님이 난감하단 표정으로 중얼거리자 주변 직원들이 앞다투어 그에게 물었다.

"왜 그러세요, 부장님?"

"부장님, 무슨 일이세요?"

그러자 다음 순간 부장님이 관자놀이를 긁적이면서 입을 열었다.

"혹시 오늘 야근 가능한 사람?"

"……."

갑자기 누가 물이라도 뿌린 듯 사무실 안이 조용해졌다.

"아아, 정말 아무도 없어? 오늘 안으로 끝내야 하는 일인데 말이야. 정말 다들 그렇게 바빠?"

그 순간 부장님의 애처로운 눈빛이 나를 보았다.

'보지 마. 나를 보지 마. 나는 내일모레 결혼할 예비 신부란 말이야.'

하지만 부장님은 끝까지 나만 쳐다보았다.

내가 제일 만만하다 이건가!

"저…… 제가 하겠습니다."

결국 나는 어쩔 수 없이 손을 들어올렸다. 그러자 부장님의 얼굴에 웃음꽃이 피었다.

"역시! 우리 유림 씨밖에 없어! 고마워!"

결국 나는 모두가 돌아간 시간에 혼자 남아서 부장님이 맡긴 업무를 처리했다.

일이 어렵지는 않았다. 부장님의 출장보고서 PPT 파일을 좀 더 그럴싸하고 예쁘게 꾸미는 일이었으니까.

하지만 내 상황이 조금 서글펐다.

'내일모레 결혼할 신부가 야근을 하고 앉았다니……. 난 왜 대리를 달아도 똑같은 걸까.'

똑똑―

그때 갑자기 노크 소리가 들렸다.

"민석 씨……!"

황급히 고개를 돌려보니 내일모레 결혼할 신랑이 서 있었다.

그는 나를 향해 씨익 웃으며 말했다.

"내일모레 결혼할 신부에게 도시락 배달요."

다음 순간, 민석 씨는 자신의 뒤로 감추고 있던 종이 가방을 앞으로 내밀어 보였다.

"불고기 도시락."

"어머."

완전 내 취향 저격.

민석 씨는 내 책상으로 의자를 끌어와서는 바로 옆에 자리를 잡았다. 그러고는 도시락을 꺼내 책상 위에 올려놓았다.

"많이 먹어요."

"고맙긴 한데, 드레스 낄까 봐……."

"드레스 좀 끼면 어때요? 유림 씨는 고기 먹을 때가 제일 행복하고 나는 그런 유림 씨를 보는 게 제일 행복한데."

말을 하면서 민석 씨는 나를 향해 행복해 보이는 미소를 지었다.

그래.

그깟 꽃다발이 뭐가 중요해?

이제 이 사람이 온전하게 내 사람이 된다는 게 더 중요하지.

♥

내일이면 나는 민석 씨의 아내가 된다. 그런 생각을 하니 두근

거려서 일도 손에 잘 안 잡힌다. 그래서 나는 계속 시계만 쳐다
보면서 시간이 흐르기만을 기다렸다.

그런데 퇴근 5분 전, 이상하게도 부장님이 내 책상 근처를 서
성이는 게 아닌가.

"왜 그러세요, 부장님? 무슨 할 말 있으세요?"

"어? 어…… 결혼 축하해, 유림 씨."

"감사합니다."

감사의 인사를 전했는데도 부장님은 내 근처를 떠나지 않았다.
순간 몹시 안 좋은 예감이 들었다.

"그리고 유림 씨…… 이것 좀 부탁해도 될까?"

역시. 내 예감은 적중했다.

"네? 어떤 거요……?"

내가 몹시 불안한 음성으로 묻자 부장님이 크게 안심하는 얼
굴로 공책 크기의 명함집 다섯 권을 내밀었다.

"내일 유림 씨 결혼식인 건 아는데, 이게 진짜 오늘 꼭 끝나야
하는 일이라서."

"아, 네."

"그럼 부탁해. 여기 있는 거 회사별로 부서별로 정리 좀 해
줘. 그리고 엑셀 파일에 입력하는 것까지."

내일이면 순백의 신부가 되는 여자에게 명함 정리를 시키다
니? 이게 그렇게 급한 일이야? 대체 왜?

하지만 차마 거절할 수 없었다.

"유림 씨가 꼭 해 줘야 돼! 유림 씨가 정리하지 않으면 깔끔하지가 않아서 말이야. 내가 이렇게 부탁할게! 제발!"

"……걱정 말고 들어가 보세요."

"역시! 나는 유림 씨 없으면 아무것도 아니라니까. 결혼을 유림 씨랑 할 걸 그랬어."

그런 끔찍한 소리 그만하시고 들어가세요.

결국 나는 부장님을 보내고 다른 직원들도 모두 보내고 혼자 회사에 남았다.

"후우……."

쌓여 있는 명함집을 보는데 한숨이 절로 나왔다.

이걸 언제 다 하냐.

나는 정말 바보인가.

하지만 어쩔 수 없이 명함집을 열고 정리를 시작했다.

'도대체 이놈의 명함은 왜 이렇게 많은 거야. 그리고 왜 똑같은 명함이 몇 장이나 있는 거지? 한 사람한테 도대체 몇 장을 받은 거냐고, 김 부장님은.'

투덜거리면서도 성격상 꼼꼼하게 명함을 정리하고 있던 그때 갑자기 사내 방송이 흘러나왔다.

딩동댕동—

'이 시간에?'

아무도 없는 사무실 안에 울려 퍼지는 사내 방송 시그널 음악 소리에 괜히 무서운 생각이 들었다. 그런데 그때.

〈오늘 특별 사내방송을 맡은 DJ서기입니다.〉

"서기?"

익숙한 목소리와 애칭이 들려와서 나는 정말 깜짝 놀랐다.

〈오늘도 부장님의 부탁을 거절 못 하고 야근을 하고 계신 우리 현유림 대리님. 평화무역 유민석 본부장님께서 사랑한다는 말 꼭 전해 달라고 하시네요.〉

"!"

뭐지, 이건?

혼란스러워하고 있는 사이, 그 익숙한 목소리가 또다시 들려왔다.

〈아, 그리고 김진명 부장님께서도 결혼 전날 명함 정리시켜서 정말 미안하다는 말 전해 달라고 하시네요. 유민석 씨가 부탁해서 어쩔 수 없었다고, 그러니 이해해 달라고 말씀하셨습니다.〉

그때부터 나는 웃음이 나기 시작했다.

〈많이 놀랐죠? 유림 씨에게 꼭 하고 싶은 말이 있어서 회사 방송 기기를 좀 빌렸습니다.〉

이 말을 끝으로 그는 잠시 뜸을 들이더니 이내 조심스럽게 말을 이었다.

〈유림 씨, 사랑해요. 난 원래 이렇게까지 바보는 아니었는데, 지금은 정말 현유림밖에 모르는 바보가 됐거든요? 그러니까 유림 씨가 평생 책임져야 돼요. 무슨 말인지 알죠?〉

심장이 기분 좋게 두근거렸다.

〈그러니까 나랑 결혼해 줘요, 유림 씨.〉

그 말에 피식 웃음이 났다. 나는 웃으면서 조그맣게 중얼거렸다.

"우리 이미 식장까지 다 잡았거든요?"

"그럼, 나랑 결혼해 줘서 고마워요, 유림 씨."

그때 갑자기 옆에서 낮은 목소리가 들림과 동시에 내 가슴 쪽으로 커다란 꽃다발이 안겨졌다.

"!"

나는 깜짝 놀라 두 눈을 크게 뜨며 고개를 들었다. 그러자 그 순간 나를 향해 웃고 있는 민석 씨의 얼굴이 보였다.

"어떻게 여기 있어요?"

내 질문에 그가 검지를 펴 천장을 가리키면서 말했다.

"저건 어젯밤에 녹음해 놓은 거예요. 방송에서 내가 결혼하자고 말하는 순간 유림 씨에게 꽃다발을 전해 주고 싶었거든요."

그 말을 듣는 순간 너무 행복해서 눈물이 나오려고 했다.

"프러포즈가 늦어서 미안해요."

나는 눈물을 참으며 고개를 좌우로 저었다.

"좋은 거 생각해 내려다가 늦었어요."

생각지도 못한 그의 프러포즈에 나는 이루 말할 수 없는 감동을 받았다.

"사랑해요. 나랑 결혼해 줄 거죠?"

나는 결국 참았던 눈물을 흘리면서 고개를 끄덕였다.

"물론이죠. 저는 이제 당신 없는 제 인생이 상상이 안 가거든요."

역시 나는 세상에서 제일 행복한 신부가 맞았다.

안녕하세요.

루영입니다.

또 인사드리게 되어 영광입니다.

어느 날 문득 재미있는 생각을 해 보았습니다.

제가 사랑하는 남자의 전 여자 친구가 자타공인 여신일 때 기분이 나쁠까, 무지하게 매력녀일 때 기분이 나쁠까.

결론은 후자였습니다.

여신인 거야 내가 어떻게든 예뻐지면 그 미모의 반 정도는 따라갈 수 있는 거지만, 매력은 정말 타고나는 거라고 생각하거든요. 따라가려야 따라갈 수가 없는 거라고 생각해요.

매력이 뚝뚝 떨어지는 사람은 사람을 끌어들이는 힘이 있잖아요?

그래서 저는 이번에 미모보단 매력이 넘치는 여주를 써 보고 싶었습니다.

미모보단 매력이 철철 넘치는 여주라 자존감은 많이 낮았지만요, 후후— (그래서 제목이 이래요. 후후훗!)

덕분에 남주는 잘생긴데다 뚝심 있고 고집 있고 강한 멘탈까지 있어야 했습니다만, 쓰는 저는 상당히 즐거웠네요.

저는 쓰면서 굉장히 즐거웠으니 여러분도 즐겁게 읽으셨기를 바랍니다.

마지막으로 사랑하는 가족들과 친구들에게 항상 내 옆에 있어줘서 고맙다고 말하고 싶고, 다향 출판사 관계자 분들과 안 팀장님께 감사의 인사를 전하고 싶습니다.

언젠가 또 웃을 수 있는 로맨스 소설로 인사드리겠습니다.
감사합니다.

이러지 마세요!

초판 1쇄 찍음 2015년 11월 9일
초판 1쇄 펴냄 2015년 11월 13일

지은이 | 루 영
펴낸이 | 정 필
펴낸곳 | **(주)뿔미디어**

기획 · 편집 | 안리라

출판등록 | 2002년 9월 11일 (제1081-1-132호)
주소 | 경기도 부천시 원미구 소향로 17, 303(두성프라자)
전화 | 032)651-6513 / 팩스 | 032)651-6094
E-mail | dahyangs@naver.com
블로그 | http://blog.naver.com/dahyangs
홈페이지 | http://bbulmedia.com

값 9,000원

ISBN 979-11-315-6899-6 03810

www.bbulmedia.com

www.bbulmedia.com